U0091329

紅妝攻略

1

風文創 716

三石 著

目錄

序

三石

《紅妝攻略》成文於二〇一七年九月至二〇一八年七月間，是我嘗試寫書的第五個年頭。

為什麼會寫書？或許是從小就愛幻想，覺得自己會遇到一位翩翩公子，開啟一段令人溫馨浪漫的戀情；也或許是看多了別人寫的書，有些心癢難耐，腦海中那些珍藏多年的故事橋段，呼之欲出。因此，在友人曉蓉的鼓勵下，我敲下了鍵盤，開始了人生的第一次創作。

帶著新手的生澀和懵懂，我一頭闖入了寫作的世界，才發現看事容易做事難！人物設定、故事架構、劇情發展……因為不懂套路，就全按著自己的喜好來。

掌控不了氣勢恢宏、大開大合的局勢，就著眼於後宅女人的小世界；不懂殺伐果決、勾心鬥角，就力求在日常的柴米油鹽中寫出生活氣息，透出彼此間的脈脈溫情。如此一來，我的書也就成了我傾注心血的孩子，無論好壞。

一直以來，就想寫一個「青梅竹馬」的故事，那種一起長大、彼此兩小無猜的感覺，很讓我心動，於是便有了《紅妝攻略》的最初構想：遇人不淑的沈君兮重生了，這次她選擇和上一世截然不同的路，得到來自家人的寵愛，更遇到了願與她「一生一世一雙人」的真命天子，收穫了屬於她的幸福。

書中的人物眾多，有好人，也有壞人。不敢說都賦予了他們靈魂，卻希望透過他們的故事，能給人警醒和領悟。書中那些好人，他們積極善良、懂得感恩，更有一顆憐憫世人的心；對困難不妥協、不退縮，遇到欺負自己的人，也絕不懦弱地當包子。至於壞人，我總是不願意將他們描寫得太壞，但也不會給他們安排太好的結局，因為我相信天道有輪迴，作惡太多的人，遲早會遭到報應的。

同樣，在書中也寫下了我的價值觀：到底什麼樣的人生才叫功成名就？什麼樣的人生才是幸福？讓眾人趨之若鶩的，就一定是好東西嗎？什麼才是適合自己的？男主角趙卓替我做出了回答。

雖然，我們不能像沈君兮那樣重生，人生也沒有那麼多「恰到好處」的金手指，但我希望大家在遇到困境時，不要畏懼，甚至還擁有從頭再來的勇氣。希望大家能相信純真、相信愛，相信美好的事情即將發生。

最後，我要感謝我的編輯月月，是她的支持和慧眼識珠，讓我能在寫作的道路上越走越遠；也感謝出版社給我這樣的機會，讓我的書能夠跟臺灣的讀者見面；更感謝正在看書的你，希望我的這個故事不會讓你們失望。

第一章

昭德二十三年，經過戰火洗禮的北燕京城大燕城滿目瘡痍。

雖然那些占據京城一年之久的流寇已被壽王的兵馬打跑，可街上卻留下他們四處燒殺擄掠的痕跡。

臉色蒼白的沈君兮拖著有些疲累的步伐，艱難地向前走著，一身衣衫襤褸的她就像個叫花子。

好在這一切都結束了。沈君兮想著。

她撫了撫自己早已癟下去的肚皮，想到那個生於兵荒馬亂中，卻沒能活過三天的孩子，眼淚倏地就冒出來。

就在她愣神的時候，耳後傳來一陣疾馳的馬蹄聲，路邊的人順手將她拉了一把，才讓她免於被飛奔而過的戰馬撞飛。

「是壽王！」有人驚呼著。

路人紛紛拜倒，在路旁山呼「壽王殿下萬歲」。

沈君兮呆呆地看著騎在白馬上，那穿著紅色戰衣、身披銀色盔甲的人。

戰馬上的人顯然也注意到她，經過沈君兮身旁時和煦地笑道：「戰亂結束了，快歸家去吧！」

「壽王殿下，您是我們的大恩人啊！」伏在路邊的人們呼喊著。

騎在白馬上的壽王也衝著眾人揮揮手，雙腿一夾馬腹，「噠噠」地離開了。

看著已經遠去的兵馬，沈君兮胡亂地抹了一把臉上的淚水，拖著蹣跚的腳步，往安義坊而去。

她本是延平侯傅辛明媒正娶的夫人，西北的流寇入京作亂後，半年前在一片兵荒馬亂中，身懷六甲的她與延平侯傅辛失散。當她隻身跑回延平侯府時，才發現傅辛早已將家中的金銀細軟、古董字畫打包帶走，她再也尋不得分文值錢的東西。

眼見京中狼煙四起，那些入城後的流寇更是一路燒殺擄掠，身無分文的她無奈之下只得隨同城裡的貧民一路南下避禍。

她身懷六甲，本就跑不動，加之逃跑的路上又驚又怕，原本還要兩個月才會落地的孩子突然發作，風雨之中，她只得躲在路邊的土地廟中將孩子生下來。

可孩子生下來後，多日未曾進食的她根本沒有奶水餵養，只能眼睜睜看著那孩子餓死在自己的懷裡。

她原本想跟著孩子在那土地廟中一了百了，可臨死前她想到了傅辛，想到他們舉案齊眉的曾經……

她若就這樣走了，他會不會很傷心？

正是這樣的信念一路支撐她像個叫花子一樣地活著。

延平侯府在城西的安義坊，永安侯府、北定侯府和程國公府均在此處開府，那些開國的勛貴人家也多在那裡，因此京城人都戲稱這一帶是「富貴坊」。
和外面的街市不同，此刻的安義坊早已被人掃灑整理好，甚至還有幾戶人家張燈結綵地在門頭掛上大紅燈籠，以示慶賀。
沈君兮一步一步地走著，滿心期待地搜尋著延平侯府的門頭。
終於，她見到昔日熟悉的門頭乾乾淨淨地出現在眼前時，她便知道，他們回來了！
她撫著有些激動的胸口，加快腳步往延平侯府而去，不料被兩個五大三粗的婆子架了出來，扔在地上。
「長眼沒長眼啊?!」其中一個婆子啐了她一臉，道：「瞧清楚了沒？這裡可是延平侯府，不是隨便什麼人都可以亂闖的！」
沈君兮有些艱難地從地上支起身子，看著這兩個有些面生的婆子。「大膽！我乃是延平侯夫人，妳們竟然敢對我不敬！」
「就憑妳？延平侯夫人？」那兩個婆子像是聽到天大的笑話一樣，大笑起來。「誰都知道咱們家夫人是個嬌滴滴的美人，什麼時候變成妳這個叫花子了？如果妳是延平侯夫人，那我就是太夫人了！」說完，那兩婆子又自顧自地笑起來。
「我真是延平侯夫人！」沈君兮顫巍巍地站起來，因為生下孩子後，她不曾將養過一天，整個人羸弱不堪。「不信的話，妳們將延平侯叫出來！」
「喲，給妳臉了是吧？」稍胖的那個婆子瞪眼道：「咱侯爺是多金貴的人啊，豈是妳說見就能見的？妳要再在此處胡攪蠻纏的，當心我叫家丁出來將妳亂棍打死啊！」

怎麼會這樣？原本支撐自己的那點念想慢慢散去，沈君兮整個人呆滯了。

「快、快、快！」一個小廝模樣的人從巷子口跑過來，一路跑一路喊著。「侯爺和夫人回府了，還不快快把門檻卸了！」

聽到這話，沈君兮又好似活了過來。

她朝巷口看去，只見一輛藍頂的華蓋車從巷口慢慢駛過來。透過那半掀的車簾，沈君兮瞧見車內坐著的正是傅辛，以及平日裡就喜歡與他眉來眼去的表妹王可兒。

沈君兮不敢置信地奔過去，不要命地攔在馬車前，歇斯底里地大喊道：「傅辛，你這是什麼意思?!」

馬車裡的二人也是一驚，待他們好不容易坐定看向車外時，一眼便認出那是沈君兮。依偎在傅辛懷裡的王可兒嫌棄地低聲咒了一句。「這瘋婆子怎麼還沒死？」

「快了。」傅辛冷笑著拍了拍王可兒的手，然後對著車廂外吼了聲。「哪裡來的瘋婆子？怎麼不給我亂棍打死？」

府裡的家丁聞言，也持著棍棒跑出來，對著沈君兮就是一頓亂揍。

可心如死灰的沈君兮全然感覺不到痛，滿腦子都想著：這是為什麼……為什麼……

半年前，她在驛站中和傅辛走散的那一幕浮現在眼前——原來，那根本不是什麼走散，他根本就是有心將自己棄之不顧！

傷痛的淚水伴著大徹大悟的心境傾洩而下。原來那些年，她在延平侯府費盡心思地開源節流，竟是為他人作嫁！

她恨啊！

帶著委屈和不甘，承受著棍棒之痛的沈君兮，緩緩閉上了眼……

迷迷糊糊中，沈君兮彷彿聽見一陣此起彼落的哭聲，又好似見到了白色的靈堂和靈幡；屋裡四處走動的人都披麻帶孝，均是一臉戚容。

沈君兮只覺得眼皮沈沈的，腦子裡也是亂哄哄的。

怎麼回事？難不成是傅辛那薄倖漢突然良心發現，為自己辦葬禮嗎？

沈君兮閉著眼睛搖搖頭，想將這可笑的想法逐出腦海，卻感覺到一隻手輕柔地覆在自己身上，像哄孩子似地拍了拍。

沈君兮拱了拱身體，然後無意識地眨了眨眼。

她睡著的熱炕上斜坐著一個容貌姣好的少婦，那一身梨花白的孝服穿在她身上，硬生生地增添了幾分我見猶憐的俏麗。

真是想要俏，一身孝。

沈君兮在心裡默默嘀咕著，一扭頭，瞧向了少婦的另一邊。

少婦對面坐著一個老婦，同樣也是一身孝服，盤腿坐在炕上。見到沈君兮不安分地扭動著身子，那老婦又伸出手來輕輕地拍了拍她，嘴中還不斷發出「哦哦」的聲音哄著。

這是什麼情況？把自己當小孩子嗎？

沈君兮想坐起來看個究竟，可怎麼也睜不開眼，腦子裡更是沈重得好似要炸裂，只好一動不動地趴在那兒，聽那二人壓著嗓子說話。

「春桃，妳也得為自己的今後做個打算了。」那老婦開口道：「這太太新去了，老爺斷不可能為她守一輩子。別瞧著妳現在是老爺身邊的通房丫頭，可誰知道後頭來的太太會怎麼樣？她容不容得妳還兩說。」那老婦好似苦口婆心地勸道：「要我說，妳何不趁著如今老爺房裡沒人，多去親近親近。老爺沒有兒子，若是妳有幸能為老爺生得一個，那也是妳將來的倚仗。」

「娘！」只聽那少婦開口嬌嗔道：「現在太太的頭七未過，就是我有這個心，老爺也不一定有這樣的興致啊！」

「怎麼會？」那老婦卻是不以為意地道：「都說升官、發財、死老婆是男人的幸事，我可告訴妳，妳別不往心裡去，過了這村可就沒這店了。」

「行了行了，我知道了。」那老婦還欲多說，卻聽那少婦不耐煩地岔開話題。「娘，再給我三兩銀子花花。」

「又要銀子？」那老婦瞪眼道：「前兒個不剛給了妳五兩嗎？怎麼就沒了？」

「那五兩銀子我買絹花戴了。」那少婦有些興奮地說著。「城南的那家脂粉鋪子又到了一批新的胭脂，我得趕緊去，晚了又會賣光了。」

那老婦聽了，忍不住嘟囔。「整日就只知道買絹花、買胭脂……這還在太太的孝期裡呢，妳買了這些又有什麼用？」

「怎麼沒用？我可以先收著呀！」那少婦笑盈盈地推著那老婦撒嬌道：「娘，您就再給我三兩銀子吧！」

「今兒個三兩，明兒個五兩，就是金山銀山也被妳搬空了。」那老婦嘴中絮叨著。「姑娘這個月的例錢已經被妳花了，下個月的例錢還沒發下來呢！」

「那就從姑娘的首飾裡挑上一件去當了唄！」那少婦很輕鬆地道：「到了下個月發了月例銀子，我們再把東西贖回來就是。」

說完，沈君兮就聽到一陣珠玉被撥弄的聲音，然後聽那老婦咒道：「要死啊！妳竟然敢拿太太賞的這塊羊脂玉珮！」

那少婦拿著那塊玉珮，有些興奮地道：「有什麼關係？反正都是姑娘的東西，她心裡又沒個數！」

沈君兮趴在那兒靜靜地聽著，卻是滿腦子奇怪。這二人的聲音，聽著熟悉又陌生，像極了幼時慣於欺負她的錢嬷嬷及她的女兒春桃。

只是自她嫁入延平侯府後，便有七、八年不曾再見過這二人，今日怎麼無端地想起她們來？

沈君兮有些不耐煩地嚶嚀一聲，那二人也停止了絮叨聲，只聽那老婦壓低聲音道：「姑娘怕是要醒了。」

「那我先出去了。」那少婦低聲笑著，然後就像一陣風似地離開了。

沈君兮在炕上翻了翻，這才覺得之前不受控制的手腳終於恢復。她有些暈沈沈地坐起來，一抬眼，果真就見到錢嬷嬷的那張老臉。

沈君兮全身打了個激靈，完全清醒過來。

只見錢嬤嬤滿臉堆笑地瞧著她道：「姑娘醒了？要不要先喝點糖水呀？」

沈君兮卻是困惑地低頭打量起自己來。首先入眼的是一雙細小的手，其次是兩條短短的小腿。

驚愕中，看到了擺在窗臺上的梳妝鏡，趕緊伸手拿過來一照。只見鏡中出現的卻是一張六、七歲孩童的臉。

這是怎麼回事？自己怎麼會變成一個小孩模樣！

就在沈君兮驚愕時，錢嬤嬤卻拿著木梳給她梳起頭髮來。「到底是個女孩子，一醒來就知道要梳妝打扮。」

「錢嬤嬤？」還是滿心疑慮的沈君兮輕聲詢問著，卻聽到一個很稚嫩的女童聲。

「嗯，怎麼了？」錢嬤嬤輕聲應著。「是不是嬤嬤弄疼守姑了？那嬤嬤的手再輕點。」

守姑？沈君兮聽了，神情一滯。

有多少年未曾再聽過這個幼時的稱呼了，她的眼神也開始在屋裡打量起來。一切都是那麼陌生，陌生得她開始懷疑自己是否在此生活過？

「姑娘起來了嗎？」一個聲音自屋外響起，隨後門簾掀動，先前出去的那個白衣少婦又去而復返。

沈君兮定睛一看，眼神便變得晦澀起來。

來人就是化成了灰她也認得，正是當年跟在父親沈箴身邊的姨娘春桃！

只是此刻的她，眉眼間既帶著初懂人事的嬌嗔，又帶著些少女的純真，一點也不是沈君兮印象中那副精於算計的模樣。

見著炕頭上已經坐起來的沈君兮，春桃也笑道：「守姑醒來了？前頭正喚姑娘去上香呢！」

說完，她就向沈君兮伸出手。

若在平常，年幼的沈君兮定會扶著春桃的手下炕，而今日，她卻熟視無睹地自己跳下炕，靸上了鞋子。

春桃不以為意地笑了笑，然後輕聲道：「老爺正在前院等著姑娘呢。」

沈君兮只是掃了春桃一眼，伸直脊背，像個小大人似地走出去。

院子裡很冷，四處覆著皚皚的白雪，讓身上紮著孝袍的沈君兮情不自禁地縮了縮脖子。可讓她覺得更冷的，卻是掛在廊下隨風飛舞的白幡，讓人一瞧便知道這家人正辦著喪事。

她細細回想著。自己六歲那年，母親紀氏突然身染惡疾，據說是治了一個月不到便撒手人寰了。

難不成她現在瞧見的這一幕，正是母親當年的葬禮嗎？

沈君兮的心一下子就揪起來，步伐也忍不住加快幾分，小小的身影更是不管不顧地往前院衝去。

剛一穿過內宅的垂花門，她便聽到前院的誦經聲，待她從抄手遊廊繞過去，便見著一群披著袈裟的和尚坐在臨時搭起來的黑布棚子裡誦經。

抬首望去，堂屋中央搭著靈堂，靈堂正中擺著一副梓木棺槨，同樣是一身孝服的沈箴滿臉頹喪地陪坐一旁，看著棺槨前那塊還透著新色的牌位發呆。

沈君兮情不自禁地放輕腳步，像要求證什麼似地往靈堂裡的棺槨旁走去。

無奈她人太矮，而那棺槨又被墊得高，縱是她使盡吃奶的力氣，也未能瞧見躺在棺材裡的人。

「守姑，妳想幹什麼？」陪在沈箴身邊的沈家大管事林泉，最先發現在棺槨旁探頭探腦的沈君兮。

「我想再看一眼娘親。」個頭小小的沈君兮開口，那奶聲奶氣的聲音，自己聽了都有些不習慣。

原本坐在那兒愣神的沈箴好似突然回魂，站起來，用衣袖擦了擦眼角，道：「守姑想再看一眼娘親嗎？爹爹來抱妳。」

說著他便將沈君兮抱起來，語帶哭腔地道：「再好好看一眼妳娘親，然後將她的樣子記在自己的腦海裡，可千萬別忘了她。」

聽著父親的話，一股酸楚湧上沈君兮的心頭，眼淚毫無預兆地流下來。

棺槨中，那個被稱為母親的人正一動不動地躺在那兒，可那眉眼卻像極了以前的自己。

恍惚間，沈君兮竟不知道這場葬禮到底是屬於母親紀氏，還是屬於她自己？

「來，我們來給妳娘上炷香吧！」沈箴將沈君兮放到紀氏棺槨前的蒲團上。

此刻的沈君兮還有些恍神，因此別人讓她幹什麼，她便跟著幹什麼。好在她現在看上去年紀尚幼，倒也沒有人懷疑什麼。

給母親磕過頭又上過香後，沈君兮再度被春桃領回後院去用膳。

第二章

廚房裡端上來的都是些發冷的素菜包子。沈君兮瞧著那些包子，心裡卻皺起了眉頭，暗想這廚房裡的人怎麼如此不懂規矩，這種冷了的東西也敢拿出來，還真當這府中沒有人能治住她們了嗎？

「不吃！」沈君兮想也沒想就將炕桌給掀了，霎時間，茶盞杯碟哐啷地碎了一地。

姑娘突然毫無預兆地發脾氣，讓屋裡的那些小丫鬟們嚇得大氣都不敢出。

而自詡一手帶大了沈君兮，比一般人都有臉面的錢嬤嬤，則是有些肉疼地上前打圓場道：「哎喲，我的小祖宗！不吃就不吃，您何苦掀這桌子？」

要知道，剛被砸的這些杯碟可是成窯出產的五彩瓷，市面上可是賣到二十兩銀子一套，夠一般人家嚼用好幾年了。

沈君兮卻是看也沒看她，冷笑道：「去，把廚房裡管事的婆子給我叫過來！」

見屋裡竟沒有一個人敢動，她冷眼掃過去，道：「怎麼，我還使不動妳們了嗎？」

這才有個靠在門邊的小丫鬟跑出去，給廚房的人報信。

約莫一盞茶的工夫，一個管事婆子模樣的人才拖拖拉拉地走進來，見到沈君兮屋裡滿地狼藉，也扯出笑臉問：「不知姑娘喚我來有何事？」但語氣中卻充滿了敷衍和輕慢。

前世，沈君兮管過家，這樣欺軟怕硬的婆子她可見得多了，因此眼也不抬地問了句。

「誰在下面回話？」

只可惜她還是個六歲的小兒，說這話時就輸了些氣勢。好在她剛發了一通脾氣，將這屋裡的人一個個鎮得如寒蟬一樣，不敢亂吭聲。

感受到屋裡肅穆又詭異的氣氛，那婆子掃了眼屋裡的人，見沒人敢同她搭話，又訕笑著道：「小的是廚房裡的管事婆子，人稱一聲王嬤嬤。」

「原來是廚房裡的王婆子。」沈君兮卻沒有像大家那樣稱她為王嬤嬤。「最近採買上是不是短了妳們的柴火，要不怎麼連個素包子都蒸不熱？」

王婆子聽了心中就咯噔一響，但面上還是訕訕解釋道：「哪能啊！許是廚房裡太忙了，手忙腳亂的就給姑娘端錯了。」

「端錯了？」沈君兮顯然不相信這樣的說辭。「別道我年紀小就好糊弄。府裡雖然辦著事，卻是在府外請了幫廚的，在前院搭了臨時的灶臺子，妳們這內廚房還能忙到哪裡去？」

王婆子的表情更尷尬了。府裡太太新死，前院裡請了幫廚，反倒讓她們這府裡的廚房清閒下來，想著府裡反正也沒個管事的，她們做起事來自然散漫起來，每日送過來的飯菜都是熱了又熱的。

只是她們之前一直都是這麼弄，怎麼姑娘單單今日發難？

想著自己前幾日剛打點了錢嬤嬤五兩銀子，王婆子往一旁的錢嬤嬤身上瞧去，而錢嬤嬤則回了王婆子一個少安勿躁的眼神。

她們二人眉來眼去，自然都被沈君兮收入眼底，因此錢嬤嬤剛動了動嘴角想要說幾句時，就被冷冷地打斷。「嬤嬤，我讓妳說話了嗎？」

「姑娘……我……」錢嬤嬤苦笑著想為自己辯解，不料沈君兮那陰冷的眼神卻向飛刀似地飛過來，嚇得她趕緊噤聲。

「按理說，妳也是府裡的老人了，這差要怎麼當，原是不用我來教妳的。」一臉稚氣未脫的沈君兮定定地瞧向王婆子，說出來的話卻是氣派十足。

王婆子瞧著更是一陣激靈，心裡後悔著真不該糊弄姑娘。姑娘年紀雖小，可那行事作派，倒比先去的太太還要厲害幾分。

這一下，那王婆子更不敢怠慢了，連忙在沈君兮面前跪下來，抬手就搧了自己兩個耳刮子，繼續為自己打圓場。「這素包子原是準備給我們自己吃的，這不是一不留神，就錯端到姑娘這兒來了嗎？還望姑娘海涵。」

「妳們自己吃的？」沈君兮卻是一陣冷笑，眼睛卻瞧向地上的冷包子，不再說話。

那王婆子能做到廚房裡的管事，本身也是個善於察言觀色的人，一瞧見沈君兮的眼神，像是為了證明自己之前說過的話，二話不說地抓起地上的冷包子啃起來。

只是這包子已冷，又在地上滾了兩滾，吃起來就有些難以下嚥，而王婆子吃得又急，不免就噎住了。

可沈君兮臉上的神色始終淡淡的，直到王婆子吃完三個冷包子，才和顏悅色地同屋裡的人道：「妳們一個個還杵在那兒幹麼？還不去幫嬤嬤端碗茶水來？」

得了令的丫鬟們這才敢去茶房裡端熱茶。

早已噎得說不出話來的王婆子，感激涕零地給沈君兮磕了頭，往肚子裡灌了一大碗茶水，才將卡在嗓子眼的冷包子給吞下去。

只是她來時就已經用過飯，此刻幾個素包子下去，又灌了一碗茶水，不免就撐得難受。

沈君兮坐在炕臺上，居高臨下地瞧著表情詭異的王婆子，冷笑道：「既然是端錯，那我不追究這冷包子的事了。」

王婆子聽了，好似如蒙大赦，不住地在心裡唸著「阿彌陀佛」。

不料沈君兮卻繼續道：「但那端錯的人卻不能留。一個冷熱包子都分不清的人，我們沈府留著還有何用？還是喚了人牙子來，早早發賣的好。」

王婆子聽著，忍不住在心裡苦笑。待她從沈君兮的屋裡退出來，回了廚房後，廚房裡也跟著炸了鍋。

「發賣？要發賣誰？」說話的是旺兒媳婦，因為她男人是府裡負責採買的管事，說起話來自然也比一般人硬氣幾分。「當初可是王婆子妳說姑娘年紀小，好糊弄的，現在闖下禍來，沒道理叫我們擔著的！」

「就是，當初若不是嬤嬤妳的一句話，我們誰敢這麼做？」灶上的李婆子也是滿心不平。

以前她還能隔三差五地帶些飯菜回去，自從王婆子開始剋扣廚房裡的花銷後，就再也沒了這些好處。

廚房裡的其他人，雖然不敢像旺兒媳婦和李婆子這樣大聲抱怨，可到底也跟著一起附和。

王婆子又豈會不知道這事做起來會為難？可姑娘那邊逼著自己交個人上去，她不找個替罪羊，又怎能過這一關？

她陰鷙的眼神在廚房裡掃視起來，最後目光落在廚房的角落裡。眾人也跟著瞧了過去。平日裡負責打水的粗使丫頭小紅正蜷縮著身子躲在那兒，見大家的眼神都瞧向自己，她連忙搖頭道：「這不關我的事，我什麼都不知道！」

「什麼都不知道才是對的。」王婆子看著她，面無表情地道：「正是因為妳什麼都不知道，才會端錯冷包子呀！」

「不……我沒有……不是我……」小紅極力搖頭，可她一個人又怎麼敵得過這一屋子的人？不一會兒工夫，她便被人塞住口，五花大綁起來。

廚房裡的動靜這麼大，自然沒有人注意到屋外是不是有人。

屋外的人一見廚房裡的這架勢，嚇得趕緊退回去，又慌慌張張地往沈君兮的房裡跑去。

此刻，沈君兮的房裡早已被人收拾乾淨，而她則是靠在窗邊的大迎枕上，吃糕點喝茶。錢嬤嬤立在她的下首，一雙眼睛忍不住在她身上劃來劃去，卻始終猜不透今日姑娘為什麼會與往日不同？

沈君兮自然不喜歡自己這樣被人打量著，因此揮揮手道：「妳們都下去吧，沒有我的召喚就不必進來服侍了。」

屋裡的丫鬟們魚貫而出，錢嬤嬤卻還想再留一留，結果也被沈君兮給轟出去。

「姑娘，您救救我姊姊吧！」一路從廚房裡跑過來的那人，跌跌撞撞地闖進來，然後跪在沈君兮面前不住地磕頭道：「今日的事，真的不關我姊姊的事啊！」

不明所以的沈君兮瞧了過去，只見下首跪著的那個小丫鬟好似比自己大不了多少，而且她也認出了，這個丫鬟正是之前主動去廚房跑腿傳信的。

她看向那小丫鬟的神色自然跟著緩和幾分。「有什麼事妳先站起來說，這樣沒頭沒腦的，讓我如何作主？」

那小丫鬟從地上爬起來，擦了把眼淚，道：「我叫翠丫，我姊姊是廚房裡的粗使丫頭小紅。」然後她把剛才在廚房外聽到和見到的都給沈君兮說了。「我姊姊平日只是個挑水丫頭，就算真有什麼事，也輪不上我姊姊做。」翠丫一邊抹淚，一邊哭訴道：「可她們現在正綁著我姊姊，要交給姑娘來交差呢……」

沈君兮聽著，在心裡暗自冷笑。她就知道會是這樣。

「妳想不想救妳姊姊？」沈君兮笑著對翠丫招手道。

翠丫重重地點頭。

沈君兮就在翠丫的耳邊輕聲低言幾句，然後道：「照我剛才說的話去做，不然的話，妳姊姊就只有等著被發賣的分了。」

翠丫又慎重地點點頭，然後一臉倔強地跑出去。

到了下午，廚房裡的王婆子果然押著一個丫鬟過來了。

沈君兮瞧那丫鬟的眉眼，果然和翠丫有幾分相似，明知故問道：「王婆子，這是何意？」

那王婆子覥著臉笑道：「就是這個丫頭端錯了姑娘的吃食，因此我們將人綁過來，聽從姑娘的發落。」

「那為何還要塞著嘴？」沈君兮側著腦袋看著王婆子，一臉天真。

「這……這不是怕她情急之下胡言亂語，污了姑娘的耳朵嘛！」王婆子有些尷尬地笑了笑。

「原來是這樣。」沈君兮一臉恍然大悟地點頭，然後趁王婆子一個不備，就伸手將小紅嘴裡塞著的布條拽出來。

「姑娘，所有的事都是王婆子一個人的主意！」終於能夠說話的小紅大吸了一口氣後，膝行兩步上前。「王婆子說姑娘年紀小，必然什麼都不懂，只要打點好姑娘身邊的人，就沒人知道姑娘每天吃的究竟是什麼？然後她自己每日裡大魚大肉地吃著，卻把帳都記在姑娘的名下。姑娘若不信，大可去問廚房裡的其他人，看我到底有沒有亂說！」

王婆子聽到這兒，急得跳起來，伸手就要去搗小紅的嘴巴，可不想門外卻傳來一聲怒吼。「妳剛才說的可當真?!」

誰也沒想到，半個月都不曾踏足後院的沈箴，竟然會在這個時候出現在門外，身後還跟著個大氣都不敢出的翠丫。

沈君兮瞧了，在心裡暗自點頭。時間拿捏得剛剛好，看來這個翠丫倒是個值得一用的人。

沈箴的額角都隱隱暴起了青筋，顯然氣得不輕。

小紅跪在那兒，先是悄悄地看了眼沈君兮，在收到沈君兮鼓勵的眼神後，一鼓作氣地將王婆子是怎麼欺上瞞下、結黨營私的事全給倒了出來。

沈箴皺眉聽著，一張臉陰沈得能滴出水來。

痛失愛妻，他本就處於巨大的悲傷中，現在又聽聞愛女竟然被家中的僕婦欺負，這就更讓他怒不可遏。

「給我查！」沈箴已經氣紅雙眼，說話更是變得咬牙切齒起來。

下面的人哪裡還敢怠慢，趕緊將廚房裡的人都給拘起來，然後一個一個地單獨盤問。

入夜，一盞昏暗的油燈下，擔驚受怕了一整天的錢嬤嬤獨自坐在沈君兮的床前，思緒卻總是被白天的那一幕所牽扯。

她眼神複雜地看著床上那個已經熟睡的小身影。

姑娘今日的表現太讓她意外了，那狠戾的眼神和嫻熟的語氣，若不是親眼所見，她也不敢相信自己一手帶大的姑娘，竟然能說出那樣的話來。

要知道，姑娘今年才六歲啊！那陌生的感覺，就像是換了一個人一樣！

而且今日的事提醒了她，姑娘已經長大，可不能像以前那樣繼續哄騙了。

錢嬤嬤突然想到白日裡被春桃順走的那枚羊脂玉珮，整個人緊張起來。

「翠丫，妳過來！」神情有些緊張的錢嬤嬤起身喚了候在外間的翠丫。「這人有三急，妳幫我看著點姑娘，我去去就來。」錢嬤嬤急急地交代翠丫幾句，轉身就出了沈君兮的西廂房。

翠丫自然是不疑有他。

不料睡在床上的沈君兮卻是翻過身來，悄聲道：「妳去跟著錢嬤嬤，看看她到底幹什麼去，可別教她發現了。」

之前沈君兮救了自己的姊姊小紅，翠丫早已對沈君兮言聽計從，雖然有些意外姑娘還沒有睡，卻從不曾懷疑姑娘讓自己做的事。

因此，她一路悄悄地尾隨錢嬤嬤而去。

說自己有三急的錢嬤嬤並沒有去官房，徑直去了正屋後面的後罩房。那裡是沈家安排家中僕婦住下的地方。

夜很靜，大家幾乎都睡下了，錢嬤嬤趁黑摸進女兒春桃的房間。

因為當了老爺屋裡的通房，春桃得了一個人住的單間，雖然房間小得只夠架起一張床，卻也比其他人要擠著住在一塊兒強多了。

春桃也是剛剛歇下，見親娘這個時候找過來，有些不太高興地爬起來。

錢嬤嬤一見她這樣，也懶得和她多說，開門見山地問道：「妳之前拿的那塊玉珮可還在？」

「當了。」春桃滿不在乎地道。

「那錢呢？」錢嬤嬤卻是滿心焦急。

春桃衝著錢嬤嬤翻了個白眼，然後轉身從枕頭下摸出一盒胭脂，拍在床板上。「喏，在這兒呢！」

錢嬤嬤一見，氣得在女兒的腦門上戳了一指。「平常也不見妳做事手腳這麼快的，才半日工夫，竟然就被妳花了！」

「我一早不就和妳說了要買胭脂嗎？」春桃卻是一臉不耐煩地看向錢嬤嬤。「而且妳這麼晚跑來，就是為了質問我這個？」

「當然不是！」錢嬤嬤拿起春桃擱在矮櫃上的茶壺，直飲了一口道：「妳是沒瞧見今天姑娘處置王婆子時的樣子，她可不是以前那個好糊弄的小姑娘了。妳最好趕緊將那塊玉給贖回來，不然等到姑娘發落的時候，就有得瞧了。」

春桃聽了卻不以為意地嗤笑一聲。「娘，您這是自己嚇自己吧？要我說，今天這事就是王婆子自己倒楣，誰教她天天給姑娘上冷飯冷菜的，這要換了我，也得和她鬧。」

「妳這個死丫頭，別不把我的話往心裡去！」見春桃一副油鹽不進的模樣，錢嬤嬤更加急了起來。「別的先不論，妳倒是先把那枚羊脂玉珮先還回來，混過這個坎再說。」

「哎呀，知道了、知道了。」春桃敷衍地將錢嬤嬤往屋外推。「您趕緊回去吧，我明兒一早就要輪值呢！」

第三章

錢嬤嬤還欲同春桃說些什麼，母女在推搡之間，誰也沒有注意到有個身影從後罩房閃了出去。

翠丫一路小跑著，心也跟著怦怦怦地跳個不停。

她真沒想到姑娘讓她來偷聽，竟然會讓她聽到這些。

在她的認知中，偷盜主人財物，那可是重罪！可在春桃看來，卻好似是件不怎麼起眼的小事一樣。

她有些驚慌地回到沈君兮的房裡，將自己聽到的事都說出來。

「我知道了。」沈君兮聽了，卻是一臉淡然。「這件事先別聲張，我倒要看看她們會怎麼做？」

若是錢嬤嬤她們將東西還回來便罷了，若是不還，可就別怪她手下不留情。

同翠丫交代完這些，沈君兮又翻了個身，睡了過去，好似她不曾醒來一樣。

不一會兒工夫，錢嬤嬤也走進來，一看到守在沈君兮床邊的翠丫就笑道：「年紀大了，不中用，吃點涼的就瀉肚了。」

翠丫卻是不敢多話，向錢嬤嬤福了福身子後，悄無聲息地退出去。

兩日之後，林泉那邊的問話終於有了結果。廚房裡的眾人一致指認王婆子徇私舞弊、中飽私囊。

見大勢已去的王婆子為了將功贖罪，竟然又牽扯出沈君兮屋裡的錢嬤嬤，稱自己曾不止一次拿錢賄賂過錢嬤嬤，讓她在姑娘一日三餐的問題上不要聲張。

外書房裡，剛剛平復情緒的沈箴再次爆發了。

在他印象中，錢嬤嬤是紀氏的陪房，是紀氏千挑萬選出來留在守姑身邊的人，本應是最值得信任和託付，不承想她竟會為了幾個錢，置守姑的利益於不顧。

「我和太太在錢財上可有曾虧欠過妳？我們將視為掌上明珠的守姑交予妳，沒想背地裡妳卻和那些小人一起糟踐她！」正罵到氣頭上的沈箴隨手抓起了手邊的茶盅，往跪在地上的錢嬤嬤身上砸去。

那杯茶正是春桃剛沏過來讓沈箴消氣的，滾燙的茶水就潑了錢嬤嬤一身，燙紅了一大片。

錢嬤嬤只覺得身上被燙得火辣辣地疼，可她還不能為自己求饒，只得老老實實地跪著抽自己的耳刮子。「是老奴一時被豬油蒙了心，對不起姑娘，對不起老爺和太太……」

不一會兒工夫，她那張老臉竟然被自己抽得腫起來。

一旁的春桃瞧著，自然心疼不已，也跟著跪下來，拉著沈箴的衣袖為錢嬤嬤求情。「老爺，我娘只是一時鬼迷心竅，您瞧著她這些年一手帶大姑娘的分上，沒有功勞也有苦勞，您就饒了她這一次吧！」

沈箴憤恨地聽著，看向春桃的眼神也充滿懷疑。

春桃瞧著也是一陣心虛。

恰在此時，林泉領著一個掌櫃模樣的人走進來。

「這個時候，我不見客！」沈箴沒好氣地道。

林泉卻是站在門邊衝著沈箴作了個揖，道：「這位是巷口那家通寶典當行的秦掌櫃，他說有要事找老爺。」

剛還想著怎麼求情的春桃一聽到「通寶典當行」幾個字，呆若木雞。

她有些緊張地瞧向秦掌櫃，然後不斷在心中祈禱，祈禱他並不是為了那塊羊脂玉珮而來。

那秦掌櫃先是禮貌地拱拱手，然後從衣袖中拿出一塊通體瑩潤的羊脂玉來，對沈箴道：「前幾日，我的當鋪裡收到一塊上乘的羊脂玉，今日卻聽聞是府上的失竊之物，小老兒不敢藏私，故特意上門來求證一二。」

沈箴一聽，收了先前的情緒，從那秦掌櫃的手中接過玉珮仔細端詳一番，很快就認出這是前妻芸娘身上的佩戴之物，後來因守姑喜歡，芸娘便將這枚玉珮給了守姑。

只是讓他不明白的是，這好好的後宅之物怎麼就到了當鋪裡？

那秦掌櫃一見沈箴的神情，哪裡還有什麼不明白的？遂將那日上當鋪典當此物之人的身形、相貌都描述一番。

沈箴聽著，目光移到春桃的身上。秦掌櫃所述之特徵，整個府裡除了春桃，不作第二人想。

而春桃的一張臉也是嚇得慘白慘白的，顫抖的雙唇此刻已是說不出一句話來。

沈箴一見這架勢，出言請秦掌櫃去自己的屋裡喝茶，秦掌櫃自然是欣然前往。

奉了沈君兮的命而守在沈箴書房外的翠丫，見到這二人一前一後地出了沈箴的書房，迫不及待地跑回去報信。

「姑娘，那秦掌櫃果真來了！」

「他當然會來。」在炕几上攤了好幾張白紙，沈君兮正拿著一枝毛筆練字。「不管怎麼說，爹爹總是朝廷的命官，他一個開當鋪的犯不著為了一塊玉珮而得罪當官的人。不過是跑個腿就能賣一個人情，他何樂而不為？」

那日得知春桃竟然敢偷拿姑娘屋裡的東西去當錢時，翠丫就氣得想將此事報告給老爺。不料姑娘卻攔住了她，讓她暗地裡去街市的當鋪裡查問那塊羊脂玉珮的去向。在尋得春桃當了玉珮的店鋪後，姑娘又讓她同那鋪子裡的掌櫃道出這其中的利害關係，然後就等著那掌櫃的親自上門。

不承想，那掌櫃的還真的來了！

這一刻，翠丫對自家姑娘的神機妙算簡直佩服得五體投地。

沈君兮卻覺得這沒有什麼，若不是因為自己年紀太小，說出來的話沒有什麼分量，這事根本不用假手別人，她一個人就能將春桃和那錢嬤嬤給收拾了。

只可惜，形勢比人強啊！

她歪著腦袋看著自己剛寫出來的幾個大字，情不自禁地皺了皺眉頭。

上一世，她可是寫得一手漂亮的簪花小楷，可這一世，她握筆的手只覺生疏得很，寫出來的字也歪歪扭扭的，橫不平、豎不直。

看來有些事，又要從頭練起了。沈君兮在心中感慨著，讓人將炕几上的文房四寶都收了。

「給我穿鞋。」沈君兮晃蕩著兩隻短短的小腳，對翠丫道：「我們也去前院瞧瞧熱鬧去！」

前院裡，沈箴已是再也控制不住自己的情緒。

他看著跪在面前的錢嬤嬤和春桃，氣極反笑。「行啊，妳們能耐了啊！還有什麼是我不知道的，妳們最好一次都給我招出來！太太這才走了多久，妳們一個個膽大得就要翻了天！」

錢嬤嬤見這架勢就知道大勢已去，頓時洩了心氣，癱軟下來。

春桃卻滿臉是淚地伏在沈箴的腳邊，心裡又悔又恨。悔的是不該自作主張，不該不聽她老子娘的話；恨的卻是通寶典當行的秦掌櫃，為何要在這個時候找上門來？

春桃全然沒有意識到她有今天，完全是咎由自取。

想著自己好歹服侍了沈箴一場，春桃一把抱住沈箴的腿，哭道：「老爺，念在春桃是初犯，就饒了春桃這一次吧！」

「初犯？」沈箴顯然不相信這說辭，他目光冷冷地瞧向春桃。「查出來就叫初犯，若是沒查出來呢？還不知道是第幾犯！」

一想到這兒，沈箴便叫來林泉。「幫著好好查一查，看看她們有沒有從姑娘屋裡順走了什麼其他東西！」

好在現在沈府的後院也沒有要避嫌的女眷，林泉便帶著人進了後院，對著帳本，一件件地核對起來。

經過查對，沈君兮房裡除了月例銀子的花銷對不上數目，還丟了一支登記在冊的黃玉簪子和一掛沉香木手串。

沈箴知道後，肺都要氣炸了。

因為一直秉承著「男主外，女主內」的態度，平日裡，他很少過問內宅的事務，不承想卻給了錢嬤嬤、王婆子之流可乘之機，平白讓幼小的女兒在他的眼皮子底下受苦。

「將這二人拖下去，各打二十大板，然後再叫人牙子來發賣了吧！」沈箴心痛地一閉眼，神情淡然地吩咐道。

跪在地上的春桃一聽，嚇得膝行兩步上前，抱著沈箴的大腿直哭。「老爺，再給春桃一次機會吧！春桃一定會盡心竭力地照顧好姑娘，將功抵罪的！」

躲在屋外長廊下偷看的沈君兮卻撇了撇嘴，想著上一世春桃當了姨娘後對自己頤指氣使的樣子，不禁翻了個白眼。

她可不樂意給自己找不痛快。

於是她掀了沈箴屋前的布簾子，像陣風似地扎進沈箴的懷裡，撒嬌地拱了拱身子。「爹爹！」

見到突然跑出來的女兒，沈箴很意外，而錢嬤嬤也似突然見到曙光，原本面如死灰的臉上又有了生氣。

「姑娘！」錢嬤嬤一見到沈君兮就開始哭訴起來。「姑娘以後要好好吃飯、好好穿衣……嬤嬤恐怕再也不能照顧姑娘了……」

見著錢嬤嬤那假模假樣，沈君兮不免在心裡冷笑。

錢嬤嬤還真是懂得怎麼拿捏小孩子，小孩子往往對身邊的人較依賴，特別是貼身服侍的，有時候，那種情感甚至比對自己生母還要濃烈。

只可惜，她現在已不是什麼小孩子，而且託她們兩位上一世在自己面前作威作福的福，現在的她只恨不能將她們早些弄走，又怎會幫著她們說好話？

沈君兮靠在沈箴的懷裡，眨著大眼睛，一臉天真地道：「咦？錢嬤嬤要回家榮養了嗎？那春桃怎麼辦？她還要不要留在我們家為爹爹生兒子？」

聽著沈君兮好似童言無忌的話，錢嬤嬤不免後悔起來。自己怎麼忘了，姑娘已不是她記憶裡那個什麼都不懂的姑娘了！

而沈箴的臉色瞬間陰沈下來。

「守姑，妳瞎說什麼？」他瞪著眼斥責道。

「守姑沒有瞎說啊！」沈君兮卻揚起小臉，倔強地道：「是錢嬤嬤說的，她說爹爹沒有兒子，若是春桃能為爹爹生一個兒子，便能抬了姨娘，將來的日子就能衣食無憂了。」

聽到這兒，沈箴的臉色徹底黑了。

他的守姑才多大，錢嬤嬤竟然毫無顧忌地在她面前說這些，而且芸娘的熱孝未過，她們竟然就敢打這樣的主意，簡直其心可誅！

原本他還擔心守姑年紀小，自己就這樣換了她身邊的人不適合，現在看來無論是錢嬤嬤還是春桃，都留不得了。

「林總管，叫人牙子來吧。」這一次，沈箴終於下了決心。

「那……還打不打？」任誰也沒想到林泉會在這個時候神補刀地問道，就連沈君兮也對他投去詫異的目光。

「打！為什麼不打？」早就窩了一肚子火的沈箴咬牙切齒道：「都給我狠狠地打，以儆效尤！」

林泉得了令，命人將錢嬤嬤和春桃拖下去。不久之後，花牆外的另一個小院子便響起錢嬤嬤和春桃那慘絕人寰的叫喊聲。

沈箴自然不樂意讓沈君兮聽到這些，抱起沈君兮就往後宅走去。

也不知是沈君兮本就生得瘦弱，還是因為覺得虧欠女兒，沈箴一路抱著沈君兮卻覺得輕若無骨，心中滿是愧疚。

內院剛處置了幾個人，女兒身邊正是缺人的時候，沈箴在心裡盤算著要不要讓林泉再去買幾個丫頭婆子進來？只是這些內宅事務素來都是由芸娘說了算，現在卻都要他來拿主意，又不禁悲從中來。

沈君兮將頭伏在沈箴的肩膀上，也有著自己的打算。

若想在這府中立起來，就必須要有自己的人，這樣將來就算自己遇到什麼事，身邊也有可用之人。

但這事又不能操之過急……

她看了眼老老實實跟在沈箴身後，大氣也不敢出的翠丫，覺得自己眼下能用的人大概是她，還有她的姊姊小紅了吧？

「爹爹，我能將廚房裡的小紅要到自己屋裡來嗎？」沈君兮摟著沈箴的脖子，在他的耳邊道。

「小紅？」沈箴顯然不知道府中還有這樣一個人。「妳怎麼突然想要她？」

「她是翠丫的姊姊，」沈君兮想了想，道：「翠丫對我好，所以我想讓她的姊姊過來陪她。」

翠丫一聽，心就怦怦地跳起來，並且關注起沈箴的回答。雖然她現在也是在姑娘身邊當粗使丫鬟，可如果姊姊能到姑娘身邊當差，自然要比在廚房裡好。

聽著女兒的要求，沈箴並沒有猶豫，他笑道：「既然是守姑想要，那就把她調過來好了，順便還得幫妳再找個管事嬤嬤。」

沈君兮聽了就急了。她好不容易才弄走一個錢嬤嬤，可不想再弄個什麼嬤嬤來管著自己了。

「不要不要，我才不想要嬤嬤！」她用力搖頭道：「嬤嬤們都喜歡自作主張，守姑不喜歡。」

「可如果沒有嬤嬤，守姑房裡的事請誰拿主意呢？」沈箴卻是耐心問著。

一心想掌管自己屋裡錢財的沈君兮突然覺得這是個機會，撒嬌地對沈箴道：「守姑可以自己作主啊！守姑已經長大了！」

沈箴沒由來地感到一陣心酸，在心中暗想著，一定是錢嬤嬤那老虔婆對女兒傷害太深，才會讓女兒如此牴觸，不如將找嬤嬤的事先緩一緩，過段日子再說。

為沈君兮尋找嬤嬤的事暫且擱置下來，而翠丫和小紅卻被升為二等丫鬟，留在沈君兮的身邊服侍。

只是她們原先都只是粗使丫鬟，喚作小紅和翠丫也沒什麼，但如今跟著沈君兮了，再叫這樣的名就有些不適合。因此沈君兮替她們改名，一個叫紅鳶，一個叫鸝哥，依舊一紅一綠，叫起來卻大方體面很多。

一時間，府中不知有多少人羨慕起紅鳶和鸝哥，更有甚者，想要效仿她們兩姊妹，三不五時跑到沈君兮的跟前來獻殷勤。

沈君兮將她們送來的東西照單全收，對她們所求之事卻視而不見。

「這樣恐怕不好吧？」紅鳶就有些擔心地提醒道。

「有什麼不好的？」沈君兮懶洋洋地靠在大迎枕上，一臉愜意地嚼著沾滿玫瑰糕的手指。「她們有事不去找我爹，不去找林總管，卻找到我這兒來了，還不是因為看著我是個孩子好說話？我才不上她們的當呢！而且她們來找我，就證明所求之事並不急，我拖她們一拖又有什麼關係？」

才八、九歲的紅鳶卻是聽得似懂非懂。

沈君兮在心中嘆了口氣。到底還是年紀小了些，紅鳶和鸚哥以後還得慢慢教。

第四章

日子轉眼就到了新年。

除夕夜裡，沈君兮吵著要和沈箴一起守歲，可亥時剛到，她就眼皮打架地倒在沈箴的身上睡了過去。

沈箴無奈地笑著將她抱上床，腦海裡卻在思考女兒的未來。

前不久，他在吏部任職的同年悄悄地寄了封信，透露出皇上想將各處官員都動一動，那同年在信中詢問他，有沒有換個地方任職的想法？

對此，沈箴是很心動的，畢竟他在這山西任上已經待了五年，早就想挪一挪窩。

可他那同年又說了，如果想往富庶之地去，就只能平級或是降級調動，畢竟大家都想往好地方擠，競爭激烈；但如果他想在仕途上更進一步，就往偏遠的地方去，熬上三、五年，有了資歷後，將來才好升遷。

沈家本是江南望族，到了沈箴這三代單傳，祖上幾代積攢的財富都到了他手上，因此他並不缺錢，缺的正是一展抱負的機會。

所以同年的來信讓他很心動，他回了信，讓同年幫忙運作。

只是這樣一來，女兒的未來又變成他不得不考慮的事。

他一個人去吃苦沒什麼，可若要帶著沈君兮一起，多少還是捨不得。而且沈君兮是個女孩子，將來也不可能由他一個大男人來教養；沈家已沒有值得託付的女性長輩，而紀家那邊……他多少還是有些情怯……

畢竟他當年和芸娘的私奔並不光彩，若不是後來大舅兄及時趕來，以「長兄為父」的身分為他們補辦婚禮，他和芸娘的婚姻後來也不能名正言順。

況且此次芸娘仙逝，他在第一時間就修書給了京城紀家，現在大半個月過去了，絲毫沒有回音，以至於讓他有些拿不準紀家到底是什麼態度？

沈箴想著這些，不免又覺得頭疼起來。

還沒有出紀氏的七七，沈君兮和沈箴均是有孝在身，不用出去走親訪友。因此沈箴要麼教沈君兮下棋，要麼教她習字，有時候，父女二人乾脆窩在一起烤紅薯或是栗子，日子倒也過得其樂融融。

到了正月初八那天，大總管林泉卻帶來一個人。來人約莫二十七、八的年紀，姓黎，自稱是紀家的管事。

他一見到沈箴，就從衣襟裡拿出一封封著火漆的信件，不卑不亢地道：「這是國公爺託我帶來的，懇請沈大人過目。」

沈箴接過信件，認出火漆上的印章正是秦國公府的印信，不疑有他地讀起來。

信是大舅兄紀容海寫來的，信中稱紀家的老太君王氏得知小女兒芸娘去世的消息後，哭得幾近暈厥。後來，還是因為紀老夫人的二兒媳董氏勸她要朝活著的人看，芸娘還留了個尚未成年的孩子；而沈家人丁單薄，若老夫人不出手幫助一二，將來沈君兮頂著個「喪婦長女」的名號，必定會過得很艱難。

紀老夫人覺得二兒媳婦這話說得在理，讓大兒子趕緊修書一封，想將沈君兮接到京城去親自教養。

紀家的要求正中下懷，如果能將沈君兮送回外家教養，那自然是最好的選擇。

於是沈箴欣然同意讓沈君兮去京城的提議，唯一的要求是希望他們能過了紀氏的七七再啟程。

黎管事沒想到事情如此順利，他來之前還以為要對沈箴「曉之以理，動之以情」，見沈箴答應得如此爽快，他也不介意在山西多待上一段時間。

而得知紀家派人來接她的沈君兮卻是大感意外。

在她的印象中，外祖紀家和沈家鮮少聯繫。

前世，她跟著父親在貴州任上七、八年，紀家對她一直不聞不問。後來，她嫁到延平侯府，出於禮節，帶著新婚丈夫去拜訪舅舅家，結果大舅母對她卻是不冷不熱，讓她一個人尷尬地坐在花廳裡，受足了僕婦的冷眼和奚落。

從那之後，她就鮮少與紀家走動，好似她從沒有過這樣的外家一樣。

現在，不但要讓她去京城，還要她在舅舅家長久住下？沈君兮光想著就覺得渾身不自在。

她正想找個時間和父親好好說道此事，卻發現父親整日都和那黎管事一起品茶論道，兩人恍若知己，總有說不完的話題。
沈君兮一瞧，就急了。再這樣下去，就算爹爹不對那黎管事言聽計從，至少也會對他的話信服，到時候自己上京會成為板上釘釘的事。
可她一點都不想去！
現在的沈家就她和爹爹兩個人，後宅裡的事全是她說了算，日子過得像神仙一樣舒心又愜意，為什麼要到京城去找不痛快呢？
打定主意的沈君兮暗自琢磨起來。
既然這一世紀家派人來接她，那上一世呢？按理說，紀家也應該是來人的，可為什麼自己沒有跟著去呢？
上一世，她房裡的事都是由錢嬤嬤拿主意，以錢嬤嬤和春桃那貪婪的個性，肯定也是不希望自己去京城的，可她們到底用的是什麼方法呢？
沈君兮第一次生出了後悔之心，後悔不該那麼早就處置錢嬤嬤。
因此，她讓紅鳶悄悄去找前院的管事打聽錢嬤嬤和春桃的下落。
可前院的管事卻回話，說錢嬤嬤因年事已高，在受刑後，不出兩日便一命嗚呼了；而春桃因為長得頗有姿色，被江南來的一個行商買回去做了小老婆。
沈君兮聽著，面上雖未顯露什麼，卻在心裡感慨。自己的重生已經悄悄改變了身邊人的命運。
要知道，上一世的春桃不但順利生了兒子，而且還被抬了姨娘，因父親沒有續娶，她更是名正言順地管家，暗地裡沒少算計沈君兮這個正房嫡出的大小姐。
如今兩世加在一起，自己與錢嬤嬤和春桃的恩怨，也算是兩清了。
沈君兮遂丟開向錢嬤嬤取經的想法，自己拿起主意來。
忽然間，她就想到上一世沈箴在貴州辦下的一樁案子。
雖然操作起來有些麻煩，但好在她現在手上也不是無人可用，家裡的那些僕婦為了討好她，早就對她的話說一不二。

因為紀氏七七的日子未到，黎管事每日只管同沈箴談天說地，絕口不提回京的事。
這一日趁著天氣好，沈箴邀他一同去爬山，黎管事自是欣然前往。
兩人在外遊玩了大半日，回到沈府時天色已經全黑，黎管事同沈箴道別後，就回了自己休息的客院。
客院的小廝墨書像往常一樣替他拿了個泥炭小爐來溫著熱水，與他說笑兩句便離開了。
許是爬了一天的山有些累，覺得困頓的黎管事便早早地上床睡了。
只是這一夜，他睡得並不安穩。
不知道為什麼，今日的火炕燒得特別熱，生生被熱醒的他只覺得有些口乾舌燥，於是下床給自己倒了一杯水。
正在喝水，他覺得好似有什麼從窗前掠過，還發出一陣陣詭異的叫聲。
打十五歲開始就同師父一起闖南走北的黎管事什麼場面沒見過？因此，他有些好奇地打開門走出去。

院子裡雖然黑，卻因為屋頂上的積雪並未化去，倒還能見著一絲光亮。

黎管事站在門廊下四處張望，發現沒什麼異常，正要回屋時，又聽到那詭異的聲音自對面的房頂傳來。

他皺著眉，全神貫注地朝對面屋頂瞧去，只見對面屋頂上有隻黑色的大鳥正撲著翅膀。

黎管事搖搖頭，自嘲地笑了笑。

就在此時，天上卻突然有一團白影毫無預料地衝他飛了過來。被唬了一跳的黎管事定睛看去，卻發現那飄浮在空中的白影竟然是個沒有腳的人——那人披頭散髮，面目猙獰，身上的白色衣裳更像是紗帳一樣隨風翻飛，那模樣……分明就是個無腳的女鬼！

一向大膽的黎管事頓時嚇得打了個趔趄，坐倒在地上。

那女鬼並沒有繼續朝他飛過來，而是在院子裡四處飄蕩一會兒就消失不見了。

一陣寒風吹過，打了個激靈的黎管事才反應過來，趕緊從地上爬起來，這才發現身上的衣衫竟然全都濕了。

到了第二天，黎管事就暈暈乎乎地說起胡話來。

得了信的沈箴自然要過來探望一番，還請了城裡最有名的大夫過來診治。大夫望聞問切了一陣，便稱他這只是偶感風寒，吃兩服發散的藥就好了。

可兩服藥灌下去，黎管事的病不見好，口中還不斷念叨著「鬼……有女鬼……」的話，更是令人大吃一驚。

自己家裡好好的怎麼會鬧鬼？身為山西提刑按察司僉事的沈箴自然是第一個不信的。這些年他經手的那些所謂鬧鬼案件，查到最後，無一不是有人在背後搗鬼。

這晚，到了午夜時分，風又大了起來，院子裡果然又響起奇怪聲響。

躲在屋裡的沈箴聚精會神地往院子裡看去。

風吹樹枝沙沙作響，一團白影果然從屋頂上飄下來，還發出一陣幽怨的嘆息。

沈箴的寒毛當場就豎起來。若不是他堅信這世間無鬼，這會兒肯定也會被嚇個半死。

他皺著眉，眼神卻在院子裡仔細搜尋起來。

憑著多年辦案經驗，他果然很快地注意到側邊屋頂上好似有人。那人穿著一身黑衣躲在屋頂上，手中卻拿著根釣竿似的東西左右擺動；跟隨著他的動作，空中那個女鬼也跟著一左一右地飄著。

沈箴一見，打開房門，大步流星地走出去，然後指著屋頂大喝一聲。「把那人給我拿下！」

忽然間，剛才還是黑漆漆的客院一下子變得燈火通明，林泉帶著家丁舉著火把從四面八方湧過來。

屋頂上的人完全沒想到自己會被發現，緊張得腳下一滑，就從屋頂上滾下來。

林泉乘機帶人將他圍住，將火把一照，發現那人正是這客院的小廝墨書。

「你小子搞什麼名堂！」林泉一見墨書就火了，在他印象中，墨書這小子很機靈，只要好好培養，將來大有可為。

墨書一臉尷尬地從地上爬起來，拍了拍身上的積雪，笑道：「林總管，您怎麼會在這兒啊？」

沈箴則是撿了同墨書一起滾落下來的「女鬼」布偶，沈著臉道：「你最好能解釋解釋這是怎麼回事，不然仔細你的皮！」

墨書就搔了搔頭，牽強地答道：「這個是我自己做來玩的……」

「做來玩的？」沈箴瞪眼看他，卻發現手裡的女鬼布偶做工很精細，絕不是墨書這麼一個半大小子能做出來的。

第二天，沈君兮還沒有起床就聽見墨書半夜裝神弄鬼被抓的消息，不禁皺了皺眉頭。她之前不是有交代嗎，這「鬼」絕不可每天都鬧，怎麼就是不把自己的話聽進去呢？

「姑娘，您還是去看看吧。」出去打聽消息的丫鬟翡翠一臉急色地向沈君兮求助道：「聽說墨書那小子嘴硬得一句話都沒有招，他現在被老爺打得皮開肉綻的，怕只剩最後一口氣了。」

沈君兮原本還惱著有人不聽自己的話，擅自行動，可聽聞墨書寧死也不願將自己給供出來，心情一振。

「那我們就去看看吧！」

待她們一行人趕到前院時，墨書早已被打得只有出氣沒有進氣，沈君兮頓時就著急了。她可沒想要弄出人命來！連忙跑到沈箴面前為墨書求饒。

「這不關墨書的事，是我讓他裝鬼嚇人的！」沈君兮老老實實地跪在沈箴的面前。

自己的爹爹自己清楚，沈箴並不是個好糊弄的人，與其編一大堆謊話來欺騙他，還不如實話實說。

「妳？」沈箴有些懷疑地打量女兒。守姑在他的印象中一直都是活潑乖巧的樣子，一點不像是會做出這種事的人。

「為什麼？」雖然心存疑慮，但多年的辦案經驗讓沈箴養成了不妄下結論的習慣。

沈君兮站在那兒，低著頭，扳著自己那小小的手指，一臉委屈道：「因為我不想去京城，所以就想著將黎管事嚇跑。」

看著女兒的模樣，沈箴有些忍俊不禁，卻還是板著臉道：「誰說嚇走黎管事妳就不用上京了？即便黎管事不來，我也是要將妳送到外祖家去的。」

沈君兮聽著，癟癟嘴就哭了起來。

誰教她現在還是個小孩呢？情緒可以收放自如。

「不要！守姑不要離開爹爹！」她抱著沈箴的大腿，一把鼻涕一把眼淚地哭著，還不忘將眼淚和鼻涕都蹭到沈箴那鴉青色素面刻絲直裰上，弄得沈箴有些哭笑不得。

「守姑，妳這是什麼樣子！」沈箴佯裝生氣地瞪眼道。

沈君兮跟著他，雖然是說不出的機靈可愛，可女孩子總是要長大的，不能總這麼沒有規矩，更別說她還會想出裝鬼嚇人這樣的手段了。

要知道，她現在才六歲啊！再這樣過幾年，豈不會變得更膽大妄為？

沈箴又想起那個做工精細的「女鬼」來，問起沈君兮。「那個女鬼是怎麼回事？妳可別說那是妳做的。」

「是我託廚房裡的婆子們做的，女鬼的頭髮是我讓墨書找回來的。」沈君兮見自己裝乖賣巧沒用，噘嘴道：「一人做事一人當，這些都是我的主意，他們也只是聽令於我而已，爹爹要罰就罰我吧，不要為難他們了。」

「呵，好個一人做事一人當，妳倒是挺講義氣！」沈箴輕笑道：「我要是不成全妳，豈不對不起妳這錚錚鐵骨？」

說完，他就扭頭對一旁的林泉道：「從今日起，關她的禁閉，罰她抄女則，直到太太七七那日才可放出來。」

林泉全程在一旁聽著，說實話，他都有些佩服沈君兮的膽識。因此他雖應著，卻像是討饒似地同沈箴說道：「姑娘尚未啟蒙，怕是連自己的名字都還寫不好，又怎麼抄那女則？」

聽林泉這麼一說，沈箴想到自己前些日子教沈君兮寫字時的情景，她年紀尚幼，手上並無力道，握枝毛筆尚且發抖，更別說讓她寫字了。

他只得認命地嘆口氣。「那就改成習字吧！每日習字五張，不能再少了。」

沈君兮有些感激地看向林泉，但也聽出沈箴語氣中的無奈與妥協。

於是，她笑盈盈道：「守姑認罰，但也希望爹爹不要再追究其他人。」

「成交。」沈箴唬著臉地冷哼一聲。

看著女兒那肆意的樣子，他更加篤定將沈君兮送到外祖家是最明智的選擇。

第五章

沈箴原本以為女兒會耍賴，卻不承想，沈君兮還真的每天老老實實地練起字來。

為此，她還專門讓人去庫房裡找了張小書案出來，文房四寶更是在書案上鋪得架勢十足。

原來，上一世的她寫得一手非常漂亮的簪花小楷，這一世也不知道是不是年紀太小，一枝兼毫筆拿在手上竟然還有些掌控不了，因此她想趁這個機會好好地練練手。只是這次她練的是初學者常常臨摹的顏體，一個字寫出來比她的巴掌還要大。

沈君兮潛心地練字，卻也知道這些日子，房裡的僕婦們已經開始為她整理北上的行李了。

看著枝頭漸化的積雪，沈君兮有時候不禁咬著筆桿想，自己這算不算是搬起石頭砸自己的腳？

待到紀氏的七七過後，沈府除了靈，沈箴命家中的管事將紀氏的棺槨運往江西的清江縣厚葬，因為沈家的祖籍在那兒，祖墳也在那兒。

而沈君兮去京城的事，也便被提上日程。與此同時，沈箴也接到了調任貴州承宣布政使司左參議一職的任命書。

沈府上下瀰漫著一股淡淡的離愁。

沈箴的心中雖是萬般不捨，可為了女兒的將來著想，他也不得不放手。

但有些事也得同沈君兮囑咐一番。「秦國公府世居京城，吃穿用度自與尋常人家不同。妳此番過去，倒也不必露怯，有什麼事，只管比照家中的表姊妹來。」

說話間，沈箴就從身後的博古架上取出一個五寸見方的黃梨木小匣子，交到沈君兮的手上。「這裡面裝了三千兩銀子的銀票，給妳留做體己銀子。遇到喜歡的東西也不必拘著自己，只管買……只是妳身邊沒有管事嬤嬤，可要自己收仔細了。」

他一想到沈君兮身邊年紀最大的丫鬟紅鳶也不過九歲上下，就覺得自己之前實在太放任女兒胡來了，以至於現在她身邊連個像樣點的人都沒有。

於是，沈箴又有些遲疑地道：「要不我還是幫妳找個管事嬤嬤吧，身邊沒有個老成的人總是不好。」

「不要！」沈君兮回答得斬釘截鐵，然後看向沈箴，有些不捨地問：「我還有機會回到您身邊嗎？」

不知為什麼，聽到沈君兮這句話，沈箴卻是鼻頭一酸，忍不住抱住女兒道：「會的，還會有機會的……」

可伏在沈箴懷裡的沈君兮卻知道，上一世，直到自己出嫁，沈箴也沒能離開貴州任上。

過了二月二，沈君兮便同黎管事一道啟程往京城而去。

因為考慮到沈君兮年紀還小，不宜趕路，原本二十來天的路程，硬生生地被他們走了一個月。

為了打發這無聊的時間，沈君兮同黎管事打聽起紀家的事來。

原來紀家在沈君兮外祖父那輩就分過一次府，因她外祖父是嫡長子，名正言順地繼承了老秦國公的爵位；而外祖父的庶弟，原本靠著家裡的祖蔭也能到五城兵馬司當個小旗混日子，可他硬是憑著自己的本事考進翰林院，最終做到了國子監祭酒一職，並且從國公府搬出去，在京城另購了一個院子開府。因為地處城東，因此被人稱為東府。

兩兄弟雖然分府，卻沒有分家，因此家裡的子姪還是排在一起論長序，只是男女分別。

她的外祖母紀老夫人一共得了兩個兒子兩個女兒，母親紀芸娘便是外祖母的小女兒，在母親的上面還有兩個哥哥和一個姊姊。

大舅紀容海承了爵，是現任的秦國公，和大舅母齊氏又養育了二子一女。大兒子紀明在紀容海的身邊當差，二兒子紀昭則選為太子侍讀，還有個年紀和沈君兮相仿的女兒紀雪，養在紀老夫人身邊。

二舅紀容若走的卻是仕途，外放為山東巡撫，同二舅母董氏生了一子一女。大女兒紀雯十二、三歲，知書達禮；小兒子紀晴因為從小聰明伶俐，做了七皇子的伴讀。

然後，東府裡還有個在翰林院做編修的三舅紀容澤，他那邊有一個兒子、兩個女兒……

這麼多人，沈君兮一下子就聽得頭昏腦脹起來，這還不包括在宮裡當貴妃娘娘的大姨母，以及她所生的三皇子和收養的七皇子……

黎管事想著沈君兮畢竟還年幼，自己一下子和她說這麼多也記不住，索性就給沈君兮寫了一份簡單的紀家家譜。

沈君兮一路上對著那張家譜讀讀記記，倒也將紀家的人記了個七七八八。

待他們一行人到達京城時，已經是春暖花開的三月初了。

繁華的街道、琳琅滿目的商鋪，小販走街串巷的叫賣聲更是不絕於耳，一切都還是記憶中京城被流寇茶毒前的興盛模樣……

對於這一切，沈君兮見怪不怪，可和她同車的紅鳶和鸚哥卻已經看花了眼。

「嗯哼！」沈君兮清了清嗓子道：「等下進了國公府，妳們可不許是這副沒見過世面的模樣。」

紅鳶和鸚哥聽了，立即學著沈君兮的樣子正襟危坐。

瞧著她們眼觀鼻、鼻觀心的乖巧模樣，沈君兮這才暗暗點點頭。

秦國公府位於城東的清貴坊，這裡和別處不同，原是太宗皇帝的姊姊永壽長公主的府邸，可後來長公主因為參與安慶王謀逆案，太宗皇帝一怒之下便查抄了她的府邸，並讓內務府將這宅院收回去。後來幾經周折，當年的長公主府也被隔成了幾處庭院，分別賞給從龍有功的紀家、林家和許家。

許是當年的長公主府太過華麗寬敞，即便如今已經擠進了三戶人家，這清貴坊依舊顯得寬綽，而且秦國公府北面、原本花園子那一塊至今都沒有賞出去，一直還空在那兒。

聽著馬蹄打在麻石板上的噠噠聲，沈君兮卻想起上一世的那些不快，心裡也充滿了對未來的擔心。

簾子。

就在她胡思亂想的時候，馬車停下來，一個梳著圓髻、插著金簪的婆子笑盈盈地掀了門簾子。

「還請表姑娘下車來換轎，老太太盼您都盼了好幾天了。」

一聽到這話，沈君兮之前還有些慌亂的心莫名地安定下來。她扶著那婆子的手，踩著矮凳，小心翼翼地下車，換乘了一頂四帷金鈴翠幄軟轎，而紅鳶和鸚哥則是跟在轎子後隨行。

沈君兮默默地坐在軟轎裡，卻發現這軟轎的門簾子竟然用了京城仙羅閣的彩珠繡。那只有小米大小的琉璃珠本就難得，何況還要將其一顆一顆地穿在絲線上繡成繡品，既耗時又耗力，因此這樣一幅繡品在上一世可是賣到上百兩銀子。讓沈君兮沒想到的是，秦國公府竟然會將這樣一幅繡品做成了門簾子！

她想到臨行前父親跟自己說的那些話，到底是鐘鳴鼎食的人家，和光有虛名的延平侯府就是不一樣。

軟轎走了大概兩盞茶工夫，向右拐了個彎，上了一條長長的夾道，約莫又走了半炷香的樣子，停了下來。

「來了！來了！」隔著轎簾，沈君兮聽到一陣歡鬧的嬉笑聲，一群穿紅著綠的丫鬟簇擁著一個媳婦子打扮的人，為她打了轎簾。

沈君兮扶著那媳婦子的手借勢下了轎，首先映入眼簾的是一扇雕梁畫棟的朱漆垂花門；待進了那垂花門，穿過抄手遊廊，繞過院子中的大理石影壁後，便見到了修得寬敞大氣的正房大院。

正房的堂屋下掛著一塊紫檀木大匾，匾上的字跡龍飛鳳舞。沈君兮依稀能辨認出「翠微堂」三個大字，然而再看向一旁的小字時，不免倒吸了一口涼氣。

那落款竟是當朝天子的名諱。

見到她們一行人過來，留在正房屋外的丫鬟們忙迎上來，爭著打起了正廳的簾櫳。

沈君兮就聽屋裡有人回話。「表姑娘到了。」

原本還有些嬉鬧的內室一下子就安靜下來。

沈君兮深吸了一口氣，凝了凝心神，略微低著頭，踩著可以照出人影的地磚，往後堂而去。

只是她剛一進屋，就見著一位鬢髮如雪的老婦人在丫鬟的攙扶下迎了過來，她正欲福身拜見時，卻被那老婦人一把拉進懷裡。

這老婦人正是沈君兮的外祖母，秦國公府的老太君紀老夫人。

「我那苦命的女兒喲……竟讓我這白髮人送了黑髮人！」紀老夫人一抱住沈君兮就忍不住哭起來。

沈君兮聽到紀老夫人的哭聲，想起自己早逝的母親，以及上一世因此而變得飄零的身世，情不自禁跟著一起哭起來。

紀老夫人身邊的人自然圍了過來，一通好勸。

「妳母親原是我最小的女兒，真是捧在手裡怕丟了，含在嘴裡怕化了，不承想她卻先我而去……」好不容易止住的紀老夫人在哭過這一氣後，才撫著沈君兮的頭道：「這一路上沒少吃苦頭吧？」

「還好。」哭紅了眼的沈君兮說道：「黎管事一路都安排得挺好，守姑並沒吃到什麼苦頭。」

紀老夫人聽著，頻頻點頭，然後對一旁站著的四旬華服貴婦道：「黎管事的這趟差辦得好，妳替我重重地賞他。」

「是。」那四旬華服貴婦很謙恭地應道。

沈君兮有些好奇地抬頭看去，卻見到了大舅母齊氏的臉。

上一世，她雖然只見過大舅母一面，但她那輕蔑的眼神和傲慢的態度，深深地映在她腦海裡，以至於這一世再瞧見這張臉時，心底竟情不自禁地生出一絲厭惡。

只是沈君兮已不是那三歲小兒，自然知道怎麼隱藏自己的情緒。

「這是妳的大舅母。」見沈君兮正瞧著齊氏，紀老夫人同她道：「二舅母帶著府裡的其他姊妹出府作客去了，恐怕得用晚飯時才回；而妳的兩個舅舅都因公務在身，並不在府裡，等過些日子回來了，妳再同他們請安。」

說完這些，紀老夫人又同那齊氏交代道：「守姑遠道而來，先將她安排在西廂房的暖閣與我同住，讓雪丫頭搬回妳們的院子裡去好了。」

齊氏聽了心中一喜。

當年老夫人因嫌自己太寵小女兒紀雪，將她養得性子有些刁蠻，便執意將紀雪養在翠微堂。

瞧著女兒在老夫人這兒活得像個小雞仔一樣，齊氏心疼得就想讓女兒搬回自己的院子裡去，可惜老太太一直不放人。沒想到今日老太太竟然會為了沈君兮而讓她的雪姊兒移出來。

「那媳婦這就讓人去給雪姊兒收拾東西。」齊氏心裡雖然喜孜孜的，面上卻是波瀾不驚地道。

紀老夫人點點頭道：「去吧，今兒個不必過來了。」

齊氏離開後，就有人領著紅鳶和鸚哥進來給紀老夫人行禮，紀老夫人簡單地問了她們一些問題後，便每人賞了一個八分的銀錁子，讓人將她們領下去休息。

「怎麼就帶了兩個不知事的小丫鬟來？」待二人退下後，紀老夫人拉著沈君兮問道：「錢嬤嬤怎麼沒有跟著妳一起進京？」

沈君兮這才想起，那錢嬤嬤曾是母親的陪房，外祖母還記得她也不足為奇。

只是那錢嬤嬤畢竟是從秦國公府出去的，有些話，沈君兮不能照實說。

於是她吸了吸鼻子，面帶戚容地道：「嬤嬤……嬤嬤在母親去世後悲傷過度……也跟著一起去了……」

紀老夫人聽著，先是神情一滯，隨後嘆氣道：「她大半輩子都跟在妳母親身邊，也算是個忠僕了。」

聽外祖母沒有繼續追問，沈君兮在心裡默默地鬆了口氣，心想總算把錢嬤嬤的事給掩過了。

想著沈君兮身邊沒有個能用的人，紀老夫人把身邊的大丫鬟珊瑚給喚過來。「從今天起，妳就到姑娘的身邊當差吧！然後同大夫人說一聲，姑娘的吃穿用度和府裡的雯姊兒她們一樣，讓她將人都給姑娘配足了，每月的例錢都從我這兒出……」

她正同珊瑚說話，在紀老夫人屋裡當差的李嬤嬤就走過來稟報。「給表姑娘準備的西廂房收拾好了，老夫人要不要過去看看有沒有什麼需要添減的？」

紀老夫人一聽就來了興致，攜了沈君兮的手往西廂房而去。

西廂房一排三間，南邊的那間做成了暖閣，北邊的那間則是個小小的書房。

暖閣裡，炕床是貼著向東的一側窗戶而建，坐在炕床上便能見著紀老夫人那四季花開不敗的庭院；緊靠著暖閣外的是個小梳妝檯，小梳妝檯旁是個一人高的鈿螺衣櫃，再過去就是一張落地的雞翅木繡屏……四處都透著精巧。

因為得了紀老夫人的吩咐，李嬤嬤領著翠微堂的丫鬟、婆子，麻利地將西廂房給收拾出來，還將之前紀雪留下的東西用挑箱裝了，以便叫人抬回大夫人的院子裡。

紀老夫人細細地看著，並不住點頭，然後對李嬤嬤道：「收拾得好是好，就是太素淨了些。讓人去開了我的庫房，把那對一尺高的紅釉面花觚拿來，還有屋角的地方擺個高腳方几，再去花房裡挑幾盆開得正豔的蝴蝶蘭過來。房裡得擺些花花草草，才顯得有生氣。」

聽了紀老夫人的吩咐，一屋子人又人仰馬翻地忙碌起來。

沈君兮瞧著這些人，卻打起哈欠來。

「怎麼？睏了嗎？」紀老夫人攜著沈君兮的手，關切地問道。

沈君兮默默地點點頭。

她畢竟只是個六歲的孩子，這一路舟車勞頓，身體多少還是有些吃不消。

「那就先去外祖母的房裡歇會兒。」說完，紀老夫人便命珊瑚將沈君兮帶去自己的房裡睡了。

也許真是累狠了，沈君兮幾乎是沾枕就睡，也不知道自己究竟睡了多久，就聽有人在外間細語道：「四姑娘，老夫人將暖閣騰給了表姑娘，您的東西已經叫人收拾好，送回大夫人的院子了……」

沈君兮依稀辨認出這好似是珊瑚的聲音。

「啪」！珊瑚的話都還沒說完，沈君兮就聽見一聲清脆的掌摑，將她的瞌睡全都嚇跑了。

清醒過來的沈君兮聽見一個尖銳的女童聲。「妳是個什麼東西！竟然敢動我的東西！」

「不……四姑娘……不是的……」珊瑚有些急切地解釋道：「這是老夫人吩咐的……」

「妳別扯著祖母做大旗，我這就找祖母去！」

聽著那個氣鼓鼓的女童聲越跑越遠，沈君兮特意伸著懶腰，弄出些聲響來。

聽到動靜的珊瑚在外間試探地問道：「姑娘醒了嗎？」

沈君兮含含糊糊地應了一聲，好似才剛醒一樣。

珊瑚打了水進來，笑著對她道：「正好二夫人她們也回來了，正陪著老夫人在前面的花廳說話呢，姑娘也過去見一見吧。」

「嗯。」沈君兮乖巧地應著，然後不動聲色地打量珊瑚。只見她左側臉頰上微微泛著紅，顯然剛被人打過。

可她的面上始終笑盈盈的，彷彿剛才挨打的那人不是她一樣。不愧是在外祖母身邊伺候過的人。

沈君兮在心裡默默地感嘆著。簡單的梳洗過後，便由珊瑚領著往花廳而去。

花廳裡此刻已坐滿了人，有的梳了婦人髻，有的卻還做姑娘打扮，大家嘻嘻哈哈地坐在一起有說有笑，很是熱鬧。

第六章

見到沈君兮過來了，坐在羅漢床上的紀老夫人就笑嘻嘻地朝她招招手，原本坐在紀老夫人身邊的一個女孩子主動起身。

沈君兮留意到屋裡的目光都投向了她，有打量的、有探究的……每個人的神情都不一樣。

「來來來，到外祖母身邊來。」紀老夫人滿臉笑意地說著。「咱們的守姑睡醒了沒有啊？」

沈君兮乖巧地點點頭，依偎了過去。

紀老夫人摟著她，指著下首太師椅上的人道：「守姑，來見見妳二舅母。」

沈君兮抬眼看去，只見一個三十歲上下的美婦嘴角帶笑地坐在那兒，面容白淨娟麗，鴉青的髮絲綰了個髻，插著兩根金包玉的簪子，一身藕荷色撒花金團花領褙子配著月白色的八幅湘裙，通身再無其他飾物，十分素雅。

和大舅母給她的勢利印象不同，沈君兮一眼就喜歡上這位眉眼間透著淡雅的女子。

「守姑見過二舅母。」沈君兮露出一個靦覥的笑容，衝著那美婦行了個福禮。

上一世，她嫁入京城時，二舅母董氏已經隨著二舅去了山東的任上，所以這還是兩世為人的沈君兮第一次見她。

董氏見著沈君兮那乖巧懂事的模樣，心裡頓時化成了一灘水。她看了身後的丫鬟香草一眼，香草就拿了個大紅描金海棠花的匣子出來。

「第一次見面，舅母也沒有準備其他東西，這一套珍珠頭面，妳拿去戴著玩吧。」董氏笑著起身同沈君兮說道。

可沈君兮並不敢伸手去接，而是默默地回頭看了紀老夫人一眼，彷彿在等著紀老夫人給她拿主意。

紀老夫人笑道：「既然是舅母送妳的，妳接著就是。」

沈君兮這才大大方方地上前接了那匣子。

董氏摟著她的肩，親親熱熱地說道：「來，見過妳的嫂子和姊姊們。」

「這是妳明二嫂子，」說著，董氏將屋裡一個梳了婦人髻的年輕女子指給沈君兮看。

明二嫂子？沈君兮回想著黎管事給她的那張家譜圖，暗想這位大概就是表哥紀明的妻子，福了福身子，叫了聲「嫂子」。

那明二少奶奶文氏側過身子受了，然後從手上褪下一只雕花的赤金戒指當見面禮。

「這是妳雯大表姊。」接著董氏將她領到一個十二、三歲的姑娘跟前，沈君兮一眼便認出這是剛才給自己讓位置的小姑娘。

二人互相姊姊妹妹地叫了，倒也一團和氣。

董氏笑著點點頭，然後指著紀雯身邊的一個女童道：「這是妳四表姊紀雪。」

沈君兮的目光順著二舅母的手看過去，只見紀雯身邊還坐著一個和自己年齡相仿的女童，只是那女童卻是臭著一張臉，並不拿正眼看她。

看來剛才打人的就是她了。

沈君兮目帶探究地瞧過去，倒也不急著同她見禮，不料紀雪卻突然站起來，使勁推了沈君兮一把，讓她一個踉蹌地跌坐在地上。

「誰跟她是姊妹？我才不稀罕這樣的姊妹！」對沈君兮，紀雪正眼都沒瞧上一眼，卻是氣鼓鼓地嚷道。

說完，她一個人抹著淚衝出去。文氏見狀不妙，帶著身邊的丫鬟婆子也跟出去。

屋裡的人都呆了，誰也沒料到會發生這樣的事。

董氏一見被推倒在地的沈君兮，連忙蹲下身子將她扶起來，很關切地問道：「沒傷著妳吧？」

沈君兮搖搖頭，但這突如其來的變故還真是驚到她了。莫說這紀雪還是名門閨秀，這等在長輩面前撒潑傷人的事，就是一般農家小戶的孩子也做不出來啊！也不知道外祖母和二舅母會怎麼說？

她偷偷地打量這二人的臉色。

董氏的神情還好，看不出有什麼波動，可紀老夫人的臉色卻陰沈下來，屋裡的氣氛也因此變得尷尬了。

大家都屏住呼吸，不敢輕易說話，只有自詡還有些臉面的李嬤嬤生硬地幫紀雪打圓場。

「想必是因為四姑娘還小，而且又與表姑娘不相熟，等過段日子就好了——」

「她還小？現在這個屋裡，她可不是最小的了。」紀老夫人卻是不領情地冷哼一聲。「我平日裡寵著她，可不是讓她跟我甩臉子的。」

紀老夫人語氣淡淡的，彷彿不帶一絲情緒，卻聽得屋裡的僕婦們神情一緊。

有人更趁著大家都沒留神的時候，偷偷地溜出翠微堂，悄悄地往大夫人的院子去了。

想著之前紀雪在次間裡與珊瑚生出的不愉快，沈君兮心下便能猜出幾分來。紀雪定是因為暖閣的事心生不快，因而故意找碴。

「外祖母……要不我還是搬出暖閣吧……」沈君兮輕聲細語地同紀老夫人道：「是我先占了四表姊的屋子，也怪不得她不喜歡我……」

受了委屈卻還主動將罪責往自己身上攬，沈君兮的懂事立即讓紀老夫人心疼得不得了。

「為什麼要搬？這院子可是我的，我愛讓誰住就讓誰住。」如今已經成為秦國公府裡最有權威的人，紀老夫人的脾氣也變得有些任性起來，拉著沈君兮的手道：「更何況她是姊姊，姊姊就該讓著妹妹。之前她仗著自己年紀小，可沒少在雯丫頭那兒占便宜，天下哪興她這樣的！」

瞧著外祖母說話霸道的樣子，沈君兮就有些忍俊不禁，可她新來乍到，還不敢太過放肆，只得強忍著，神色就有些不自然。

一旁的紀雯見了，笑著過來拉她的手。「妹妹不必拘謹，四妹就是那樣的脾氣，妳也別往心裡去，從今以後我們就是處在一塊兒的一家人了，可別外道了才是。」

「嗯，雯丫頭說的甚得我心。」紀老夫人讚許地點點頭，然後跟沈君兮說道：「以後這裡就是妳的家，凡事都有外祖母、舅舅、舅母替妳撐腰，所以遇到了什麼事只管說出來，可別委屈了自己。」

沈君兮微笑著點點頭，小聲道：「我記下了」。

幾人又坐在那兒說了會兒閒話，就有婆子過來請求示下飯桌擺在哪兒？

「就擱這屋子吧。」好不容易被眾人哄得有些開心的紀老夫人隨口吩咐下去。

不一會兒工夫，兩個壯婦人抬了一張方桌進來，屋裡的丫鬟、婆子們有的設椅、有的捧飯……不一會兒工夫，桌上碗盤擺列，裝著滿滿的珍饈佳餚。

大家依次入座，皆留了各自貼身的丫鬟遞飯布菜。

席間，李嬤嬤神色匆匆地出去一趟，回來時又附在紀老夫人的耳邊低聲細語一番。

紀老夫人聽後，手中的象牙箸也沒有放，只是淡淡地說了一句。「讓她們先候著。」

沈君兮不動聲色地瞧著，卻在心中怪道：也不知道是什麼人，竟然會選擇這個時候來請安。

只是這樣的疑慮，她不敢說出來，只能默默地放在心裡。

一頓飯畢，便有四、五個丫鬟端著盆盂巾帕魚貫而入。沈君兮學著紀雯的樣子，洗了手、漱了口，這才和紀雯一左一右地虛扶著紀老夫人往正廳而去。

只是紀老夫人剛一落坐，齊氏便踩著點，拉著還在抽泣中的紀雪闖進來。

來得這麼及時？上一世曾管過家的沈君兮一瞧就知道，定是有人給她們通風報信了。

那齊氏一進屋，靦著臉笑著對紀老夫人道：「娘，孩子小，不懂事，今日不小心頂撞了您，我讓她過來給您道個歉。」

「她豈止是頂撞了我？」對紀雪，紀老夫人卻是正眼都沒瞧上一眼。「她還將初來乍到的守姑推倒在地，哪裡有一個當姊姊的樣子？」

齊氏聽著，尷尬地笑了笑，然後推了推一旁杵得像根木樁子一樣的紀雪。「來的時候，娘是怎麼跟妳說的？還不快點給妳君兮妹妹道歉！」

哭紅了雙眼的紀雪就拽著自己的衣角，顯得很不情願地對沈君兮說道：「君兮妹妹，我不該衝妳亂發脾氣，更不該失手將妳推倒……妳……妳能原諒我嗎……」

紀雪說這些話的時候，雙眼一直盯著自己腳下的那塊地毯，不曾抬頭看一眼沈君兮。把那些話都說完後，卻又立即看向母親齊氏。

這樣的道歉，一看就沒有什麼誠意。

沈君兮冷眼瞧著，卻不敢在面上表現得太過。

「當然。」她大方得體地站起來，主動伸手去拉紀雪的手表示和解，沒想到紀雪卻嫌棄似地躲開了。

沈君兮並不為意，畢竟對方和自己不一樣，紀雪真的還只是個六、七歲的孩子。

可這一幕卻引起了紀老夫人的不快。在她看來，紀雪真是太過任性，遠不如沈君兮一半的乖巧懂事。

紀老夫人皺了皺眉頭，同董氏道：「今天就到這兒吧，妳們也累了一天，都早點回去休息吧。」

董氏不動聲色地看了眼丫鬟們才端上來的熱茶，又掃了眼一旁神情不太自然的大嫂，笑著稱是，領著女兒紀雯告退了。

沈君兮自然也不好留下來，乘機跟外祖母道別，跟在董氏的身後一同退出來。

只是她們幾人還沒有走遠，就聽到紀老夫人有些不太高興地斥責齊氏。「我一早就告訴過妳，平日不要那麼寵她，妳自己看看，她現在都變成了什麼樣子？」

沈君兮不免在心中哀嘆一聲。

她今日剛到秦國公府，先是因為暖閣的事將紀雪給得罪了，現在大舅母又因為她而被外祖母斥責，也不知道大舅母會不會就此把自己給記恨上？要知道上一世她可什麼都還沒做呢，大舅母就瞧自己不順眼了。

紀老夫人的中氣很足，即便她們走到穿堂了，還是能聽到她的聲音。

走在最前面的董氏突然停住腳步，笑盈盈地回頭看著沈君兮。「守姑要不要到二舅母的院子裡去坐坐？」

沈君兮回首看了眼空蕩蕩的院子，幡然醒悟。

紀老夫人正在訓斥當家主母，這個時候當然應該有多遠就躲多遠。

「好呀！」她眉眼彎彎地應著，然後主動上前牽住大表姊紀雯的手，顯出一副很期待的樣子。

董氏的院子和翠微堂隔著一個小花園，說遠不遠，說近不近。她們一行人剛穿過那個小花園，便有丫鬟挑著燈籠過來迎接，紀雯卻緊緊握著沈君兮的手，不斷囑咐她注意腳下，不要摔倒了。

董氏的院子是那種典型的五間四進宅院，粉牆灰瓦的，雖然廊簷下都掛著風燈，可在晚上依舊看得並不真切。

沈君兮跟著她們一路向前，先是過了穿堂，然後過了一段青石板甬道，紀雯牽著她的手，指著一旁的廂房道：「我就住在這屋，以後要是閒得無事，便到這兒來尋我玩。」

沈君兮乖巧地點頭應了，腳下卻不曾停歇，待她們又走過一段抄手遊廊後，董氏住的屋子才出現在眼前。

董氏笑著將沈君兮迎進屋裡，一邊吩咐屋裡的丫鬟、婆子們去拿些瓜果糖食來招待，一邊讓她們派人去盯著老夫人院裡的動靜。

紀雯則是很有長姊風範地帶著沈君兮坐在屋裡，剝著糖炒栗子給她吃。

沈君兮本想說可以自己來，但看到紀雯那較勁又認真的模樣，到了嘴邊的話又嚥下去，像個懂事的孩子一樣，靜靜坐在一旁，等著紀雯剝好栗子來餵她。

紀雯剝得也仔細，不但將殼給剝了，還將栗子上才那層毛皮也弄得乾乾淨淨，才肯送到沈君兮的嘴裡。

沈君兮的手支著自己的小腦袋，盯著紀雯手裡的糖炒栗子，腦子裡卻想著今日大舅母被外祖母訓斥的事。

她還真沒想到外祖母竟然會如此不給大舅母留情面。

要知道前世的大舅母在她印象中是多麼高傲的人，看她的眼神常常帶著不屑。

沈君兮有些幸災樂禍地想，被外祖母這樣灰頭土臉地訓斥過後，以後大舅母在僕婦面前還有什麼威信可言？

但想著院子裡那些都躲起來的僕婦，恐怕這事也不是第一次了。

沈君兮在那邊走神，紀雯一直盡心盡力地剝栗子，去內室換了一身衣服出來的董氏見了，急道：「哎喲，可別再餵她了，糖炒栗子這種東西吃多了不好克化，當心吃多了可是要積食的！」

聽了董氏的驚呼，沈君兮才回過神來，發現紀雯的面前已經剝出一大堆殼，而自己在不知不覺間又把那些剝好的栗子全都吃進肚子裡。

「我瞧著妹妹挺喜歡吃的，所以才一直剝給她吃呀！」感覺自己可能闖禍的紀雯站了起來，有些委屈地急道。

從小紀雯就想帶個小妹妹，可母親卻給她添了個只小一歲的弟弟紀晴，好不容易盼到紀雪出生，可大伯母又看護得緊，讓她這個當姊姊的根本沒有用武之地。

好不容易家中又來了個妹妹，她又怎麼會放過這個當姊姊的機會？

沈君兮聽了紀雯的話，心裡卻直叫苦。若不是自己剛才走神，又怎麼可能會像個小吃貨一樣一直吃？

可自己還能怎麼辦？吃都吃下去了，難道還吐出來不成？

就在沈君兮以為這事要這樣不了了之的時候，董氏房裡的江嬤嬤卻拿了一罐山楂乾過來。「要不讓表姑娘吃點山楂吧，能幫著消食。」

正有些慌神的董氏趕緊從江嬤嬤的手中接過罐子，不管三七二十一地掏了一把，想哄著沈君兮嚼下去。

這山楂本就酸，還是乾製過後的，因此那酸爽的味道讓沈君兮根本不敢張嘴。

「守姑乖，來吃點山楂。」董氏哄著沈君兮道：「妳剛才吃了那麼多栗子，不吃點山楂的話可能會肚脹，肚脹的話就會不舒服，不舒服就要看大夫，還要吃苦苦的湯藥喔……」

看著董氏那溫柔的笑臉，那輕聲軟語的關心，沈君兮忽然覺得有一股暖流正默默地流向她的心間。

因為年幼喪母，她一直渴望能有人像母親一樣溫柔待她，隨著年齡增長，這樣的渴望成了奢望，她也學會了將這訴求壓在心底，不再輕易提及。

可這一次，不過二舅母的幾句話，卻將她的眼淚都給帶出來，變得一發不可收拾，最後竟讓她嚶嚶地哭起來。

這突如起來的哭泣讓董氏更加慌了神，以為是自己剛才的話嚇到沈君兮，連忙放下裝山楂的小罐，將沈君兮抱在懷裡，拍著背地哄道：「不是、不是，二舅母只是擔心，不是說一定要吃湯藥的……」

第七章

柔弱的肩頭、溫暖的懷抱，竟讓沈君兮生出貪戀之心來。

她伏在董氏的肩膀上，頭卻搖得像個撥浪鼓，但她心裡的那些話卻不敢說出來，只好含糊不清地說了一句。「不吃山楂……」

董氏倒也沒想那麼多，而是抱著她哄道：「不吃、不吃，山楂也不吃……那二舅母就陪著守姑在院子走動走動可好？」

「好……」沈君兮弱弱地應著。

董氏蹲下身子，將她放在地上，然後牽了她的小手，在院子裡遛起彎兒來。

覺得自己闖禍的紀雯也跟在她們身後，一起繞著院子裡的假山走。

在董氏的帶領下，沈君兮大約走了半個時辰後，就已是滿頭大汗。

董氏伸手探進沈君兮脖子後的衣衫裡，發現她連裡衣都已經被汗水浸得濕透。

現在雖然已是三月，可依舊春寒料峭，出過汗再被寒風一吹，那是最容易凍到人的。

於是董氏跟身邊的人道：「去個人到老太太那邊說一聲，就說我與守姑聊得正投緣，想留她歇上一晚。」

就有婆子模樣的人應聲退下，而紀雯卻一臉興奮地湊過來。「母親真要留妹妹歇在我們院子裡嗎？那我今晚可不可以和妹妹同睡一張床？」

見董氏沒答話，她又急急地道：「這次我肯定會照顧好妹妹，不會再闖禍的。」

董氏看著女兒那熱切的眼神，又擔心女兒照顧不好沈君兮，只好安排她們二人都與自己同睡。

這一下紀雯更高興了，她抱起沈君兮原地轉起圈來，驚得一眾丫鬟婆子大喊「小心」。

好在一夜無事。

第二日一早，沈君兮在董氏的房裡梳洗過後，又被紀雯拉著一路蹦蹦跳跳地回了紀老夫人的翠微堂。

紀老夫人也是剛剛起床，正閉眼坐在梳妝檯前讓人給自己梳髮。

聽有人稟報董氏帶著表姑娘過來請安時，她睜了眼，笑道：「快讓她們進來。」

候在外間的紀雯聽了這話，牽著沈君兮的手一路走進去。

紀老夫人見著她們表姊妹間相處的這股熱乎勁，臉上更是笑開了花。

「快來、快來，讓外祖母看看妳昨晚睡得好不好？」紀老夫人衝著沈君兮招手。

沈君兮先是跟著紀雯一起行了個福禮，才乖巧地走過去。

清晨的陽光正透過窗戶紙照進來，照得紀老夫人白髮如銀，也照得沈君兮的一張小臉瑩白透亮。

「外祖母，我可以給您梳頭嗎？」沈君兮伸出手，小心翼翼地在紀老夫人披散下來的銀白髮絲上摸了摸。兩世為人，她還沒見過這種白裡還略微帶著些金黃的髮色。

紀老夫人並沒有拒絕她，而是有些好奇地問：「咱們的守姑也會梳頭嗎？」

「會。」沈君兮聲音清脆地答道：「我以前就常常給娘梳頭，而且還要梳滿一百下。」

實際上，她並未給自己的母親梳過頭，但前世在嫁到延平侯府後，她沒少在婆婆跟前立規矩，幫著婆婆梳頭。

「哦？」紀老夫人挑眉看她。「那咱們的守姑就試試吧。」

紀老夫人的話音剛落，就有機敏的丫鬟搬了張矮凳過來，而剛為紀老夫人梳頭的那個婦人，更是將手中的犀牛角梳遞到沈君兮的手上。

沈君兮接過梳子，很是麻溜地爬上矮凳，然後嘴裡數著數兒，有模有樣地幫紀老夫人梳起頭髮來。

董氏等人則是圍站在她的身後，滿臉笑意地看著。

不一會兒工夫便有人來報。「大夫人和四姑娘過來了。」

「怎麼這麼早？」紀老夫人抬著眼皮，看了眼放在高腳矮櫃上的自鳴鐘，有些不高興地嘟囔一句，然後道：「讓她們進來吧。」

董氏聽了，往裡間讓了讓，把門邊的位置空出來。

「等下可不要和祖母強，見到守姑也要客氣點……」齊氏拽著紀雪的手，一邊走一邊低聲叮囑著，待她們一進屋，她便揚起笑臉，只是還沒來得及張嘴，就見到了滿屋子的人，笑臉也跟著凝結在臉上。

「二……二弟妹……妳今日怎麼也這麼早？」齊氏有些尷尬地同董氏笑道。

董氏見著她，先是笑著點點頭，然後道：「昨晚我把守姑接到我那院子去了，這不是怕娘擔心嘛，所以一早就送回來了。」

聽著董氏這話，齊氏心中莫名就鬆了一口氣。

昨日沈君兮剛到，婆婆就落了她那麼大一個面子，她正愁以後在沈君兮跟前抬不起頭來，不承想二弟妹竟然將人帶到自己院子裡去了。

一想到這兒，齊氏就挺了挺身子，感覺自己的脊背好似又直了些。她再一抬眼，結果發現站在那兒給紀老夫人梳頭的是沈君兮，而紀老夫人還是一臉享受的表情時，臉上的神情又跟著變了變。

她看了眼身邊的紀雪。同樣是六、七歲的年紀，自己的女兒怎麼就不知道去賣這個巧，討老夫人的歡心？

沈君兮先是看了眼齊氏，又借著銅鏡看了眼紀老夫人，見紀老夫人好像不怎麼著急的樣子，她也跟著沈下心來，慢慢地替外祖母梳頭。

而紀老夫人則是閉著眼，神情靜謐得好似睡著一樣。

董氏自是無所謂，她反正也沒有什麼要緊的事做，就這樣候著也耽誤不了什麼事。

但齊氏卻不一樣，管著家的她，院子裡還站著不少丫鬟婆子等著她示下呢。

得知沈君兮要幫紀老夫人梳一百下頭的時候，她就笑著上前同沈君兮道：「妳這孩子，孝心可嘉，但梳頭這事還是讓大舅母來吧。」

說著，她就想去拿沈君兮手中的梳子。

沈君兮給也不是，不給也不是。

「怎麼，老大媳婦，有什麼急事嗎？」紀老夫人緩緩地睜開眼，在鏡子裡看著齊氏道：「妳要有什麼急事只管去辦妳的事，不用管我這邊……」

齊氏的神情一僵。老夫人明明知道自己管著府裡的中饋，卻還這麼說，分明就是故意的。

若是在平常，齊氏肯定就揣著明白裝糊塗地告退了，可昨晚紀老夫人才將她耳提面命一番，她又怎麼敢在這個時候走掉？

於是她訕笑了一把，又退回原來的位置。

直到聽沈君兮數到一百後，見她從矮凳上跳下來，將手中的犀牛角梳又還給一旁負責梳頭的媳婦子，並同紀老夫人笑嘻嘻地道：「外祖母，守姑梳得好不好？」

「好、好、好！」紀老夫人連說了三個好字，眼睛也笑得瞇成一條縫。「等下妳想吃什麼？讓廚房給妳做。」

沈君兮轉了轉眼珠，然後笑咪咪地道：「我想要吃油炸蟹黃包。」

「這才三月，有什麼蟹黃包吃？」沈君兮這邊的話音剛落，院子裡就響起一個少年的聲音。「四妹是不是又想給廚房裡的嬷嬷們出難題？」

「才沒有！」因為昨晚剛被紀老夫人訓斥過，紀雪原本一直躲在母親身後不想讓人發現，可聽到屋外少年的質問，忍不住氣鼓鼓地反駁道：「四哥你別冤枉我，這話可不是我說的！」

「不是妳，還會是誰？」院子裡，另一個少年嬉笑的聲音也跟著響起。「這個屋裡除了妳，還有誰會做這種刁鑽的事？」

說笑間，只見兩個少年如沐晨風般地並肩而來，紀老夫人一見他們二人，臉上便露出笑容來。

「孫兒給祖母請安。」兩人進屋後也沒有含糊，躬身給紀老夫人行禮，見到紀老夫人身後的齊氏和董氏後，又分別行禮。

趁著這當兒，站在紀老夫人身旁的沈君兮悄悄打量起兩位少年來。

這兩位少年並不是一般年紀，大的那個看上去約莫十七、八歲的樣子，瘦高瘦高的，穿著一件竹青色的錦緞袍子，看上去像是一根細長的竹竿；小的那個十一、二歲，身形也不矮，穿的卻是一件月白色素面杭綢直裰，卻襯得整個人唇紅齒白的。

看著二人的年紀，沈君兮大概分辨出，年紀大的那個是大舅母的小兒子紀昭，而小的那個就應該是二舅母的兒子紀晴。

見有人在打量自己，這兄弟二人也不約而同地將目光都瞧向沈君兮，那穿白衣的少年更是「咦」了一聲，然後對紀老夫人奇道：「這位妹妹難不成就是祖母之前常提起的、姑母家的小表妹？」

紀老夫人呵呵一笑，挽了沈君兮的手道：「可不就是她？從今兒個起，她就在我們家住下了，你們這些皮小子可不准欺負她。」

兩位少年便連連稱不敢。

一旁的齊氏見了，忍不住提醒兒子道：「怎麼今日還未出門？你們可別遲到了才好。」

紀昭卻對齊氏笑道：「不妨事的，今日太子殿下說想要出去郊遊，時間上反倒比平日要寬裕得多。」

「既是郊遊，三哥為什麼還穿著這身？」一旁的紀晴奇道。

紀昭這才看了自己一眼，一臉恍然大悟。「糟糕，我忘了換騎裝！」

說完，他急匆匆地和紀老夫人等人道別，又趕回自己的院子去換衣裳。

齊氏瞧著，不免就抱怨道：「他身邊的那些丫鬟、婆子也不知道是怎麼服侍他的，竟然還會犯這種錯誤。」

言下之意便想要剋扣紀昭身邊下人們的月錢。

「我看這事，怕是昭哥兒自個兒也忘了。」董氏卻在一旁幫忙開脫。在她看來，齊氏御下有時候實在也太嚴苛了些。

大人們在一旁說話，紀晴卻湊到沈君兮的身邊，用兩人才聽得到的聲音道：「這麼說，剛才是妳說要吃蟹黃包？可是妳不知道蟹黃只有每年八、九月的時候才有嗎？這個季節是做不出蟹黃包的。」

不料沈君兮卻神秘一笑。「不，我知道有道油炸蟹黃包，卻是這個季節可以吃到的。」

紀晴聽著，不免就皺了皺眉頭，可心裡也跟著好奇起來。

看兩個小傢伙你一言、我一語，紀老夫人饒有興致地看著沈君兮道：「怎麼，妳也知道油炸蟹黃包？」

「嗯，以前母親曾做給我吃過。」沈君兮眉眼彎彎地答著，心裡卻不那麼確定。

在她的記憶裡，前世父親曾要求廚房做這道點心，可嚐過之後又覺得不是母親當年做出的那個味道，後來就再也沒有提過了。

所以，這麼些年來，她一直好奇母親所做的油炸蟹黃包到底是什麼味道？

「那就讓廚房做吧。」聽到沈君兮提起芸娘，紀老夫人的心裡不免有些傷感，但還是讓人把話傳下去。

不一會兒工夫，廚房裡管事的闞家娘子便尋過來，一臉難色地同紀老夫人道：「……這個季節實在尋不著蟹黃，廚房裡的齊三媳婦也是巧婦難為無米之炊啊……」

「巧婦難為無米之炊？」紀老夫人聽著這話卻笑了起來，然後同身邊的李嬤嬤笑道：「看來這余婆子在帶徒弟的時候留了一手啊！」

李嬤嬤也笑著點頭稱是，然後對那管事的闞家娘子道：「她若沒辦法，我就給她指條明路，讓她趕緊請教她的師父去。反正老夫人發了話，妳們廚房裡今日一定要將這道包點給端上來。」

那管事的闞家娘子聽著，心裡微嘆了口氣，趕緊回去將這話傳下去。

只是這樣一來，闔府的人都知道新來的表姑娘給廚房出了道難題，也都好奇廚房要怎麼做出平日只能在秋天吃到的包點？

首先坐不住的自然就是齊三媳婦了。

她原是齊氏的陪房，從廚房跑腿的粗使丫鬟開始做起，然後拜了當年的糕點師傅余婆子為師，七、八年前嫁給外院的管事齊三，便自覺翅膀硬了，於是略施小計地將余婆子從這國公府裡擠走，現在居然要她回過頭去請教余婆子，她怎麼落得下這個臉面？

可如果不去找，一日之期馬上要到了，拿不出蟹黃包，在老夫人那兒更是不好交差。到時候莫說臉面，怕是手上的這份活計都保不住！

一想到這兒，齊三媳婦心一橫，就拿了個食盒，將新做的糕點每樣都揀了些放在裡面，出了秦國公府的後門，在街上叫了一輛車就出城去了。

余婆子年輕的時候做了自梳女，一生未嫁，無兒無女，從廚房裡退下來後，紀老夫人見她可憐，便送她去城外的田莊榮養。

只是齊三媳婦當年擠走余婆子的手段也算不得什麼光明，所以這些年她總藉口府裡忙，沒怎麼去見過這位師父；而她現在又有事上門相求，余婆子願不願意幫她還是兩說。

說來說去，都怪那個什麼新來的表姑娘給自己找麻煩！

齊三媳婦有些忿忿地想著，馬車就這樣到了田莊。

齊三媳婦還在車上時，遠遠見著余婆子正坐在院子裡，逗著一個剛學會走路的小孩。可等她一下車，那余婆子瞟了她一眼，便把雙手往身後一背，裝成沒看見她的樣子進屋去。

齊三媳婦自然有些尷尬，但一想到今日必須交差的蟹黃包，又不得不覥著臉上前敲門。

「師父啊，您就開開門吧！」齊三媳婦低聲下氣地求著余婆子。「徒弟我這麼多年沒來看師父是徒弟不對，可我這不是上門來認錯了嗎？」

「哼，老婆子我不稀罕！」余婆子坐在屋裡，隔著門板啐了齊三媳婦一口，和著衣服躺在床上。

余婆子也是個有脾性的人，因為自己一生無所依靠，到老了才收齊三媳婦這麼個徒弟，一是想著把自己的手藝傳承下去，二是想著老了能有個依靠。誰知道齊三媳婦卻是個白眼狼，剛剛在大夫人跟前得臉，就變著法地把自己趕走了。

好在老夫人宅心仁厚，不然自己老了連個落腳的地方都沒有。

「妳還是走吧，這裡沒有妳的師父！」嫌齊三媳婦在外面吵得慌，余婆子就在門裡罵罵咧咧起來。

候在門外的齊三媳婦有些尷尬，因為她在這兒又敲又求的，身後引來不少看熱鬧的人。如今他們夫婦二人在秦國公府裡當差，遠比一般人要有頭臉，這些看熱鬧的雖然不認識，但保不齊這裡面有認識自己的啊！

因此憋著口氣的她對余婆子的房門道：「師父，您今天認不認我這個徒弟無所謂，我來就是想問您老人家，在這樣的季節裡，如何才能做出蟹黃包？」

門裡罵罵咧咧的聲音戛然而止，擋著齊三媳婦去路的那張木板門也嘎吱地打開了。余婆子一臉驚訝地站在那兒，道：「妳說什麼？是誰要吃蟹黃包？」

第八章

到了晚上，讓大家期盼了一天的油炸蟹黃包終於端上來。

為此，齊氏還特意留在紀老夫人的房裡，伺候紀老夫人用膳。

只有手心大小的包子做得特別精巧，包子皮被炸得金黃酥脆，而包子皮下卻好似還能看見湯汁流淌。一小半碗焦糖色的香醋擺在包子旁，雖還未動手吃，那特製的醋香味纏著油炸蟹黃包的酥香味，早就將眾人勾得垂涎三尺。

只可惜廚房裡只上了一碟四個，而餐桌卻坐了紀老夫人、齊氏、董氏、沈君兮、紀雯和紀雪六個。

負責在一旁布菜的李嬤嬤就有些犯難，這分給誰、不分給誰，她都不好辦啊！

紀老夫人卻不管這許多，她自己用筷子挾起一個，並蘸了香醋後送到沈君兮的碗裡，笑咪咪道：「妳嚐嚐，是不是妳娘以前給妳做的那個味道？」

沈君兮微抿著雙唇點點頭，然後張著小嘴輕咬一口，伴著「噗嗞」一聲，原本裹在蟹黃包裡、濃得似油的金黃湯汁就淌了出來，讓人一看，口水都要流下來了。

沈君兮這一口下去，卻被口中的味道驚到了。

她一早就知道這蟹黃包裡自然不會有什麼真蟹黃，想到能代替蟹黃的，也只有鹹鴨蛋的蛋黃；上一世沈家的廚房也正是這麼做的，可吃起來就是差了點味道，因為鴨蛋黃很難吃出蟹黃的腥味。

可她今日嚐在口裡的「蟹黃」味道卻幾乎與真蟹黃無異，這讓她不得不好奇，到底是怎麼做到的？

見沈君兮一副若有所思的樣子，紀老夫人也不打擾她，而是讓李嬤嬤另取了個金泥小碟過來，單獨挾出一個蟹黃包。「這個妳等下叫人送到晴哥兒那兒去，免得教他總是心心念念。」

董氏聽了，連忙阻止道：「娘，不用了，他定會在宮裡用過飯才回來，這包點還是您留著自己吃吧。」

「那怎麼行？宮裡是宮裡，不是我吹牛，這道點心就連宮裡的御廚都不一定能做得出。」紀老夫人與有榮焉地笑著，執意讓李嬤嬤將那個蟹黃包送出去。

這樣一來，桌上只剩下兩個蟹黃包了。

瞧著沈君兮吃得美滋滋的模樣，紀雪更加好奇這個蟹黃包的味道了，因此她一直直勾勾地瞧著桌上僅剩的兩個蟹黃包，眼睛連眨都不眨一下。

紀老夫人瞧她這模樣，心中雖不喜，卻還是將僅剩的兩個分給紀雪和紀雯。

好不容易等到一個蟹黃包的紀雪，哪裡還管得了那麼許多？自然是拿起筷子就往自己嘴裡送，兩三口就吃了個乾淨。

紀雯在動手之前，先是看了眼董氏的碗，又看了眼自己的，將自己碗裡的那個蟹黃包一分為二，挾了一半給母親。

「黃魚！是黃魚！」之前一直默默品嚐的沈君兮突然若有所得地說道：「外祖母，這蟹黃包裡還放了黃魚對不對？」

紀老夫人呵呵直笑，而一旁的李嬤嬤卻笑道：「表姑娘果然和當年的二小姐一樣聰明伶俐，只消嚐上一口便知道這其中的奧秘。」

在鹹蛋黃中加入小黃魚，再佐以豬肉沫、豬皮凍等，因此才讓人吃出蟹黃的味道！

上一世困擾著沈君兮的謎團在這一刻終於解開了，她就有些興奮地求著紀老夫人道：「外祖母，我能見一見做這道蟹黃包的人嗎？」

紀老夫人笑著點點頭，待用完晚飯，起身去了堂屋後，便讓人將余婆子給叫過來。

那余婆子雖然上了年紀，可因為一直在廚房裡幹活，倒比一般人要愛整潔得多。她一身衣裳雖然舊得早已看不出原色，卻是漿洗得十分乾淨，整個人看上去也很是精神。

「那蟹黃包是妳做的？」人還未站定，沈君兮便急急地問道。

那余婆子有些慌張地點點頭。

畢竟有幾年沒在廚房裡做過白案，也不知道如今自己做的東西到底還合不合這些貴人的口味？在過來的路上，她心裡一直惴惴不安地回想自己做蟹黃包的每個步驟，生怕因為自己遺漏了什麼，讓那蟹黃包的味道出了偏差。

「是老婆子我做的。」但她想著，一人做事一人當，即便真出了什麼差錯，她也不會推脫到其他人身上。

「妳是怎麼想到把黃魚加到鹹蛋黃裡去的？」沈君兮有些興奮地問道：「這個想法簡直

太好了，之前我怎麼就沒想到！」

那余婆子聽了沈君兮的話，整個人卻是愣在那兒，嘴裡有些不敢相信地念叨著。

紀老夫人一見她這樣子，便知道她定是將沈君兮同芸娘弄混了，於是解釋道：「這是守姑，是芸娘的孩子。」

「二……二小姐……」

那余婆子聽了，連忙跪下給沈君兮磕了個頭。

「這法子並不是老婆子我想出來的，而是當年二小姐告訴老婆子我的。」余婆子擦了擦眼角的淚，道：「也正因為這法子是二小姐教的，因此沒有二小姐的吩咐，老婆子我一直沒敢告訴別人這法子……」

一旁的齊氏和董氏這才總算明白過來，為什麼這麼些年來，她們從未聽過這個什麼「油炸蟹黃包」了，原來是因為有人藏私。

「那妳能不能將這法子教我？」沈君兮卻是一臉期待。

「好好的，妳學這個做什麼？」紀老夫人聽了，皺了皺眉。

「我想將這個法子記下來，然後寄給我爹爹。」沈君兮仰著一張臉同紀老夫人說道：「父親因為思念母親，經常讓人做母親最拿手的糕點，可是做出來又因為不是之前母親的那個味道，父親又顯得很生氣……」

沈君兮說著說著，聲音就低了下去。

她突然有點理解上一世的父親了。因為對母親的思念，只能將感情寄託在那些食物上。

紀老夫人聽著，也黯然起來，撫了撫沈君兮的頭道：「真是難為妳還有這一片孝心。」然後看向余婆子道：「妳幫她完成了這個心願吧。」

既然紀老夫人都發了話，李嬤嬤便將余婆子安排在翠微堂的後罩房住下。

第二天，得知這消息的齊三媳婦一下子就變得魂不守舍了，讓她做出來的糕點不是太軟就是太硬，大失以往的水準。

讓關家娘子也忍不住責備道：「妳這是怎麼回事？到底還會不會當差了？要是當不好這個差，妳儘早說，別平白拖累我們這一廚房的人！」

那齊三媳婦平日也不是個好惹的，聽了這話，好似點燃的炮仗，跟關家娘子吵了起來。「妳是個什麼東西？平日裡生抽和老抽都分不清！若不是有個在大夫人房裡當差的婆婆，妳以為能當得了這廚房裡管事的娘子？」

關家娘子平日最恨有人揭她的底，現在又見齊三媳婦不管不顧地在廚房裡嚷嚷起來，便同那齊三媳婦大打出手。不一會兒工夫，廚房裡就變得雞飛狗跳，鍋碗瓢盆摔了一地。

廚房裡鬧出這麼大的動靜，自然有人分頭報給了齊氏和紀老夫人。

齊氏一聽，自然帶著身邊得力的嬤嬤們趕往廚房；而紀老夫人這邊卻雲淡風輕地坐在搖椅上，閉著眼睛，彷彿只是在聽人說故事一樣。

「當初她們要攆余婆子走的時候，我就知道是老大媳婦的主意。她想讓余婆子給自己的人讓位置，只是她做事向來功利，從不考慮許多……」紀老夫人回想起當年的事來。「那余婆子年紀輕輕就做了自梳女，在我們紀家更是辛苦了一輩子，不說功勞，苦勞卻是有的，她就這樣不管不顧地要把人攆走，那余婆子又怎麼不會來找我主持公道？

「她那時候已經管著家，我又不能出面駁了她的面子，只能讓人將余婆子安置到田莊裡去榮養。」紀老夫人一邊搖著搖椅，一邊慢悠悠地說著。「說來說去，都是她私心太重，格局太小了……當年要不是老大自己瞧中她，我又怎會同意讓她進門？」

陪在紀老夫人身邊的李嬤嬤，用帕子包著個剝好的橘子，正用銀針一點一點挑著上面的橘絡。

聽紀老夫人這麼一說，她便開導道：「都已經是過去那麼多年的事了，老夫人還提它做什麼？難得是大爺自己喜歡，日子能過得和和美美的才好。」

「是啊！」紀老夫人嘆了一口氣。「不癡不聾，不作阿翁，現在是有我幫他們盯著，所以也還過得去；我真擔心將來要是我去了，就憑老大媳婦那識人的本事，還不知道這個家會怎麼樣？」

「所以呀，老夫人您一定要長命百歲呀！」李嬤嬤打著趣。

「長命百歲？那不成了那王八池裡的千年老龜了。」紀老夫人卻是搖手，然後話題一轉地問道：「守姑那丫頭在幹什麼？今早來給我請過安後就不見了人影。」

李嬤嬤遞過來一瓣剝好的橘子，笑道：「我剛去瞧了，她這會兒正在屋裡抓著余婆子記下做蟹黃包的秘方呢！那一本正經的樣子，還真像那麼回事。」

「哦？」紀老夫人一聽，來了興致。「不如我們也過去瞧瞧？」

說著，她就攜了李嬤嬤的手，輕手輕腳地往沈君兮住著的西廂房而去。

只是剛到西廂房的門廊下，就聽沈君兮用脆生生的聲音道：「余嬤嬤說的這一爪到底是多少？是一兩？還是幾錢？」

然後余婆子有些犯難地嘀咕道：「回姑娘的話，這老婆子我還真不知道。我平日做糕點時順手那麼抓一爪，具體是多少斤兩，婆子我心裡也沒數啊！」

緊接著就是沈君兮嘆氣的聲音。

「這樣可不行，」她的聲音顯得有些擔憂。「妳這都是一爪、兩爪，一勺、兩勺的，我就是把這個方子寄給我父親，他身邊的人也不一定能照著這個法子做出來。別說這人的手掌有大有小，就連這勺子也不是一樣大的呀！」

那余婆子聽了，緊張地從之前虛坐的春凳上站起來，有些瑟縮地站在一旁，為難地道：「婆子我就只會這些，當年師傅教我時，也是這麼教的……」

師傅教的？沈君兮聽到這話的時候抬起了頭，心想，這倒是個法子！

「既然這樣，不如妳先教我怎麼做吧！」沈君兮放下手中的毛筆道。

「這……」余婆子卻顯得有些為難。

她可是清楚記得，當年二小姐跟著自己學這些時，卻是惹得紀老夫人大發雷霆。

「妳真的想學？」這個時候，李嬤嬤打起了西廂房正屋的門簾，紀老夫人笑呵呵地走進去。

沈君兮一見，連忙起身，扶著紀老夫人在屋裡的羅漢床上坐下，又命珊瑚等人重新上了茶點，才道：「之前是我想得太簡單了些，沒想到一行各有一行的門道，有些事余嬤嬤說不清楚，我也聽不明白，所以我就想著不如自己學一學。只有自己知道這裡面的深淺了，才知道該怎麼辦。」
紀老夫人沒想到她這麼一個小人兒竟然能說出一番這樣的道理來，呵呵地衝著李嬤嬤道：「也不知當年芸娘用過的那間小廚房還在不在？妳叫幾個人去收拾出來，繼續給守姑用吧。」
余婆子大感意外，而沈君兮則是滿心歡喜。
紀老夫人卻道：「妳要是做出了什麼好吃的來，可別忘了要先送給外祖母嚐嚐。」
「那是自然！」沈君兮撲到紀老夫人的身上撒嬌道。
紀老夫人愛憐地摸了摸沈君兮的頭，然後看向那余婆子道：「妳還願不願意再入府來？」
那余婆子聽了一時卻不知道如何高興才好。
「噯！」她的聲音變得哽咽起來。
這些年，她遺憾的是沒能真正找個傳人，將自己這手藝傳下去。當年她發現齊三媳婦是個白眼狼後，便未再指點過齊三媳婦，因此當年的齊三媳婦其實只在她這裡學了些皮毛。
而現在，既然老夫人都開了口，表姑娘又有這個心思，她自然是一萬個願意教的。
「正好守姑這屋裡還缺個嬤嬤，」紀老夫人想了想，道：「妳就留在她的屋裡吧。」
按照國公府的規矩，姑娘房裡管事嬤嬤的月例可是有二兩銀子！余婆子一聽，連忙跪下來給紀老夫人磕頭謝恩。

「只有一條，」紀老夫人待那余婆子磕過頭，囑咐道：「妳既然教，就要好好地教，可不許教出個三腳貓來，平白教壞了我的人。」

沈君兮那邊一團和氣，可廚房裡卻是烏煙瘴氣。

已經被人拉開的關家娘子和齊三媳婦各站一邊，可二人臉上的神情依舊還是誰也不服誰。

匆匆趕到的齊氏更是怒氣沖沖地看著這二人。她真沒想到她們竟然會為了口角之爭而大打出手，瞧著碎了一地的甜白瓷盤，心裡更是一陣陣地疼。

真是不當家，不知柴米油鹽貴！

「我不管妳們兩個是什麼原因吵起來的，也不管妳們是誰的人，砸破的東西必須悉數賠償！」這兩天本就被紀老夫人訓得有些心氣不順的齊氏，瞪著關家娘子和齊三媳婦二人道：「還有，從明天起，妳們兩個也不用再進府來當差了！我這廟小，容不下妳們這兩尊大佛！」

說完，齊氏一甩衣袖，轉身離開，只留下滿心悔恨的關家娘子和齊三媳婦。

齊氏身旁的關嬤嬤趕緊兩步上前，跟在齊氏的身後試探地問道：「夫人不是真的要轟她們走吧？」

那關家娘子是她兒媳婦，而齊三他娘又是自己多年的老姊妹，這兩人真要被大夫人轟出去，她以後還有什麼臉面去那些老姊妹面前吹噓呀？

「不轟？」齊氏的腳步卻是一滯，看向關嬤嬤的眼神也帶著幾分凌厲。「是她們先給我沒臉的！我沒叫人牙子來，就已經是我忍耐的極限了。」

那關嬤嬤一聽，立即緘口。

跟在大夫人身邊這麼多年，大夫人的脾性她是最瞭解的，大夫人正在氣頭上，自己說什麼都沒有用，不如先叫那二人回去，等將來大夫人心情好了之後，她再來提這一茬好了。

齊氏面沈如水地走著。

今天的事如果被老夫人知道，還不知又會如何斥責她了……

一想到兩天前自己剛被老夫人斥責過，齊氏就覺得有些頭大。

第九章

原本一切都好好的，可自從那沈君兮回來後，就變得不順了起來。

齊氏越想越覺得是這麼回事。

之前也是因為讓雪姊兒給沈君兮騰房子，而這一次卻是因為那沈君兮想吃什麼蟹黃包子！

齊氏莫名就想到自己剛嫁到紀家來時，與年紀尚幼的芸娘偶爾有過的幾次口角，更覺得母女倆都是自己的剋星。

可想著紀老夫人對沈君兮的維護，齊氏便知自己對沈君兮不能用強的，否則就會跟當年自己和芸娘對峙時一樣，紀老夫人肯定會毫無原則地偏向沈君兮。

可如果就這樣算了，齊氏又覺得心中的一口氣難平。

她想起了平日紀老夫人對她的指責，稱她對紀雪的寵愛是種捧殺。

一想到這兒，齊氏在心裡突然有了主意。

老夫人不是說自己只會捧殺嗎？那她就好好地捧殺捧殺沈君兮好了。

打定主意的齊氏洋洋得意地回了自己的院子，然後讓人打開衣箱，挑了幾疋新式花色的杭綢和蜀錦，往翠微堂去了。

待她帶人到了翠微堂，才知道沈君兮不在屋裡，而是跟著那個余婆子一頭扎進了小廚房，正研究怎麼和麵呢！

聽著這話，齊氏不禁腹誹：真不愧是親母女，怎麼都喜歡這種下里巴人的事情？

可她面上卻是眼睛一轉，衝著那回話的丫鬟笑道：「不急，我去老夫人屋裡坐坐也是一樣的。」

說著她便笑盈盈地進了紀老夫人的正屋。

此刻的紀老夫人正側躺在美人榻上打盹，身邊的大丫鬟珍珠正拿著個木錘幫紀老夫人捶腿。

見眾人要給自己行禮，齊氏做了個噤聲的手勢，然後輕手輕腳地從珍珠的手上接過木錘，親自為老夫人捶起腿來。

可她的手法和輕重自然與珍珠不同，察覺到異樣的紀老夫人慢慢睜開眼，待見著給自己捶腿的人是齊氏後，慢悠悠道：「老大媳婦怎麼這個時候過來了？」

「媳婦想著已經春天了，就特意挑了幾疋杭綢過來，想拿給守姑做幾身春裳。」齊氏笑盈盈地答道：「不想她卻不在屋裡，因此我到娘這兒來坐坐。」

紀老夫人聽了，默默地點點頭。齊氏一見，知道老夫人雖然沒說什麼，心裡卻是贊成的。

於是她打鐵趁熱地笑道：「媳婦御下不嚴，今日的事讓娘看笑話了。」

「什麼笑話不笑話。」紀老夫人卻知道她說的是廚房裡發生的事。「只是妳怎麼處理的？」

齊氏見紀老夫人沒有想像中那樣發怒，膽子也大了起來，同紀老夫人笑道：「媳婦已經免了那兩人的差事，並且要她們補上今日那些被砸壞的盤子錢。這樣的人，我們府裡可不能留。」

紀老夫人收了腿，慢慢地坐起身來。

齊氏見狀，趕緊上前將紀老夫人虛扶著坐起來，自己側坐在美人榻前的腳踏上，繼續幫紀老夫人捶腿。

「這件事妳自己看著辦吧。」紀老夫人神色淡淡地說，顯然一副不願插手的模樣。「把妳帶來的布料拿過來給我看看。」

相較於廚房裡的事，紀老夫人顯然對沈君兮的事更上心。

齊氏讓人把布疋拿來給她過眼。

紀老夫人命人取了她的玳瑁水晶老花鏡，對著那些布疋仔仔細細地看起來。

齊氏心裡暗自慶幸，多虧自己帶來的料子都是蘇杭那邊最新的樣式和花色，但她不忘補充道：「因想著守姑還在孝期裡，我就沒有挑那些大紅大綠的顏色，以免她做了衣裳也穿不出去。」

紀老夫人滿意地點點頭，終於又恢復以前的和顏悅色。

而齊氏往翠微堂這邊跑得也更勤快了，不是送好吃的，就是送好玩的，還同紀老夫人樂滋滋地道：「我將守姑這孩子當成自己的女兒，只要是雪姊兒有的，就絕不會空了守姑的這一份。」

紀老夫人聽著，就更受用了。

時間轉眼就到了三月底。

草長鶯飛的時節，天氣也徹底轉暖，大家紛紛換上質地輕盈、色彩明豔的春裝，京城各府的春宴也都熱熱鬧鬧地開起來。

東府裡的李老安人也給紀老夫人送來請柬，請她明日攜家中女眷過府賞花。

紀老夫人看了眼那燙金的大紅請柬，便將其放到一旁。

隨著年歲增大，習慣深居簡出的她已經很少出門走動了。

往年這個時候，李老安人也會給她送帖子過來，而她也只禮節性地讓回事處送一些東西，人卻是不去的。

今年，紀老夫人依舊想同往年一樣處置，不料過來請安的齊氏卻道：「今年守姑剛進京，不知有多少親戚朋友都還不知道她。雖然由我和弟妹帶著去參加春宴也是可以的，可到底沒有跟在娘的身邊顯得正式……」

紀老夫人一想，好像真是齊氏說的這個理。沈君兮這些年都是養在山西人未識，如果自己再不帶著她走動走動，怕是更沒人認識她了。

「明日就是春宴，時間上是不是太趕了點？」紀老夫人有些擔心沈君兮的春裳做不出來，於是跟身旁的李嬤嬤道：「妳讓人到針線房去問問，看看守姑的春裳做出來了沒？」

沒多久，針線房那邊有人來回話。「因為之前大夫人交代，先幫表姑娘做些穿在裡面的中衣和居家常服，所以還沒有做到赴宴的衣裳……」

一旁的齊氏聽了，有些尷尬地同紀老夫人解釋。「我原本想著這兩樣穿的日子會多一些，所以才讓針線房先做這個的……」

紀老夫人揮揮手，示意齊氏不必再說了，而且她說的本也挑不出錯，況且也是一片好心。

「但我瞧著守姑的身形同雪姊兒差不多，」齊氏靈機一動道：「不如從雪姊兒那兒勻一套給守姑吧！」

紀老夫人一聽，覺得這也是個辦法，但她深知紀雪的個性，問道：「四丫頭會同意嗎？」

「怎麼會不同意？」齊氏在紀老夫人面前打包票道：「她一個做姊姊的，怎麼會這點氣量都沒有？」

到了下午的時候，紀雪果然帶著人送來一套春裳。

淡黃色繡百柳圖案的細絲薄衫配淺青色煙羅百褶裙，讓沈君兮穿上去就像是柳樹枝頭剛冒出來的小嫩芽一樣，清新可人。

「妹妹穿著這身衣裳可真好看。」紀雪拍手稱讚道，還拉著沈君兮往紀老夫人跟前去。只是她還沒到紀老夫人的屋裡，就已經扯著嗓子大聲叫喊起來。「祖母您瞧，妹妹穿這一身好不好看？」

紀老夫人此時正讓屋裡的丫鬟唸著佛經，自己則是閉著眼睛，側靠在羅漢床上打盹，忽然聽紀雪這麼一鬧，她陡然醒過來，睜眼的一瞬間好似見著了幼時的芸娘正笑盈盈地衝自己走來。

好在紀老夫人馬上記起了那是沈君兮。瞧著沈君兮的這身打扮後，她笑著同身邊的李嬤嬤道：「去把我那套貓眼石的頭面拿來，配她這身衣服肯定好看。」

紀雪一聽，眼睛就骨碌碌地轉起來。看這樣子，祖母又要賞沈君兮東西了，可自己呢？想著母親之前的交代，她便在紀老夫人跟前撒嬌。「祖母偏心，為什麼只賞妹妹不賞我？要知道這身衣服還是我送給妹妹的呢！」

「好好好，都賞、都賞！」紀老夫人一聽，更是呵呵笑道：「妳們呀，就盡惦記我的東西。」

到了紀老夫人這個年紀，錢財都已算是身外之物了，唯有後輩子孫們和睦相處，才是能讓她高興的事。

「那就把那套青金石的頭面也拿出來，賞給四丫頭。」

紀雪一聽沈君兮得了套貓眼石，可自己卻只得了套青金石，心裡就有些不太樂意，可為了不讓祖母瞧出端倪來，她還是高高興興地接了。

入夜之後，為免弄縐紀雪送她的這套衣衫，沈君兮讓紅鳶將其掛起來。

請了半日假返家的珊瑚回來瞧見了，奇道：「怎麼四姑娘的衣衫會在姑娘這兒？」

而在鸚哥的服侍下，已經脫了衣衫、坐在床上準備就寢的沈君兮聽了，笑道：「這都被妳瞧出來了？這是紀雪特意送來給我明日穿去東府赴宴的，外祖母還特意賞了我一套貓眼石頭面來襯它。」

「姑娘明日要穿著這件去東府？」珊瑚一聽，卻是臉色一變，趕緊上前兩步。

沈君兮一見她那神色，怪道：「難道這裡面有什麼不妥嗎？」

珊瑚卻是猶豫了一下。「也不是什麼大事，只是去年的時候，四姑娘曾穿過這身去東府參加春宴。當時老夫人沒去，是我跟在四姑娘身邊隨侍的，所以記得特別清楚。四姑娘那天還和北靜侯府的二小姐為了點小事爭執起來，北靜侯府的二小姐還潑了一盅茶在四小姐身上……」

這身衣裳紀雪去年穿過了？不僅穿過，還同人起了爭執？

沈君兮的臉色一下子就沈下來。

上一世也曾混過京城貴婦圈的她，自然知道這意味著什麼。

京城居住的權貴多，彼此的關係盤根錯節，各府的女眷為了打聽到對自己府上有利的消息，最喜歡的便是參加這種聚會。各府的賞花宴、壽宴、婚宴等等，成了眾人聚在一起討論東家長、西家短的絕佳場所。

只是女人們天生就愛攀比，大家總會注意誰穿了什麼衣裳、戴了什麼首飾、誰身上的衣裙是京城最新流行的樣式、誰家又穿著去年的舊衣。久而久之，大家都練就透過衣飾判別家境的本事。

一般的勛貴人家，同樣的衣裳和首飾，絕不會在同一場合或同一群人面前出現第二次，因為不停做新衣裳和新首飾，也是一個家族財力雄厚的象徵。

現在的情況卻是紀雪不但去年穿過這身衣裳，還穿著它與人吵了一架，是說去年參加過那場春宴的人，很有可能都還記得這身衣裳。

明天自己再將這一身穿過去，落在那些有心人的眼裡，她豈不是和路邊的乞人無異？

不管紀雪是出於什麼原因將這身衣服送來，但自己明天絕不能穿著去參加春宴！

在心中打定主意的沈君兮愁了起來。聽著剛剛敲過的二更鼓，這個時候自己要去哪兒尋衣裳？難不成自己只能稱病不去嗎？那樣的話，紀雪會不會更高興呢？

陡然間，她就生出不想讓紀雪如意的心思來。

她趿著鞋子下床，然後站在衣衫前打量起來。

這種細絲薄衫因為質地輕薄，為免在穿著時太透，都會特意製成雙層，也正因為如此，才會讓人穿出飄逸感，紀雪的這件衣衫也不例外。

捏著那兩層薄紗，沈君兮沈思了一會兒，然後看著屋裡的三個丫鬟道：「妳們幾個手上的針線功夫怎麼樣？」

她把自己想將那件淡黃色細絲薄衫給改了的想法說出來。

三個丫鬟俱是一愣。先是紅鳶紅著臉道：「我和妹妹都只縫過荷包一類的小東西，衣衫還不曾做過……」

鸚哥在一旁點頭，表示姊姊所言非虛。

而珊瑚也猶豫地道：「我以前也只給老夫人做過抹額和鞋墊子，這種大衣衫，從來都是由針線房來做。」

沈君兮聽著，微微皺眉。

是說這三人都只做過小東西，難不成還真要讓她自己動手不成？

可現在的自己才六歲，如果顯露出異於同齡的女紅功底，會不會讓人生疑？

「其實，我們可以找找針線房的平姑姑來試試。」珊瑚想了想道：「之前我還在老夫人房裡時，和她還有些交情，說不定她願意幫我們這個忙。」

「也只好找平姑姑來試試了。」沈君兮垂了眼，細想了一會兒，然後就讓鸚哥從自己的衣箱中翻出一件白色的杭綢長衫來。

她自己在小書房裡將筆墨紙硯一字鋪開，又將那件杭綢長衫平鋪在紙上，用毛筆先蘸水後再蘸了墨，在那件長衫的衣襬上輕輕地暈染起來。

鸚哥一見，忍不住急得哭起來。「姑娘，這長衫可是針線房剛送來的，而且您還沒有穿過一次呢！」

紅鳶和珊瑚也是瞧著一陣心疼。

這麼好的衣裳，竟然就這樣染了墨，也不知還能不能再洗乾淨？

沈君兮好似全然不顧這些，她待那衣襬上的墨跡乾涸之後，就讓鸚哥拿塊布來，將這件月白長衫和之前紀雪送過來的那件薄衫打成一個布包袱。

她又命紅鳶去取了一小袋銅錢來，同那布包袱一道交到珊瑚的手上。

「這些錢妳拿去打點那些守門的婆子。」沈君兮同珊瑚交代道：「如果平姑姑願意幫忙，妳趕在巳時之前回來就成了；如果平姑姑不願意幫忙，妳快去快回，我們再來想辦法。」

珊瑚點點頭，然後趁著夜色，從角門上出了翠微堂。

接下來的時間，總讓人覺得有些煎熬起來，每一下的風吹草動，都讓人誤以為是珊瑚去而復返了。

好在直到敲了三更鼓，也不見珊瑚回來。

沈君兮一直懸著的那顆心總算放下來，同紅鳶和鸚哥道：「趕緊睡覺去吧，明天去東府還不知道是什麼情況。」

第二日一早，她帶著鸚哥去了正房陪紀老夫人用膳後，讓紅鳶留在房裡接應隨時可能回來的珊瑚。

待她陪紀老夫人用過膳再回房換衣服時，見到了雙眼通紅的珊瑚和一臉興奮的紅鳶。

「姑娘，平姑姑把衣裳改出來了！」紅鳶有些激動地拿著已經改好的衣裳給沈君兮看。

「改得比之前更好看了！」

沈君兮感激地上前抱了抱珊瑚，道：「辛苦妳了，珊瑚姊姊，等下我們去東府後妳就在家裡好好補個覺，誰也不用理會。」

一臉疲憊的珊瑚同沈君兮相視一笑，幾人之間感覺變得更貼心了。

當換過衣裳的沈君兮再次出現在紀老夫人面前時，紀老夫人先是「咦」了一聲，隨後眉眼彎彎地點頭稱讚。「這一身，比昨兒個的好看！」

今日的沈君兮好似將一幅意境縹緲的山水畫穿在身上，下襬那淡淡的墨痕，好似一道道似遠似近的山脈，而外面那層薄透的細絲薄衫，則像是給這些山脈罩上了一層雲霧，呈現出一種虛無縹緲感。

更妙的是，她下身依舊還是那條淺青色的煙羅百褶裙，卻將她這一身渲染得更像是一幅青山水墨，渾然天成。

再加上之前董氏送她的那套珍珠頭面，雖然素雅，卻更顯清新脫俗。

第十章

得了紀老夫人稱讚的沈君兮微微低頭一笑，隨後攙扶著她上了去東府的馬車。

紀雪自然是同齊氏一車，紀雯則是同董氏一車，均候在儀門處，待紀老夫人的馬車過來，一行人慢慢悠悠地往東府去了。

說是東府，其實同秦國公府卻隔著好幾條街。

東府裡管家的紀三太太唐氏，正帶著兒媳婦紀大奶奶高氏在二門處迎客，一見著國公府的馬車便笑盈盈地迎上來。

「可算把您給盼來了，我們家老太太都唸了幾天，怕您今年又不來。」紀三太太一見著紀老夫人，趕緊上前來攙扶，一抬眼見著了跟在紀老夫人身後的沈君兮，奇道：「這就是二妹的孩子吧？眉眼長得可真像二妹。」

紀老夫人頗有些傷感地點點頭，然後同沈君兮道：「來，守姑，見過妳三舅母。」

沈君兮也不怯場，聞言後就從紀老夫人的身後走出來，大大方方地衝著唐氏福了福身子。「見過三舅母。」

那乖乖巧巧的樣子，唐氏一見就心生歡喜，她招來高氏，讓她帶著紀老夫人往李老安人的院子裡去。

沈君兮扶著紀老夫人走在最前面，董氏帶著紀雯緊跟其後，而正與人寒暄的齊氏則是帶著紀雪落在最後面。

因此紀雪一抬眼便發現，沈君兮身上的衣裳不是自己送去的那一件，有些不悅地扯了扯齊氏的衣裳，問道：「娘，您瞧守姑！不是說她沒衣裳可穿才讓我勻一套給她嗎，那她今天穿的是什麼？」

剛才一直同唐氏說話的齊氏這才留心沈君兮的穿著，裙還是那件裙，可衣已不是那件衣，關鍵的是被她這麼一換，卻比昨日那套更有意境，竟將她襯出了清新脫俗的氣質。

見自己之前的打算落空，齊氏母女之前的好心情一下子蕩然無存。

「先不管那麼多了，別忘了這可是在東府。」齊氏交代女兒道：「別讓人瞧出妳不懂規矩來！」

「知道了。」紀雪悶悶不樂地應著，心裡卻盤算著，等下一定要尋個機會讓沈君兮好看！

今日東府安排在後花園裡的花廳宴客，當沈君兮扶著紀老夫人到達時，花廳裡早已聚滿了人，一個和紀老夫人年紀相仿的老婦人坐在花廳正中的矮榻上，身邊圍坐著一群衣著華麗的婦人，一群人正笑靨如花地交談著什麼。

見紀老夫人一行人過來，李老安人更是親親熱熱地起身，眾人也紛紛起身讓座給跟在紀老夫人身後的齊氏和董氏。

與紀老夫人閒話幾句後，李老安人的目光便轉移到沈君兮的身上，紀老夫人笑著把沈君兮招過來。「來，過來見過李老安人。」

沈君兮聞言，乖巧地上前行禮。

雖然早就得知紀老夫人接回了芸娘的女兒，可李老安人卻是第一次見沈君兮。看她那白白嫩嫩的臉龐和一雙忽閃忽閃的大眼睛時，不免出自真心地誇讚道：「真是個漂亮的小姑娘。」

聽著這話，沈君兮嬌羞地低下頭，默默地退到紀老夫人身旁。

之前那些圍著李老安人的貴婦們再次圍上來，妳一言、我一句地恭維著紀老夫人，而沈君兮則在她們之中驚奇地發現自己上一世的婆婆，延平侯府的太夫人王氏。

只是這個時候，她依然還是延平侯夫人。

她混在人群中，顯得不怎麼出奇，倒是她身旁南安侯府的秦夫人卻是長袖善舞，同紀老夫人攀談起來，話裡話外還不忘將沈君兮捧一捧，聽得紀老夫人很受用。

「這個孩子自小在山西長大，這是第一次進京，弄得親戚朋友間都不怎麼認得。」紀老夫人一臉憐愛地撫著沈君兮的頭道：「今天我也是借著李老安人的場子，帶著她出來認一認人，見見世面，以免將來讓人欺負了。」

「怎麼會？表姑母的外孫女長得如此聰明伶俐，長大了更會是難得的美人胚子，就憑這通身的氣派，誰敢欺負了她？」人群中突然有人附和著。

沈君兮有些詫異地看過去，發現說話的卻是一直坐在人群中，沒有什麼存在感的延平侯夫人。

讓她更詫異的是，剛才延平侯夫人竟然叫了外祖母一聲「表姑母」。

可聽著她的話，沈君兮卻想發笑。上一世欺負自己的，可不就是這位延平侯夫人和她的兒子嗎？

可是紀老夫人對這樣的恭維卻不怎麼感興趣，只是淺淺地笑了笑，然後繼續同李老安人說話，那王氏便討了個沒趣。

聽大家都在誇讚沈君兮端莊大方，跟齊氏坐在一起的紀雪卻覺得無聊得很。以前，別人也是這樣誇讚自己的，只是今天陪在老夫人身邊的人換成了沈君兮，所有的誇讚都變成沈君兮的了。

覺得有些無趣的她站起來，剛想要跑出去找紀霞和紀霜兩姊妹時，卻被齊氏拉住。

「別光顧著自己玩，妳一個做姊姊的，也要帶一帶妹妹呀！」說完，齊氏衝著沈君兮努了努嘴。

紀雪一下子就明白過來。

她蹦蹦跳跳地跑到沈君兮的身旁。「守姑妹妹，我們去院子裡玩吧！」

這花廳裡坐著的都是各家的夫人、太太，說的也是各家的家長裡短，孩子們在這屋裡坐不住也是人之常情。

因此紀老夫人對沈君兮笑道：「妳要是覺得沈悶，就跟著出去玩吧，正好也去認識認識妳的二表姊和三表姊。」

可惜沈君兮並不真的只是個孩子，她坐在這群貴婦中間，正津津有味地聽她們說著東家長、西家短，而且故事的主角裡還有不少人是她上一世相熟的。

沈君兮搖頭道：「守姑哪兒也不去，就這樣陪著外祖母。」

人群中就有人稀罕地笑道：「紀老夫人，您可真是有福氣呀，竟然得了個這麼乖巧的外孫女。」

紀老夫人自然與有榮焉地笑了笑，但還是不想將沈君兮拘在自己身邊，看著董氏身邊的紀雯道：「要不妳帶著妹妹出去逛逛吧，總跟著我這老婆子待一塊兒，都快被我帶得老氣橫秋的了。」

紀雯聽後，笑著走到沈君兮身邊道：「走，我帶妳找紀霞和紀霜去！她們倆可是長得一模一樣的，保管妳分不清誰是誰。」

不過就是雙生子而已，上一世，她身邊就有一對雙生子丫鬟，不管外人瞧著她們倆再怎麼像，可她也能一眼辨出她們誰是誰。

但她瞧著紀雯那獻寶一樣的神情，只好裝成很感興趣的樣子，牽著紀雯的手出了花廳。

待她們出了花廳，又穿過了一個小花圃後，沈君兮便聽到一群女孩子的笑鬧聲。

她抬眼看去，只見四、五個女孩子正聚在一個涼亭中有說有笑，而先她們一步跑出來的紀雪也在其間。

「好呀，趁我不在，妳們又在說我壞話了吧！」紀雯牽著沈君兮的手，沿著花間小道往那涼亭而去，剛走到半路，她便同涼亭中的人打起趣來。

涼亭中的女孩子聽見動靜，紛紛轉過頭來，一見是紀雯，笑嘻嘻地迎出來。「誰教妳來得最晚，被我們編排幾句又怎麼樣？」

紀雯瞋了那女孩子一眼，牽著沈君兮走進涼亭。

涼亭中和花廳中一樣，石桌上擺滿了瓜果糕點等吃食，一壺玫瑰花茶正溫在一旁的泥炭爐上，散發著一陣陣清香。

一個身形和紀雯差不多的黃衫女孩子從石桌旁站起來，笑盈盈地走到沈君兮身旁。

「咦，這就是妳們家新來的小妹妹嗎？倒是和雪丫頭長得一般年紀。」

紀雪聽了這話卻跳出來，不滿地道：「哪有，我明明是姊姊，我年紀比她大！」

沈君兮站在那兒，睜著圓溜溜的眼睛看著她們，卻不說話。而另一個穿著洋紅色衣服的女孩子也湊過來，先是捏了捏沈君兮的臉，然後詫異地同紀雯道：「怎麼，她不會說話嗎？」

「怎麼會！」紀雯卻是打掉那人的手，嗔道：「阿霞，妳別欺負我妹妹！」

阿霞？

聽著這個名字，沈君兮就在心裡計較起來。想必這位被雯姊姊稱為阿霞的女子就是二表姊紀霞，那麼剛才那位穿黃衫的女孩子，就是三表姊紀霜了。

沈君兮細細地打量她們兩個，發現除了衣服和髮飾之外，兩人還真的長得一模一樣，就連說話的語氣和神態都有些相似。

「紀雯，妳別帶著小表妹傻站著呀，帶她過來坐，我剝橘子給她吃。」穿黃衣的紀霜笑道，說著就去牽沈君兮的手。

沈君兮這才發現，紀霜的前額髮線生得和紀霞的不一樣。紀霜的髮線藏了個小小的「美人尖」，而紀霞的卻沒有。

這樣的發現讓她很興奮，於是她脫了紀雯的手，先是衝著紀霜福了福，道了聲「三表姊好」，又轉過身子衝著紀霞道：「二表姊好。」

她的話一出口，讓紀霞和紀霜兩人覺得稀罕極了。

家中的僕人經常搞混她們，因此她們平日總是靠衣服和髮飾來區分彼此，像沈君兮這樣只是默默地站在一旁聽著、看著，就能分出她們二人的，還真是少見。

「妳真能分出我們來嗎？」紀霜對著沈君兮眨眼睛道：「要不我們來玩一個遊戲，猜猜我是誰？」

說著，她就從自己的頭上拔下一支珠花，放到沈君兮的跟前，有些賊兮兮地笑道：「妳要是能猜對，我就把這個送給妳；如果妳猜不對，這個可就歸我了。」

說著，紀霜就將沈君兮頭上插著的一支珠花拔下來，和她的那支放在一起。

沈君兮知道，這是拿她的珠花當彩頭的意思。

她先是看了紀雯一眼，然後又掃了掃涼亭裡的其他人，就聽有人笑道：「妳們又玩這個，我們可不上妳的當了。上次輸給妳的那支釵子，我可是好不容易才瞞過家裡人。」

「小賭怡情，大賭傷身，不過是大家湊一起熱鬧一下而已。」紀霜卻同那女孩子說道：「難不成妳如今還分不清我和我姊不成？」

那女子聽著好似又有些動心，就站起來，從手上褪下一只翡翠鐲子。「那好，我再猜一次，這次我要是贏了，妳得把上次贏走的那支鳳釵還給我。」

「那是自然！」紀霜掩嘴笑道。

「還是別鬧了吧。」紀霞卻走過來同紀霜說道：「要是被母親知道了這事，仔細妳的皮！」

「妳不說，我不說，大家都不說，誰會知道我們的事？」那紀霜卻是滿不在乎地道，然後看向紀雪道：「紀雪，妳來不來？」

紀雪原本是不想參加的，因為她從來就沒猜對過，因此輸給紀霞和紀霜的東西也不少。但是她一見到沈君兮押在紀霜那兒的珠花後，摘了自己的一對耳環丟進紀霜的彩頭盆裡。

紀雯見狀，搖搖頭，示意自己不玩。紀霜直說她無趣，便放下之前一直端著的彩頭盆。

「喏，東西我都放在這兒了，我現在就和紀霞去換衣裳，妳們可不許偷看。」說完，紀霜就拉著紀霞去了一旁的小院換衣裳。

趁著她們換衣裳的空當兒，沈君兮忍不住拉了拉紀雯的衣裳。「雯姊姊，要是我等下猜錯了，她們真會拿走我的珠花嗎？」

還不等紀雯回答，紀雪就湊過來道：「那是當然，我就輸過一枚戒指、兩支珠花，和數不清的香囊了。」

一聽到這兒，沈君兮的心裡有些惴惴不安起來。

她倒是不害怕自己輸，只是那支珠花是二舅母送她的見面禮，她第一次戴出來就弄丟的話，回去還真不好同二舅母交差。

她正想著這事，卻見著那兩姊妹從小院裡出來了。

讓沈君兮覺得奇怪的是，這二人好似並未去換衣裳，又像先前穿的那樣走出來。

可在院子裡的其他人卻變得神色凝重起來，紛紛開始猜測。

「我剛才可瞧了她們二人走路的樣子，穿黃衣的這個走路有些外八，一看就知道是紀霜。」

「怎麼會？妳沒瞧見她剛才都是一副怕踩死螞蟻的樣子嗎？我說她是紀霞才對。」

「不是啊，妳看她的眼神。」

「哎呀，妳們都被騙了，應該看她的指甲。」

涼亭中一下子熱鬧起來，大家都各說各的觀點，誰也不讓誰。

沈君兮站在那兒，看向紀雯，卻見紀雯只是笑，一言不發，像是個旁觀者一樣。

「雯姊姊，妳說她們誰是誰啊？」沈君兮不免好奇地問，因為在她看來，紀霜和紀霞根本不曾互換衣服，卻非常賣力地扮演著對方。

「紀雯，一開始妳就說了不玩的，所以妳不准吭聲！」穿著洋紅色衣服的女子突然大手一揮地道，隨後又恢復之前的婉約模樣。

涼亭裡其他人見了，都忍不住掩嘴笑起來。

「紀霜，妳就別裝了！」有人對著那穿洋紅色衣裳的女子說道：「妳剛才都已經暴露妳自己了。」

而其他人顯然也是這麼想的，紛紛猜測穿洋紅色衣服的是紀霜。

那穿黃衫的女孩子卻笑道：「妳們可都瞧好了？」大有一副叫人買定離手的模樣。

沈君兮坐在那兒默默地看著，卻不說話。

「還有妳，小表妹，妳怎麼選？」穿黃衫的女孩子瞧著沈君兮道。

沈君兮想了想，決定還是堅持自己的意見。「妳是三表姊，她是二表姊。」說完，她用手指了指穿著洋紅色衣裳的人。

亭子裡立刻有人為她疾呼起來。「錯了錯了，這個才是紀霜，那個是紀霞。」

穿黃衫的女孩子繼續看著沈君兮笑。「給妳一次機會，要不要換一下？」

沈君兮掃了眼她的髮際線，搖搖頭。

有人催促這二人公布答案，紀霞、紀霜兩姊妹站在一起，慢慢地捋起袖子，眾人跟著發出哀嘆。

原來這姊妹二人除了髮際線稍稍不同外，紀霞的左手臂上還生著一顆小小的黑痣，只是平日都藏在袖子裡，尋常人也見不著。

大家一見那黑痣竟然在穿洋紅衣裳的女子身上，紛紛表示不信地喊道：「怎麼會？剛才妳喊紀雯時的神態和表情，簡直和紀霜一模一樣！」

「都要妳們看仔細了。」穿著黃衫的紀霜有些得意地抱著那個彩頭盆笑道：「妳們都輸了，除了我們家這個新來的小表妹。」

第十一章

說話間，她把沈君兮的珠花又插回她髮間，然後笑道：「這裡面的東西，妳可以隨意挑上一件。」

沈君兮就有些猶疑地看向她。

紀霜以為她是膽小害怕，寬慰道：「隨便妳拿哪一件都行，願賭服輸嘛！」

「真的隨便哪件都可以？」沈君兮還是有些不確定地問，眼神卻瞧向紀雯。

「不如妳就拿回雪姊兒的那對耳環吧！」紀雯搖頭笑道：「她要把這耳環弄丟，又會被大伯母念叨上好幾天了。」

沈君兮就看向一旁的紀雪，只見她面上神色臭臭的，一雙眼睛卻總止不住往自己這邊瞟。

「那就耳環吧。」沈君兮笑著同紀雯道，卻不伸手去取。

紀雯笑著點頭，拿了那對耳環就朝紀雪走去，重新幫她戴回耳朵上。

紀霞卻是彎下身子瞧著沈君兮，奇道：「妳是怎麼分辨出我們姊妹來的？瞎猜的嗎？」

沈君兮卻狡黠地一笑。「秘密！」

紀霞只覺得她一個小孩裝大人的模樣很可愛，摸摸她的頭，沒再追問下去。

今日來參加東府春宴的都是些富家千金，平日都是些出手闊綽的主，雖然失掉了一些彩頭，可大家都覺得玩得開心。而且經過這麼一鬧，涼亭裡的氣氛明顯活躍起來。

天上的日頭漸漸大起來，照在身上已經有些熱，於是有人提議去太液湖上泛舟。

「要去妳去，我可是不去的。」沒想到那提議的人話音剛落，就有人提出反對意見。「妳們這些人坐在船上又不老實，害得我全程擔心受怕的，生怕自己掉到水裡去。」

聽她這麼一說，亭子裡又有人笑。「杏兒姊姊是一朝被蛇咬，十年怕井繩，這輩子怕都不敢坐船了。」

那被稱為杏兒的人卻是回瞪了一眼，道：「妳還笑，那些不老實的人裡，數妳晃得最厲害！」

聽著她們妳一言、我一語的互相鬥嘴，沈君兮雖然坐在一旁聽著，卻也覺得有趣。大概這就是人們常說的「閨閣逗趣」，只可惜上一世自己身邊並沒有這樣陪著鬥嘴的閨密。

她正傷神，就有個女孩子悄悄坐在她身邊，用手擋著嘴，在她耳邊輕道：「妳剛才是怎麼辨出她們二人來的？妳也教教我吧，我都被她們贏走好多小東西了。」言語中有著說不盡的幽怨。

沈君兮有些詫異地朝她看去，只見一個年紀大不了多少的女孩子，正一臉乞求地看著自己。

沈君兮認出她是剛才那個自己選定離手時，急得大聲疾呼的女孩子。

本來自己發現的秘密也沒有什麼大不了的，只要稍微細心點，大家應該都能瞧見，但她瞧著紀霞和紀霜兩姊妹，對於這種「你猜我猜」的遊戲好似樂此不疲，如果被自己這麼說破了，總是不美。

因此她笑著對那女孩子道：「我父親從小就教我，不要到人多的地方去。」

說完，她自己摘了一粒桂圓，剝了起來。

「不要到人多的地方去？」那個女孩子有些不解地嘀咕這兩句，隨後一臉所悟地道：「我明白了，就是要和大家反著選！」

沈君兮繼續朝她笑了笑。

「我叫福寧，妳叫什麼？」那女孩子好像找到知音，湊在沈君兮身邊道。

「君兮，沈君兮。」沈君兮含著桂圓道。

她們兩人坐在這邊嘀嘀咕咕的時候，那邊卻還在為了要不要去划船而爭論不休，最後不知道是誰說了一句：「既然這樣，不如去放風箏吧！難得今日有風，不要辜負了這大好春光。」

沈君兮朝涼亭外看去，果見陽光明媚、樹枝搖曳。

「放風箏也好，至少不用擔心掉到水裡去。」有人附和著。

紀霞就叫家裡的婆子去庫房裡取了些風箏和線來，涼亭裡的女孩子們又自動分組，都是大的主動帶著小的，打算去後坡上放風箏。

因為沈君兮和紀雪是跟著紀雯來的，自然跟在紀雯的身邊。那個叫福寧的女孩子卻執意要跟著沈君兮，於是紀雯的身邊一下子就跟著三個小的了。

紀霜看了眼後，衝著紀雪招手。「妳還是跟著我吧，不然都擠在紀雯那兒，也不知她這風箏放不放得起來。」

能跟著紀霜，紀雪樂得高興，誰都知道紀霜是個放風箏的高手。

「不如我們來比賽吧！」她們一行人剛走到後坡，還沒站定，就有人提議道：「看誰最快放上去，放得最高！」

「好呀，只是這次妳又拿什麼做彩頭？」胸有成竹的紀霜卻是瞇眼笑道：「別忘了，妳今天帶來的珠釵已經輸給我了。」

「不過是支珠釵而已，我身上帶的東西多著呢！」那女孩子絲毫不吝嗇地從腰上解下一個香囊。

紀霜看了直笑，又看了眼其他人，道：「妳們呢？來不來？」

「來就來，誰怕誰啊！」其他幾個女孩子附和道：「就這些東西，還輸不窮我們！」

紀雯聽了卻只能苦笑。自己出手可不能像她們這麼大方，可被她們這麼一陣吆喝著，自己不參加又不行，於是也從腰上解下個荷包來。

沈君兮這次倒是很爽快地拆下手上纏著的碧璽手串。她可不希望二舅母送的這套珍珠頭面被人給覬覦了去。

待大家押完彩頭，便各自尋地去放風箏。因為吹的是東南風，不少人都選在東南角上放風箏。

沈君兮卻拉了紀雯的衣角，道：「我們還是去西北角吧，免得等下和她們的風箏打架了。」

紀雯覺得她說得也有道理，帶著她和福寧往西北角上去了。

「守姑，妳幫我舉著風箏。」紀雯感覺了一把風力，就牽著線跑起來。

那風箏在她的牽引下，慢慢地離地一、兩丈，眼見著要飛起來，可又再次掉了下來。

如此反覆了幾次，紀雯已累得滿頭大汗，可風箏依舊還在地上打轉。

沈君兮回過頭去看看其他人。大家的情況也比她們好不了多少，只有紀霜手上的風箏穩穩地升了上去，而紀雪則在一旁拍手叫好。

大家瞧著就更急了，紛紛使出渾身解數。

紀雯將裙襬都撩起來，就怕在奔跑的過程中礙著自己的事。

「雯姊姊，讓我試試吧。」沈君兮搖搖頭。

她剛才一直留心，注意到紀霜在放風箏時幾乎是站在原地一動不動，只是將手中的線扯了扯，那風箏便乖乖地升上去，所以她也決定試一試。

紀雯想著自己反正放不上去，倒不如將風箏給兩個小的玩一下，免得她們連風箏的線都摸不到。

於是她大方地將風箏交到沈君兮的手上。

恰在此時，一陣風吹了過來，沈君兮手上的風箏就這樣自己飛起來。她趕緊放了放線，風箏便迎著風飛出去。

就在沈君兮心中一陣狂喜的時候，空中的風箏又開始左右搖擺起來，好似馬上要掉下來一樣。

她學著紀霜拉了拉風箏線，那風箏果然不再搖擺，而是拉扯著她手中的線，好似馬上要飛出天際。

沈君兮不敢猶疑，趕緊鬆了手中的線，感覺不到線上傳回的拉力後，她又拉扯拉扯風箏線。

如此反覆地拉線、放線之後，她手中的風箏也穩穩地升上去。

「咦？幹得不錯嘛！」已經將風箏線交到紀雪手上的紀霜踱步過來道。

沈君兮只是嘿嘿笑，而福寧則在她身後忙著將新的風箏線接頭，好讓沈君兮將風箏放得更高。

眼見著沈君兮手上的風箏越放越高，一旁的紀雪就有些不淡定了。她拖著手裡的風箏線跑過來，正想同沈君兮理論時，不想手裡的風箏竟然和沈君兮的纏到了一起。

紀雪心下一急，手裡的線也拽得更緊了，紀霜還沒來得及接手救援，只見紀雪的那只風箏帶著沈君兮的，飄飄蕩蕩地墜下來。

紀雪一見，甩了手裡的風箏線，指著沈君兮就跺起腳來。「都怨妳、都怨妳，妳的風箏把我的給纏下來了！」

這事怎麼能怨自己？明明是她湊過來纏了自己的風箏好不好！

沒想到那個福寧也不是個好脾氣的，她見紀雪無端過來找麻煩，跟紀雪對吵起來。

紀雯一見，趕緊上前拉開二人，可福寧和紀雪卻像是吵上了癮，誰也不願先放過誰。

沈君兮看著手裡的風箏線，有些氣餒地抬頭。原本還以為會穩贏呢，這下倒好，到了手的彩頭就這麼飛了……

可天上空蕩蕩的，一只風箏也沒有。

她回頭看向其他人，沒想到其他人的風箏竟然還在地上打滾。

忽然間，她好似又看到了希望。只要她將風箏找回來，再放上去，說不定還有再贏的機會呢！

沈君兮有些興奮地想，並且默默地收起手中的風箏線來。

風箏是朝西北角落下去的，她照著風箏線的指引，一路尋了過去。

遠遠的，她就瞧見風箏正掛在一棵樹上。

沈君兮心下一喜，更是加快腳步，不料走著走著，卻遇到了一堵花牆。隔著花牆上的雕花窗，她可以看見自己的風箏就掛在花牆外的一棵樹上。

這可如何是好？

沈君兮踮著腳，趴在花牆的雕花窗上往牆外看去，希望藉此看見牆外有沒有人。

可她看了好半晌，也沒發現有人打花牆外經過。

想著自己押做彩頭的碧璽手串，若是沒有一點勝算，她倒也不想了，可現在明明還有贏的機會，卻教她放棄，又如何過得了自己心裡這一關？

一想到這兒，沈君兮看了眼花牆邊的歪脖子樹，咬了咬牙，將自己的裙襬一撩，踩著那棵歪脖子樹就爬上去。

許是年紀小，身姿輕盈，她幾乎沒費什麼力氣就爬到花牆的牆頭。只可惜花牆的另一側卻沒有什麼好落腳的地方，倒讓沈君兮一時半會兒也不知該怎麼辦才好？

她腳踩著歪脖子樹，手卻支在花牆上，一雙眼睛不斷地搜尋著有沒有什麼地方能讓她借力？

只是正苦惱的時候，卻見著花牆那邊的樹叢中好似露出一片衣角。

「誰在那裡？」沈君兮衝著那片衣角的位置喊道：「是誰在那樹叢裡？」

可是她喊了兩、三聲，對方好似沒有什麼反應，於是她抄起花牆上的一塊瓦片往那邊砸去。

只聽見「啪」一聲，瓦片顯然砸到了什麼，然後有個人呻吟著從樹叢後的草地上坐起，還不斷揉著自己的頭。

糟糕！砸到人了！趴在牆頭上的沈君兮大驚失色。

她想找個地方躲起來，只可惜她踩在這棵歪脖子樹上，卻是哪兒也躲不了。

「是誰？誰在那兒傷我？」樹叢後的那人顯然也發現了牆頭上有人，揉著頭，從樹叢後竄出來。

沈君兮這才發現自己砸到的是個十二、三歲的俊美少年，那少年穿著一件便於騎射的月白色寶相花刻絲錦袍，衣襬上卻沾滿了青草屑子，顯然在此處躺了很長一段時間。

只是少年的臉色卻是臭臭的，活像全天下都欠了他錢一樣。

沈君兮有些尷尬地笑了笑，招著手道：「對不起，小哥哥，是我不小心砸到了你，可是能不能請你幫幫我，幫我取下那棵樹上的風箏啊！」

那少年看了眼沈君兮，又看了眼她所指的那棵樹，只是淡淡地應了一句。「沒興趣。」

說完，他就頭也不回地走了。

「這人怎麼這樣！真是個小氣鬼！」情急之下，沈君兮就拍著牆頭上的瓦片，小聲地咒罵一句。

然後她只好低頭觀察起來。花牆上那個雕花窗的位置不算高也不算低，自己如果踩著花窗下去的話，應該也不會有太大的難度。

沈君兮皺眉想著，然後伸出一隻腳探了過去。

只是她趴在牆頭上，腳在那兒探來探去的時候，卻始終踩不到之前看好的那個位置。於是她又扭頭看過去，想要再確定一下落腳位置時，卻見著剛才被自己罵作「小氣鬼」的少年，這會兒剛好站在她的身下。

「小氣鬼？」少年插著腰站在花牆下，揚頭瞪著沈君兮，顯然一副要找麻煩的模樣。

糟糕！沈君兮在心裡慘叫了聲，手上卻是一鬆，整個人毫無預兆地掉落下來。

就在她以為自己定會摔個狗啃泥的時候，卻發現身下軟軟的。

她的手探了過去，原來自己坐在剛才那少年的身上，而那少年則像個肉墊子一樣被自己墊在地上。

她慌忙從少年的身上爬下來，跪坐在一旁，然後試探地問道：「小氣鬼……你還好嗎？」

那少年閉著眼睛躺在那兒，表面上一動不動，心裡卻想著：這年頭好人還真是不能做！早知道剛才就該狠心地走掉，為什麼偏偏要回頭看一眼？偏偏這一回頭的時候，他好巧不巧地看見這個手短腳短的小丫頭在翻牆。

因為擔心她會不小心掉下來，自己一時心軟，又走回來看看，誰知她竟然就這樣砸在自己身上，砸得他半天都沒能回過神來。

「小氣鬼？小氣鬼？」沈君兮見這少年半天沒動，暗想自己是不是把人給砸出好歹來了？

她先是用手戳了戳那少年的臉，見他沒什麼反應，於是仿著父親沈箴斷案時的模樣，伸手去翻少年的眼睛。

只是她的手才伸到半路，少年就把眼睛睜開了，並直勾勾地看著沈君兮。

這突然的睜眼把她嚇了一跳，半天沒回過神來，也這樣瞧著少年。

四目相對了好一會兒後，少年才有些尷尬地咳了一聲，支著身子坐起來。

胸口傳來的痛楚讓少年的動作一滯，下意識地想：這小孩是自己的剋星嗎？見面不過短短一刻鐘，竟然就砸了自己兩次！

「小氣……」見那少年終於有了反應，沈君兮忙改口道：「小哥哥，你還好嗎？」

小氣小哥哥？

少年停下自己的動作，忿忿地扭頭看向沈君兮。

剛才躺在地上時沒瞧清楚，現在瞧來，這小女孩長得還真像剛出籠的饅頭，白白嫩嫩的，那飽滿的臉頰更像是飯糰子一樣，讓人忍不住想要捏一捏。

「哎喲！」沈君兮突然叫道，少年才發現自己竟然真的伸出手在她的臉頰上捏了捏。

他有些尷尬地收回手，然後沒好氣地道：「妳都砸了我兩次，還叫了那麼多聲小氣鬼，這算是我收回的利息。」

沈君兮無法反駁，只好下意識地摸了摸自己的鼻頭，然後假裝關切地問道：「那……你還好吧？」

第十二章

可千萬不要砸出什麼毛病來才好！沈君兮在心裡默默地祈禱著。

少年站起來，活動了筋骨，道：「還好，託妳的福，沒什麼事。」

沈君兮這才放心地從地上爬起來，長吁了一口氣。

少年注意到這個凶巴巴的飯糰子好像才到自己的胸口，再看看一旁有一人多高的花牆，不禁好奇，她是怎麼翻過來的？

「妳之前說要我幫妳拿什麼？」少年看了眼沈君兮，倨傲地道。

「那個風箏嘍！」不想繼續與少年一般見識的沈君兮，走到掛著風箏的樹下，指著樹上道。

少年在胸前交疊雙手，抬頭向樹上看去，只見樹枝上確實纏了個風箏，不過那風箏做工一般，並不顯得華貴，就有些不明白，一個這樣的風箏丟了就丟了，怎麼值得這個飯糰子又是翻牆又是爬樹的？

想到自己之前求這少年取風箏時遭到的無情拒絕，沈君兮二話不說地捋了捋衣袖，準備自己爬樹。

不料少年卻拖住了她，冷冷道：「還是我來吧，免得妳掉下來又砸到我！」

說完也不等她反應過來，兩、三步就蹬著樹幹竄上了樹梢，然後一伸手，就將掛在樹梢的風箏撈下來。

沈君兮原本還屏著呼吸，大氣也不敢出，生怕嚇著樹上的少年，卻不想那少年卻是輕輕縱身一躍，又從樹上跳下來。

這身形……也太敏捷了一些吧！沈君兮在心裡驚嘆著。

「喏，給妳。」少年一臉不屑地將風箏交還給沈君兮，然後看著她那沾了些青苔的裙襬。「妳要怎麼翻回去？」

說完，他就衝著身後那道花牆努了努嘴。

沈君兮一想，發現這還真是個問題。自己之前光想著怎麼過來，卻沒想著要怎麼回去。

「也許……我能踩著雕花窗翻過去……」她在心裡假設，覺得自己只要能翻上那個牆頭，再踩著那棵歪脖子樹，應該就能過去了。

「就憑妳？」那少年顯然不相信她的話，上下打量著沈君兮，眼神中充滿了懷疑。

「我能翻過來，就能翻過去！」瞧著少年那蔑視的眼神，沈君兮瞪眼反駁道。

「妳能翻過來，是因為我在這邊給妳當肉墊子好不好！」少年也不服氣地回嘴，一句話就堵得沈君兮沒了脾氣。

她看了看左右兩邊綿延到沒有盡頭的花牆，瞬間打消了沿著花牆走的念頭。

「那你說我怎麼辦……」有些洩氣的沈君兮拉了拉那少年的衣角，可憐兮兮地看著他道。

那少年見到她這如飯糰子一樣可愛的臉上冒出的可憐神情，又嘆了口氣。

「妳先把風箏扔過去，然後再踩著我的肩膀上牆頭吧。」那少年一時半會兒也想不出其他的主意，走到花牆邊示範道：「妳先踩著我的肩，然後再踩著這兒上牆；待爬上牆頭後，妳趴在上面等一會兒，我再上去拉妳一把，然後送妳下去……」

那少年一邊說著，一邊在花牆上指指點點著，而沈君兮只能似懂非懂地點頭。

少年一見她的樣子，也懶得再問她聽懂了沒，而是接過她手裡的風箏扔過牆，然後蹲在牆邊道：「踩上來吧。」

見著把自己縮得像塊石頭的少年，沈君兮的心中不免流過一陣暖流，兩人之前劍拔弩張的氣氛也消散不少。

她咬了咬唇角，不想將少年的衣裳踩黑，便果斷地脫了鞋，這才踩在少年的肩膀上。

「站好了沒？」少年低頭問道。

沈君兮輕應了一聲。

少年扶著牆緩緩站起來，沈君兮借著他的身高，果然很輕鬆地再次坐上了牆頭。

感覺到身上的重量一輕，少年抬了頭，一不留神就見到沈君兮那隻穿著襪子的腳。

瘦瘦的，小小的……

少年的臉噌地一下紅了，但一想到對方還只是個小女孩，他又一下子恢復了鎮定。

沈君兮坐在牆頭上穿好鞋，見著身旁的那棵歪脖子樹，她對那少年道：「小哥哥你不用上來了，我可以踩著這棵樹下去。」

少年看著她燦爛地笑了笑，小心翼翼地將腳踩在歪脖子樹上後，還不忘將頭探過花牆道：「謝謝你，小哥哥！」

見著那個飯糰子一樣的女孩子就這樣消失在花牆上，那少年站在牆邊，愣神了好一會兒。

待他準備回頭離開時，卻發現一旁的草地上好像多了點什麼。

他走過去，才發現是一支珠花。

少年將珠花撿起來，又看了看已是空無一人的牆頭，應該是剛才那個「飯糰子」不小心留下來的。

就在這時，少年好似聽到有人在喚自己，於是匆忙將那珠花往自己的衣襟裡一塞，邁著大步離開了。

沈君兮拖著有些掛壞的風箏從花牆邊走出去，卻發現之前那些放風箏的人早已沒了興致，而是分散成幾處，正在尋找著什麼。

她湊到紀雯身邊，有些不解地問：「妳們在找什麼？」

紀雯一聽到她的聲音，簡直有些不敢相信自己的耳朵。

她一回頭，發現真的是沈君兮，連忙抱住她道：「真的是妳嗎？我們還以為把妳弄丟了！」

沈君兮這才發現大家找的竟然是自己。

「都說她丟不了！」跟在紀雯身邊的紀雪，一看見沈君兮就氣鼓鼓地道：「說吧，妳跑哪兒去了？」

沈君兮指了指花牆的方向道：「我去撿風箏了。怎麼，已經分出勝負了嗎？」

「都這個時候了，要這個勞什子做什麼？」紀霜得知已經找到沈君兮的消息後，急匆匆地趕過來。待她見著沈君兮還抱著那個風箏時，一把將那風箏搶過去扔到地上。

想著自己費了這麼大的功夫才將這個風箏撿回來，沈君兮的心裡就滿是不捨。她趕緊撿起那個風箏，看向紀霜道：「那能不能把這風箏送我？」

紀霜見她抱得緊緊的樣子，揮揮手。「妳要喜歡就拿去吧，反正我家還有很多。」

沈君兮喜孜孜地道了謝，然後問起輸贏來。

「還說什麼輸贏啊！」紀雯從衣袖裡拿出一串碧璽手串，正是沈君兮之前押做彩頭的那一串。「因為妳跑丟了，大家就都沒了繼續玩耍的心情，分頭去找你，紀霜就把大家之前押的彩頭都還回來了。」

沈君兮一聽，滿心都是愧疚。

「大家一定都很不盡興吧？」她有些情緒不高地說道。

誰知紀雯卻是噗哧一笑，然後附在她的耳邊。「沒有，大家都為這件事感謝妳。」

沈君兮有些錯愕地看向紀雯，卻聽紀雯繼續小聲道：「因為大家的風箏都沒放上去，除了紀霜的。後來大家都不放了，不用比了，所以大家都高高興興地拿回自己的東西。」

聽紀雯這麼一說，沈君兮心中的負罪感頓時消退不少。

這時，花廳那邊傳來開席的消息，大家都往花廳而去。

走在路上，紀雯突然拽住了沈君兮，奇道：「妳頭上的那朵珠花呢？」

沈君兮聽了，下意識地一摸頭，原本插著珠花的地方果然空蕩蕩的。

「可能是剛才撿風箏的時候不小心掉了。」沈君兮有些失落地道：「也不知道掉在哪兒了，現在回去找恐怕也是來不及了。」

見著她一臉焦慮的樣子，紀雯卻安撫道：「妳就當成把那珠花輸給紀霜好了，反正她也不是第一次做這種事，老夫人一聽就會明白的。」

沈君兮有些詫異地看向紀雯，不料紀雯卻衝她眨了眨眼睛，顯然想讓紀霜幫她揹鍋。

大家在花廳裡用過席後，就有人開始同主家辭行。

紀老夫人因為有飯後午歇的習慣，也提出了告辭。

在回府的馬車上，她果然問起沈君兮頭上的珠花。

「我沒能猜出誰是三表姊……」沈君兮只得含含糊糊地答了。

紀老夫人一聽，果然嘿嘿地笑了一句「她們如今還在玩這個」，便再也不提。

倒是沈君兮想起在宴席上主動叫著紀老夫人「表姑母」的王氏，忍不住問道：「那位延平侯夫人……也是我姨母嗎？」

不料紀老夫人只是淡淡一笑。「算不得什麼姨母，我們兩家只是同一個姓，當年她的祖父同我的父親同處為官，兩家連了個宗而已，這些年早就沒走動，誰知她今日又怎麼突然攀起親戚來了。」

沈君兮這才一副恍然大悟的樣子。

因為她「特意」從東府帶回一只風箏，珊瑚等人都以為這是她的心愛之物，於是將那風箏破損的地方用紙補了補，然後在小書房裡尋得一塊空牆懸掛起來。

沈君兮瞧著風箏掛在那裡也好看，沒有多言。

當她從珊瑚那兒得知針線房的平姑姑為了幫她改那件衣服，竟然一夜未睡，便從自己的小金庫中拿出一個二兩的銀錁子給珊瑚。「幫我送給平姑姑，替我好好謝謝她。」

平姑姑接到沈君兮送去的銀錁子後更是感激涕零。要知道二兩銀子比她一個月的例錢還要多！

自此之後，平姑姑對沈君兮房裡的針線活就變得更上心，做出來的東西也更花心思。當然這都是後話了。

又過了三、五日，李嬤嬤過來告知沈君兮，特意給她準備的小廚房收拾好了。

因以前紀芸娘也喜歡親自做一些糕點吃食，而紀老夫人又不希望她整天去大廚房裡煙熏火燎，因此便命人將翠微堂的一間耳室改成了小廚房。

後來紀芸娘出嫁，小廚房閒置下來，成了給丫鬟、婆子們燒水用的地方。

既然紀老夫人發了話，要將這小廚房重新收整出來，李嬤嬤便叫了外院的管事，讓他們把廚房又重新刷了一遍，將平日要用的那些傢伙洗的洗、曬的曬，該添置的便添置，因此也費了不少時間。

當沈君兮帶著余婆子等人到這小廚房來時，只覺得這小廚房窗明几淨，四處都透著新色。

「老夫人怕姑娘身邊人手不夠，又特意從大廚房裡，要了個粗使丫鬟和一個媳婦子過來。」李嬤嬤笑著將人叫過來。

只見她指著一個穿著比甲、梳著婦人圓髻的女子道：「這是來旺家的，我讓她管著這小廚房裡的東西。她男人管著大廚房的採買，以後姑娘缺什麼，只管和她說一聲就是。」

沈君兮就朝那來旺家的看去，只見她長相一般，有些靦覥的眉眼中卻透著善意，一看就是個忠厚老實的。

「這是銀杏，」李嬤嬤又將個長得很粗壯的丫鬟給推過來。「我瞧著她塊頭好，特意要過來給姑娘燒火挑水，幹些粗重活。」

「真是煩勞李嬤嬤費心了。」沈君兮很滿意李嬤嬤的安排，笑道：「等我這兒做出一籠吃食，一定要送給嬤嬤好好嚐嚐味道。」

李嬤嬤笑著說好，然後帶著手下的人離開了。

「那麼，我們也開始吧！」沈君兮看著收拾得整齊乾淨的小廚房，衝著余婆子笑道。

那余婆子也不敢藏私，帶著她辨認起麵粉來。

之前她覺得那些麵粉都長得一般模樣，待那余婆子說過後才知道，一個小小的麵粉居然還各有名堂，什麼蕎麥麵、玉米麵、小麥麵……除了顏色不同，還有用處之分，光弄清這些就消磨掉沈君兮大半日的時光。

待到中午陪了紀老夫人用過午膳，她便在紀老夫人面前現學現賣起上午余婆子教的這些事來。

見著沈君兮揚起的小臉，紀老夫人笑呵呵地聽著，神態間充滿了慈愛。

一旁同樣陪著紀老夫人的紀雯聽了卻是滿心羨慕，不禁試探地開口問道：「祖母，我可不可以跟著妹妹一起學？」

雖然北燕多是讓家中的女孩學女紅和廚藝，但在紀老夫人看來，國公府出身的女孩子學這些，不過是錦上添花而已，並沒有必要真當成一份將來討好丈夫、支應門庭的本事。因此，她在這上面的態度說不上支持或是反對，無論是齊氏還是董氏，也不特別在這兩方面培養。

紀老夫人看了眼紀雯，見她眼中也滿是期待，笑道：「既然妳也有這個興致，那就跟著一塊兒學吧！」

說完，紀老夫人還不忘問同樣在屋裡待著的紀雪。

不料紀雪卻是撇撇嘴，不屑地道：「我每天還要練琴、寫字，哪裡還有工夫學這些！」而且她娘說過，天下女人吃食、針線做得好的比比皆是，懂得吟詩作畫的才是真本事。

紀老夫人聽了，倒也沒有強求。

因為紀老夫人有午睡的習慣，沈君兮她們就陪著紀老夫人一同歇了，一覺醒來，便覺得整個院子都熱絡起來。

垂在門上的暖簾「唰」地被人掀開，李嬤嬤一臉喜氣地進來道：「老夫人，大爺帶著大公子回來了！」

正在梳頭的紀老夫人剛「咦」了一聲，紀雪就已經趿著鞋子跑出去。

沈君兮的大舅紀容海雖然承了老國公爺的爵，卻因為同昭德帝自小一塊兒長大，頗得昭德帝的信任。現為天子近臣的他，帶兵執掌皇家衛隊的西山大營，而他的大兒子紀明則是帶在身邊歷練，在他的麾下當了一名小將。

紀老夫人在心裡算了算時間。他們父子倆上一次回來還是元宵節的時候，只回家匆匆吃了個團圓飯，第二天又趕回西山大營。

想著幾個月未見的兒子和大孫子，紀老夫人不免有些激動，讓人給自己梳了髻，便領著沈君兮和紀雯出去了。

她們剛走到二門時，紀容海和紀明騎著馬剛到，紀雪又蹦又跳地迎出去，扯著嗓子大喊：「大哥！爹爹！」

父子二人翻身下馬，而得了信的齊氏早就帶著兒媳婦文氏候在二門處，一見到他們父子二人，急急地迎上去。

第十三章

紀容海領著紀明到了紀老夫人身前單膝一拜，道：「兒子不孝，讓母親操心了。」

瞧著已有幾個月未見的兒子，紀老夫人的眼中噙著淚水，一邊擦著眼睛，一邊扶起兒子，道：「回來就好、回來就好，這次能在家待幾天？」

「約莫半個月的樣子吧。」紀容海起身後，虛扶了紀老夫人。

紀老夫人一臉心滿意足地點點頭，知道兒子是有皇差在身的，能在家住上半個月實屬不易。

正說話間，紀容海見到了紀老夫人身旁的沈君兮。

「守姑？」他不禁喚道。

「守姑見過大舅。」沈君兮向前一步並福了福身。

紀容海的神情變得有些激動起來，聲音也有些哽咽。「既然來了大舅家，就把這兒當家，安心地住下。」

齊氏在一旁看了，連忙上前道：「你放心，我可是將守姑當成親閨女一樣，只要是雪姊兒有的，就絕不會虧了守姑的。我現在都壓著針線房先做守姑的新衣裳，為此，我們家的雪姊兒還吃醋了呢！」

紀容海看了眼沈君兮身上的衣裳，果然還透著新色，一看就是新做的。他點點頭，欣慰地同齊氏道：「讓妳費心了。」

然後他一手扶了紀老夫人，一手攙了沈君兮往後院走去。

紀雪瞧著這一幕，氣得直跳腳。虧得她在聽聞爹爹回來就迫不及待地衝出來，結果爹爹連正眼都不瞧自己一眼，反倒牽著沈君兮走了。

落在眾人身後的紀明自然將這一幕都收入眼中，打趣道：「妳終於不是這個家裡最小又最受寵的人了。」

紀雪聽了就更生氣了。

紀老夫人一高興，便命人在翠微堂設下家宴。齊氏自然要忙著安排家宴，見她一個人忙不過來，董氏主動幫她打起了下手。

趁著這個空當兒，紀容海將紀昭叫到自己跟前，問起他的功課；而紀明則和文氏躲到院子裡，互訴相思之苦。

雖然文氏在臉上薄施了脂粉，可紀明依然在第一時間發現了她的憔悴。

「怎麼了？」紀明持著文氏的手，頗為擔憂地問道：「是不是母親平日待妳太苛刻了？妳告訴我，我去同母親說。」

「不……不是……」文氏有些嬌羞地低頭，一臉的欲語還休。

她與紀明成親不足一年，相處在一起的日子更是屈指可數，雖然眼前是自己的丈夫、是自己最親密的人，可在文氏的心底還是有些猶豫。

「我們之間到底有什麼不能說？」紀明緊握住文氏的手道：「如果妳覺得不舒服，我這就找人去叫大夫來。」

「別……」文氏拖住就要去叫人的紀明，低著頭，紅著臉道：「我……我可能……有了……」

「有了？有什麼了？」紀明卻是想也沒想地問道。可他的話剛說一半便立即反應過來，然後一臉驚訝地看著文氏，不敢置信地問：「妳是說……妳有了……」

「應該是吧……」文氏的聲音比剛才更低了。「算算時間，已經有兩個多月，可許嬤嬤叫我先別聲張，再等段時間看看。」

許嬤嬤是文氏的乳母，也算得上是文氏最相信的人。

「可這事，還是叫個大夫來看看更好吧？」被巨大欣喜包圍的紀明，恨不得讓滿屋子的人都知道自己即將為人父。

「可那也得用過晚膳後再說啊！」文氏依舊紅著臉，有些擔憂地掃了眼在紀老夫人屋裡聊得正開心的眾人。「這要不是……還不得讓大家都掃興呀。」

紀明一想，覺得文氏說得有道理，於是他們等到眾人用過晚膳後，才將這個消息說出來。

齊氏頓時就愣住了。媳婦前些日子一直說身上不好，自己也只是讓她養著，並未往心裡去，不承想這文氏竟是懷孕了。

紀老夫人得知這消息更興奮了。孫媳婦懷孕，那眼見著就能四世同堂了呀！

「找大夫看過了嗎？」紀老夫人關切地問道：「大概什麼時候生呀？」

「還不曾請過大夫。」文氏卻是羞答答地道。

齊氏在一旁聽文氏這麼一說，擺手道：「這事大夫都還沒瞧過，又怎知算不算數？」

紀老夫人也覺得這事就這樣懸著也不好，兩頭不落聽，趕緊讓李嬤嬤取了自己的對牌。

「讓外院的管事趕緊去請了清河堂的傅老太醫來。」

這傅老太醫原本是在太醫院裡當差的，十年前以年老體弱為由從宮裡退出來，然後在京城裡開了家叫清河堂的醫館，也算是造福鄉鄰。

紀老夫人自年輕時就慣請他瞧病，這麼些年下來，只相信這傅老太醫的醫術。

因為屋裡的眾人都好奇文氏到底有沒有懷上，因此未曾散去，董氏更是輕搭了文氏的手腕，只覺得她的脈象圓滑如按滾珠。

「我瞧呀，八成是有了！看來大家都要長一輩嘍……」她收了手後，掩嘴看了眼身旁的紀雪，笑道：「雪姊兒要當姑姑了，高興不高興呀？」

可此刻的紀雪卻正滿心不高興。

之前沈君兮的到來，就讓她感覺到自己在這個家裡不再像以前那樣受寵。不管是吃的、用的，還是好玩的，都是先緊著沈君兮來，每次都是她先挑過之後，才會輪到自己。每每一想到那些東西都是沈君兮選了不要的，她就一肚子火氣。

可偏生母親還總是要她多忍讓。她就不明白，自己為什麼要忍？

現在家裡竟然還要多一個孩子！那是不是說，以後得先讓了大哥的孩子，再讓了沈君兮，才能輪到自己？

瞧著別人都是一副喜氣洋洋的模樣，紀雪突然賭氣地站起來，跺腳道：「誰要當什麼姑姑呀！我才不想當姑姑，我也不要什麼小姪子！」

她的話一出口，本是熱熱鬧鬧的屋裡，一下子冷下來。

眾人均是一臉尷尬，而紀明和文氏的臉則是黑下來。

「雪姊兒，妳胡說什麼?!」紀容海大聲斥責紀雪。「妳嫂嫂要生孩子了，這是喜事！」

紀雪畢竟還只是個六、七歲的孩子，又一直被齊氏嬌寵著長大，平日裡重話都不曾聽上一句，突然被紀容海如此一罵，眼淚就在眼眶裡打轉。「我就知道，我就知道！你們都不再喜歡我了！」

被紀雪這麼一鬧，好好的一場家宴最後鬧了個不歡而散，即便傅老太醫確診文氏有了身孕，也沒讓大家覺得有多少歡欣。

紀老夫人只囑咐文氏一句「好生休養」，就稱乏去了內室，其餘人都從翠微堂退了出來。

得知兒媳婦有喜的齊氏，自然要拿出銀兩來答謝傅老太醫，並且親自將其送上馬車。

董氏則是陪著文氏一同走了一小段路程，笑道：「童言無忌，紀雪畢竟還只是個孩子，她說的話別太往心裡去。」

文氏露出了一個有些牽強的微笑，情不自禁地撫了撫那尚未顯懷的肚子。

她還在閨閣做姑娘時，就曾聽家中長輩說過，小孩子的眼睛能看到大人不能看到的東西，因此大人們常常會讓小孩子去猜孕婦懷著的是男是女，倒也經常猜中個七七八八。倘若小孩子說那孕婦的肚子裡沒有孩子，即便懷上了，那孩子也有可能生不下來。

一想到這兒，文氏就有些緊張起來。這是她的第一胎，很多人因為年紀輕，第一胎往往都沒能保得住，如果她這個孩子也……文氏簡直不敢繼續往下想。

幫著紀老夫人送客的沈君兮將文氏緊張的神情看在眼中。她算了算時間，上一世，文氏的大兒子約莫就是這一年年尾出生的。

於是，她扯了扯文氏的衣裳，示意她貼耳過來。

雖然不知道沈君兮要做什麼，不明就裡的文氏還是彎了腰，卻聽沈君兮在她耳邊輕道：「二表嫂，我告訴妳一個秘密，妳肚子裡懷著的是個男娃娃！但這是我們之間的秘密。」

文氏聞言便是一臉驚訝，但她看向沈君兮那對忽閃忽閃又帶著機靈的眼睛時，不免欣慰地一笑。

「真的嗎？」心底開始泛著甜的文氏看著沈君兮笑道：「真要有那麼一天，嫂子請妳吃糖。」

「當然是真的！不信的話，我們打勾！」沈君兮很孩子氣地伸出右手小指，並且在文氏的眼前晃了晃。

文氏笑著與她打了勾，心情一掃剛才的擔憂。

一直陪在文氏身邊的紀明自然感受到妻子情緒的變化，一路上不免嘀咕，那守姑到底對文氏說了什麼，為什麼文氏之前還一臉擔憂，最後卻變得很開心的樣子？

「守姑到底和妳說什麼了？」百思不解的紀明最終還是沒忍住。

不承想文氏卻一臉神秘地笑道：「這是我和守姑之間的秘密。」

紀明和文氏兩個小夫妻興高采烈地回了自己的院子，而從翠微堂出來的紀容海卻是一直陰沈著臉。

之前，齊氏在自己面前不止一次地哭訴母親執意要將紀雪帶在身邊教養，他還覺得是母親太小題大做，可今日看來，母親當時的擔心完全不是多餘的。

紀雪年紀雖小，卻已經養成刁蠻的性子，所以才會在大庭廣眾之下，毫無顧忌地說出那些話，絲毫不管聽到的人會有什麼想法。

作為父親，他決計不能讓女兒再繼續這麼發展下去。

於是他打算與齊氏好好談一談，豈料他剛起了個話頭，齊氏便笑道：「我還以為是什麼大不了的事，現在雪姊兒年紀還小，不懂事，再過兩年就好了。」

紀容海一聽這話，瞬間就沒了繼續這個話題的興趣，而是藉口還有事，一個人去了書房。

在書房裡輾轉反側一晚之後，好不容易熬到天亮，紀容海便去了紀老夫人的院子。

正在梳妝的紀老夫人見到大兒子時，也是吃了一驚。

可是同為母子這麼多年，兒子是個什麼脾性，紀老夫人是最清楚不過的，如果不是有什麼要緊事，他決計不會在這個時候來打擾自己。

於是她遣了左右服侍的人，壓低聲音同紀容海道：「可是有什麼要緊的話要同我說？」

紀容海發現自己打了一晚腹稿的事，卻讓他有些難以啟齒。

紀老夫人見著也已是滿目滄桑的兒子，輕撫著他的手，道：「我們是母子，我們之間難道還有什麼不能說的話嗎？」

紀容海便抬頭看著母親的白髮蒼蒼，最終正色道：「母親是不是也覺得雪姊兒有些冥頑不靈了？」

紀老夫人聽著，臉上卻是說不出的詫異。

良久，她才道：「你怎麼會這麼想？」

「要不好好的，您怎麼會打發雪姊兒回她娘的身邊？」紀容海就道。

「我打發她回她娘身邊，是因為守姑過來了呀。」紀老夫人嘆道：「她一個沒娘的孩子，難道還讓她住到你們或是老二的院子裡去不成？當然就只能由我帶在身邊了。可我如今年紀也大了，精力有限，所以就讓雪姊兒回了你們的院子。齊氏雖然溺愛孩子，可雪姊兒畢竟是她的孩子，她不會不管雪姊兒的。」

紀容海聽了卻是一陣苦笑。他現在擔心的，正是齊氏會將紀雪給慣壞了。

「不過有個地方，我倒是覺得可以試一下。」紀老夫人像是突然想起什麼事，同紀容海說道：「隔壁家的林夫人同人一起辦了一個女學堂，請了老夫子教女孩子們讀書，還有江南有名的繡娘教女孩子們女紅，又選了各家灶上的婆子教私房菜。女孩們每日有機會聚在一起，也不覺得無聊，倒比我們整日把孩子們拘在屋裡要好。」

「女學堂？」紀容海聽了卻覺得眼前一亮。他怎麼從來都不知道京城裡還有這樣的一個地方？

「只有一樣……」紀老夫人臉上出現一抹訕笑。「年前的時候，這林夫人曾親自登門，問我們家的雯姊兒和雪姊兒要不要一同去學堂，結果被齊氏回絕了。如果你想將孩子們送過去，恐怕還得費上一番周折。」

「這是為何？」既然有這麼好的事，齊氏為何要拒絕？紀容海不解，聽母親這麼一說，他也覺得那女學堂是個好地方。

「還能為什麼？」紀老夫人冷笑道：「還不是你那個能幹的媳婦說我們紀家雖不如林家富貴，可這老夫子一年四季的衣裳還是給得起，用不著去湊這個熱鬧，硬生生將林夫人從我們家給氣走了。」

紀容海一聽，有些語塞。難怪紀雪會養成那樣的性子，根本是因為齊氏也是這樣一個人嘛！

虧得自己當年還覺得她比她的大堂姊更溫柔貌美、善解人意，才會頂撞母親，執意要將她迎娶過來。現在回想起來，她除了那張臉，哪裡都比不上她的大堂姊，而現在……連臉也比不上了。

紀容海在心裡嘆了口氣。都怪當年年少太輕狂，現在自己有兒有女，眼見著又會要有孫了，為了齊氏的顏面，他也不想多說什麼。

但是紀雪，他卻不能像現在這樣放任自流。

「那我親自去一趟林家吧。」紀容海同紀老夫人低聲道：「只是在那之前，還請母親不要同齊氏說起此事。」

不料紀老夫人卻是翻了個白眼道：「你們的事，我才懶得管。我只希望你能一碗水端平，別忘了家裡現在還多了一個守姑就成了。」

紀容海的神情一下子黯然。守姑長得太像妹妹芸娘了，自己每每見了她，都能想起芸娘幼時拉著自己的衣襬，大聲叫著「大哥」的樣子。

「母親放心，我會將守姑當成自己的親閨女看待的。」紀容海同紀老夫人許諾道。

母子又閒話了一陣，紀容海陪紀老夫人用過早膳後才離開。

沈君兮和紀雯在同紀老夫人請安後，便一頭扎進小廚房裡。今日，余婆子繼續教二人和麵。

姊妹二人捋起袖子，一勺麵粉、一杯水地勾兌起來，不是水太多將麵和得像稀泥，就是麵粉太多，揉出了一團麵疙瘩。

當她們好不容易和出一團看上去還正常的麵團時，沈君兮和紀雯的臉上都沾上了麵粉，就像兩隻淘氣的小花貓，鬧得小廚房裡的人一見著她們就想笑。

余婆子用手試了試二人揉出的麵團，不禁在心裡搖搖頭。

到底還是小孩，手上還缺了些力道。麵團看上去是那麼回事，可揉出的麵還缺勁道；這麵一缺勁道，就會影響包點做出來的口感，總會讓吃到的人覺得少了點什麼。

但念在這二人是初學，為了不打擊她們，余婆子卻是笑著稱好。

第十四章

細心的沈君兮卻瞧出余婆子的尷尬，同余婆子道：「余嬤嬤有什麼就直說吧，您這樣藏著、掖著，也不利於我們學真本事。」

紀雯聽了，也在一旁點頭，表示認同。

那余婆子見姊妹二人認真的表情，先是猶豫，隨後就將實話說了。

沈君兮瞧著自己費了大力氣才揉出的麵團，不免有些失望地嘆口氣。「我就知道事情不會這麼容易的。」

余婆子見狀卻是笑道：「這樣的麵團做包子也是使得的……」

「那有什麼用，」不料沈君兮卻打斷了余婆子的話，道：「如果我們只想將就的話，那為什麼還要同余嬤嬤學？」

說完，她同一旁的紀雯商量道：「不如把這個送大廚房吧，讓她們做成餃子吃了，也不至於浪費。」

紀雯點點頭，沒想到沈君兮小小年紀竟然會說出這樣一番話來。

見紀雯也同意，沈君兮就喚了來旺家的，讓她和銀杏一起將剛才發好的那兩盆麵團送到大廚房去，並向余婆子道：「我們明日還是練習發麵團吧，嬤嬤瞧著我們什麼時候能發好了，再接著往下教，可千萬不能因為我們是主家小姐而糊弄過去。」

余婆子聽著這話就有些激動起來。

她之前只道姑娘們跟自己學手藝只是一時興起，因此過程中她也不敢太過嚴苛，生怕因此得罪兩位姑娘。

然而沒想到的是，表姑娘竟然是個如此明事理的人。她在心裡暗下決心，一定要將自己這一身的本事都教給表姑娘。

「姑娘您放心，余婆子我絕不敢糊弄您和大姑娘。」余婆子神情堅決地道。

沈君兮抬了抬有些痠脹的胳膊，暗想著自己得想個什麼辦法，練一練這手上的力道才行。

她和紀雯在小廚房裡混了半日，到了快用午膳的時候，二人才有說有笑地去了紀老夫人的上房。

只見早上就未來請安的紀雪依然不見人影，沈君兮不免問道：「四表姊還是覺得不舒服嗎？」

原本早上就該過來請安的紀雪使了人過來說自己不舒服，等她覺得好些了再過來給老夫人請安。不料這都要到中午了，依舊不見她的人影。

若說這家裡有人不舒服了，最緊張的往往都是當祖母的人。不想紀老夫人卻絲毫不見緊張，反而冷冷一笑，道：「她既然不舒服，就繼續讓她躺著休息好了。」

就齊氏那個喜歡咋呼的性子，紀雪若真不舒服，她肯定早就鬧得闔府皆知了。可到了現在，連大夫都沒有請一個，說明紀雪根本不是什麼身體不舒服。

紀雪這兩年一直養在她身邊，是個什麼性子，她還能不知道？肯定是見自己昨晚又闖禍，害怕被責罰才會稱病，就和當年的齊氏一個德行。

「咱們不管她了。」紀老夫人從榻上站起身來，左手攙了沈君兮、右手攙了紀雯。「咱們先去吃飯。我今天讓廚房做了妳們最愛吃的胭脂鵝脯，她不來，是她沒口福。」

用過午膳後，沈君兮和紀雪又在紀老夫人那裡午歇，一覺起來，卻發現上午因揉麵團變得痠脹的手臂痛得更厲害了。

待二人重新梳妝好再去紀老夫人那兒請安時，只見紀老夫人正同身邊的李嬤嬤交代什麼。「……除了筆墨籃子，還要準備好一輛馬車……」

一聽到這兒，沈君兮一臉天真地跑到紀老夫人的身旁，帶著些許稚氣的聲音問道：「外祖母，您準備馬車要去哪兒？」

看著她因午睡而變得紅撲撲的小臉，紀老夫人笑著抱住她。「外祖母哪兒都不去，馬車是給妳們三姊妹準備的。」

「給我們？」這下連紀雯也好奇起來。

「對呀！」紀老夫人對紀雯也招招手，示意她坐到自己身旁來。「從下個月起，妳們三姊妹就要去女學堂唸書了，自然要提前幫妳們準備好這些東西。」

「去女學堂?!」紀雯一下子驚呼起來。

她之前就一直想去女學堂，因為許多玩伴都去了那兒，就連紀霞和紀霜也在女學堂裡唸書。

可她一和母親說起此事時，母親卻一直同她說「再等等」，至於為什麼要等、要等到什麼時候，都沒有明說。

而且她隱隱聽聞大伯母正打算請個老夫子回家來坐館，以為自己這輩子都沒有機會去女學堂了。

「對呀，去女學堂。」紀老夫人卻笑咪咪地道：「讀書認字、學女紅、習廚藝，每日辰初到、午初回，十天休一次。」

沈君兮聽著，心裡卻暗自盤算起來。

每日辰初到午初回，是說每天只去半晌，還能休息半日，因此學業也還算輕鬆。

只是這樣一來，她和余婆子學做糕點的事就只能挪到下半晌了。還好不是上全天，不然她還真不知如何安排才好？

紀家的三位姑娘將要去女學堂的事，在家裡一下子就傳開了。

紀老夫人給每人準備了一塊端硯，董氏送了她們每人一套湖筆，正在養胎的文氏也託人送了每人一刀澄心紙。

相比之下，齊氏不能沒有表示，只得咬咬牙，送了她們每人一塊上好的徽墨。

轉眼便到了四月。

沈君兮同紀雯、紀雪一道，在紀老夫人處用過早膳後便與紀老夫人辭別，各人帶著各人的筆墨籃子，上了一早就準備好的馬車。

女學堂其實就設在隔壁林家一個臨巷的小院裡，為了方便各家女孩出入，林家還特意在臨巷一側的圍牆上開了個角門。

只是這樣一來，紀家的女孩子們就必須繞過兩家相鄰的大半個院子，從另一側進入女學堂。

好在雖然有點繞路，卻並不遠，從紀家出發也不過才一盞茶的工夫。

紀雯一路上顯得很興奮，不斷同沈君兮說著她從紀霞和紀霜那兒聽來的、關於女學堂的見聞。

紀雪卻始終不太樂意地坐在一旁。她只知道去這女學堂後，以後每天都得卯時就起床，匆匆忙忙地同祖母請過安後，再趕往女學堂。

而且她還聽聞，女學堂裡的女先生很嚴厲，每天有背不完的課文和練不完的字；如果有誰因為怠慢而沒完成功課的話，還會被先生打手。紀雪只要一想起這些就高興不起來。

一車人各懷著心思，不一會兒工夫，馬車便在女學堂前停下來，而學堂的女先生則是早早地候在門前，等著她們。

那女先生約莫二、三十歲左右的年紀，像男子一樣穿著直裰、束著髮髻。據說這位女先生是從宮裡放出來的姑姑，深諳各種宮廷禮儀，因此林家的人才會特別請她過來教習禮儀。

「先生好！」因為紀雯的年紀最長，因此走在最前面，帶頭給那女先生行禮。

沈君兮和紀雪則是緊隨其後，照葫蘆畫瓢。

那女先生微笑著點頭，帶她們進了學堂。

學堂是林家的一個四進小院改的，第一進小院是供各家丫鬟、婆子休息的地方，因為一旦進入學堂後，所有事情都得依靠自己，不得假手他人，因此各家跟來的奴僕是不允許進入第二進小院。

第二進小院則是供各家姑娘讀書寫字的地方，五間正房均拆了落地罩，正屋的廳堂裡擺著一架厚重的蘇繡插屏，插屏前是一張黃梨木大書案，一看就是夫子的專座；夫子的書案下則是一溜的黑漆書案，地上鋪著草蓆和蒲團，顯然是為女學生們準備的。

一些女學生已經到了學堂，見有新人來，一個個也無心學習，而是坐在各自的座位上，好奇的眼睛不住地打探著沈君兮她們。

「我本家姓刑，妳們可以和大家一樣，叫我刑姑姑。」那女先生將幾人帶到正屋裡，指著西次間裡幾張空書案，同紀雯等人道：「妳們就坐著吧，稍事準備一下，秦老夫子就要過來上課了。」

紀雯領著沈君兮和紀雪連忙稱謝，讓沈君兮坐了第一個，紀雪坐了第二個，自己則坐在最末。

那刑姑姑見她們三人已安排妥當，自行離開了。

屋裡的一眾女孩見了，紛紛離位圍了過來。大家本都是京城的貴女，平日跟著母親在各府走動，私下早就混熟了。

「紀雯，妳可算是來了。」

「就是，我之前還聽聞妳們家在尋私塾先生……」

女孩們七嘴八舌、嘰嘰喳喳地笑鬧起來。

沈君兮瞧著被圍住的紀雯和紀雪，自己這邊卻顯得有些落寞。

她默默從筆墨籃子裡拿出文房四寶，卻聽見一個女童的聲音道：「沈君兮，原來妳也來了！」

沈君兮抬頭看去，見著在東府裡結識的那個福寧，笑得像個福娃娃一樣地瞧著自己，沈君兮的臉上也跟著泛起微笑。

「妳也在此處讀書嗎？」

「對啊對啊！」說著，福寧還指了指沈君兮右側的那張書案。「我就坐在這兒。」

然後，她就從座位上提過筆墨籃子，在沈君兮面前偷偷打開，然後拿出一塊豌豆黃來，悄悄道：「學堂裡不准我們自帶吃食，這個給妳，可別教人給發現了。」

沈君兮聽了，連忙接下藏在袖子裡，福寧就給了她一個「妳很上道」的表情。

不一會兒工夫，屋外響起一陣咳嗽聲，所有女孩如鳥獸散地回到各自的位子。

沈君兮只見一位看上去已經六十好幾、留著花白山羊鬚的老先生，正踱著方步走進來。

想必這位就是刑姑姑口中所說的秦老夫子了。

只見秦老夫子目不斜視地走進來，徑直走到黃梨木書案前坐下，然後抬眼微掃屋內的眾人，便道：「昨日給妳們佈置下的作業可都完成了？」

一眾女孩拖著腔調道：「完成了！」

那秦老夫子滿臉欣慰地點點頭，並不真的去檢查作業，而是捋了捋自己下巴上的山羊鬚，道：「那我們就繼續往下講千字文。」

只見他從袖子裡摸出一副玳瑁眼鏡，夾在自己的鼻子上，然後從書案上取出一本書，慢條斯理地翻開後，問道：「之前我們說到哪兒了？」

「回秦老夫子的話，之前我們說到『兩疏見機，解組誰逼』。」坐在秦老夫子書案下的那位女學生答道。

「哦？我們已經說到『兩疏見機，解組誰逼』了嗎？」秦老夫子有些不敢置信地推了推鼻梁上的眼鏡，又慢悠悠地道：「那我們接下來說『索居閒處，沈默寂寥』……」

沈君兮一聽，便知道這說的是西漢宣帝的兩位太子太傅疏廣和疏受，在身居高位時急流勇退，辭去了高官厚祿，回到家鄉，獨居山野、悠閒自在，甘於寂寞安靜的生活。

因此，在秦老夫子往下說起這兩位的軼事時，沈君兮還聽得津津有味；而紀雯因為之前跟著母親董氏也學了一些千字文，雖然一知半解，倒也不是全然不懂。

只可憐了紀雪，她在家裡剛開始唸三字經，此時聽著秦老夫子滿口的之乎者也，早就聽得雲裡霧裡，暈頭轉向了。

然而那秦老夫子也不管下面的這些女學生們聽得懂或是聽不懂，洋洋灑灑地說了一大通後，便讓大家鋪好紙墨，開始練習「索居閒處，沈默寂寥」幾個字。

這八個字雖不多，可都是筆畫繁複，學堂裡的其他女學生還好，早已習慣，因此各自執筆寫字。

只有紀雪在那兒東張西望的。她先是回頭看看紀雯，又探探腦袋看看沈君兮，見她們二人都是一副坦然自若的模樣，自己卻在那兒撓破了頭。
雖然她每日都在家練字，可寫的都是些「天地人士」等字，今天這八個字該如何下筆，可真是愁死她了。
然而讓紀雪沒想到的是，和她同樣發愁的，還有沈君兮。
別人在愁如何把字寫好看，她卻在愁怎麼才能把字寫難看？
若說她以前握筆還有些生疏，可經過這幾個月的提筆練習，她早已能將手中的筆收控自如，寫出的字也是四平八穩的，一看就不是生手所為。
因此，她只能將該長的寫短，該短的寫長，整幅字寫出來就透著怪異感。
「咦？」秦老夫子在課堂巡視時，一見到沈君兮的字也覺得奇怪起來。「妳為何要將字這般寫？」
說完，他便從沈君兮的手中接過毛筆，在一旁的紙上示範起來。「妳看，這一筆要長，這一筆要短，這一筆應該收呀！」
沈君兮站在一旁，只能苦笑著，然後裝成一副虛心好學的模樣頻頻點頭。
「妳都明白了嗎？」秦老夫子放下手中的筆，道：「這幾個字，妳再重新寫一遍吧。」
沈君兮身後的紀雪聽見這話，心中不免透出幾分得意。
她就知道，自己的字就算比不過紀雯，難道連沈君兮這個鄉下來的土包子都比不過嗎？
就在紀雪想要看看沈君兮到底寫成什麼樣的時候，秦老夫子卻轉過身來，在她的書案上掃了一眼，卻是一言未發地又往紀雯的書案上看去。

這就讓紀雪不免有些飄飄然，於是她拿起筆，繼續塗鴉起來。

過不了多久，便聽屋外響起一陣搖鈴聲，屋裡的女學生們都大鬆了一口氣，剛才還安安靜靜的學堂，一下子變得熱鬧起來。

「今日這八個字寫得不好的，回家後要繼續練習。」秦老夫子拍了拍手道：「明日連同之前的，總共十六個字，妳們都要交一份習作上來。」

剛鬆了口氣的眾人發出一陣哀嘆，而秦老夫子卻不管這麼多，揮了揮衣袖就信步離開了。

這就是下課了？

沈君兮默默收著自己的筆墨籃子，一旁的福寧卻湊過來，拉扯著她的袖子道：「我們去院裡玩一會兒吧！等一下刑姑姑教禮儀時，準又會練得我們腰痠背痛的。」

沈君兮拗不過她，只得將收拾好的筆墨籃子擱到書案下，然後被福寧拉扯著去了院子裡。

早上的日頭這會兒已經全然昇起來，照在滿院子那還帶著露珠的花草上，讓人一見就心曠神怡。

福寧指著院子裡的一叢玉簪花，同沈君兮神秘地笑道：「我告訴妳，這些花的花心裡有花蜜，我嚐過，特別甜！」

說完，她還怕沈君兮不相信似的，趕緊採了兩朵下來，一朵叼進自己的嘴裡，另一朵就往沈君兮的嘴裡塞。

第十五章

沈君兮又不是個孩子，豈會真的願意嚐這玉簪花的味道？因此她不斷往一旁躲，而福寧卻鍥而不捨，於是二人就這樣在花園子裡追跑起來。

一不留神，沈君兮便撞進一個人的懷裡，聽見頭上有人「哎喲」地叫了一聲。

她連忙站好，抬頭一看，發現自己撞到的正是紀霜，於是趕忙賠禮道歉，喚了一聲「三表姊」。

紀霜瞧著她一挑眉，笑道：「看來妳還真的能分辨出我們姊妹呀！」

沈君兮只是笑，不說話。

一旁的福寧卻湊過來道：「好呀！妳們兩個又遲到了，等下讓刑姑姑知道，看怎麼罰妳們！」

不料紀霜卻瞧著福寧一瞪眼，道：「周福寧，妳要是敢多嘴，信不信我去告訴長公主妳在學堂裡偷吃花蜜的事。」

「妳……妳敢！」福寧一聽，也急了。「妳要是敢跟我娘說這些，我以後都不要和妳玩了！」

沈君兮這才知道福寧原來姓周，是樂陽長公主的女兒，昭德帝親封的南平縣主。

「所以嘛，」紀霜一把攬住周福寧的肩膀，賊兮兮地笑道：「妳不說、我不說，不就都相安無事了嗎？」

周福寧麻利地點點頭。

瞧著眼前這對活寶，沈君兮只能掩嘴笑，不料刑姑姑卻從一旁的抄手遊廊過來，站在紀霜的身後，冷道：「紀霜、紀霞，妳們居然又遲到了！妳們這是逼我去拜訪紀三太太嗎？」

聽見刑姑姑的聲音突然響起，紀霜和周福寧俱是臉色一黑。

周福寧更是小聲地同紀霜道：「這不關我的事啊，妳可不許遷怒到我身上。」

紀霜示意她不要多話，然後覥著臉地轉身道：「刑姑姑，今天真是我們家的馬車壞了，不信的話，您真可派人去我家問！」

刑姑姑卻是一臉不信地從紀霜的臉上掃過，然後看向一旁的紀霞道：「妳來說，究竟是怎麼回事？」

紀霞面帶尷尬地道：「今日還真是我家馬車的轂轆壞了，馬車傾倒的那一下，墨汁都倒到我們的裙襬上了。」

為了證明自己所言非虛，紀霞還微微提起裙襬，露出裡面被墨染了的襯裙。

「我們倆瞧著這樣的形象出現在學堂裡不雅，又返回家中換了衣裙……」紀霞繼續道：「為了不耽誤太多工夫，我們只換了罩裙就過來了。」

那刑姑姑見紀霞說得一臉真誠，倒也沒有追問太多，只是冷冷地掃了二人一眼，淡淡道：「下不為例。」

紀霜嬉皮笑臉地應著，將刑姑姑給勸走了，紀霞這才大吁了一口氣，對紀霜嗔道：「都怪妳，好好的要去吃什麼護國寺的小吃，真要讓刑姑姑找到家裡去，我們非得都掉一層皮不可！」

紀霜滿不在乎地同紀霞道：「妳別光說我，剛才在護國寺門口吃糖葫蘆吃得正香的是誰？現在嘴邊還沾著糖渣子呢！」

紀霞聽了趕緊用手抹嘴，而周福寧則是一臉若有所悟地說道：「原來這才是妳們遲到的原因呀！」

紀霜趕緊去摀周福寧的嘴，悄聲道：「別亂嚷嚷，我們特意給妳帶了象鼻子糕，妳要再嚷嚷，就不給妳吃了！」

周福寧一聽，趕緊用手摀住嘴巴。「我可什麼都沒說。」

沈君兮忍不住掩嘴笑。這樣歡樂的時光，她在上一世還真沒有遇到過，這讓她對在學堂裡的日子不禁生出些期盼來。

四月的日頭一天好過一天，滿庭院的花草更是紅紅綠綠的，開得一片生機勃勃。

待到學堂休沐的時候，宮裡卻傳來消息，貴妃娘娘想讓紀老夫人帶著沈君兮入宮見一面。

得知消息的齊氏自是想跟著一塊兒去，不料紀老夫人卻回絕了她。「家中還有一大堆事還要妳拿主意，老二媳婦跟著我進宮就好了。」

「是。」倒是沒抱什麼希望的董氏覺得意外。

以往有這種事情，要麼就是作為宗婦的大嫂一個人進宮，要麼就是大嫂陪老夫人進宮，自己只有在新年大朝會的時候才能進宮。

沒想到今日老夫人卻欽點了自己，看樣子，剛才大嫂母女還真是將老夫人給得罪狠了。

她謙恭地答道：「媳婦這就回去換衣裳。」

紀老夫人點點頭，看著紀雯道：「妳也去換身衣裳一起進宮吧。」

在紀老夫人看來，沈君兮這是第一次進宮，難免有些緊張，如果有紀雯在一旁相陪，應該能放鬆許多。

紀雯跟著董氏一同退下，而沈君兮也回房去換了衣裳。

她特意選了一件丁香色的素面妝花褙子，在頭上簪了一朵之前宮裡送來的絲織絹花，看上去很是清透素淨。

紀雯顯然知道沈君兮不會裝扮得大紅大紫，也只選了一件桃紅色的錦緞褙子，在髮間插了一朵絨花，兩姊妹站在一起，倒也相得益彰。

紀老夫人滿意地看了二人一眼，帶著董氏和紀雯、沈君兮上了去宮裡的馬車。

北燕的大燕城有東西南北四道門，南邊的宣德門直通皇帝上朝的大慶殿，平日供那些上朝的臣子們出入；而北邊的拱宸門則是直通後宮，後宮的娘娘們傳召娘家的女眷時，通常就由這個門出入。

從這個門入宮後，必須通過一個狹長的宮城甬道，繞到東面宮牆內的迎陽門，才能進入真正的後宮，通常這過程都是漫長而無聊的。

一位內侍正佝著身子在前面領路，紀老夫人和董氏皆是一臉正色地緊隨其後，沈君兮跟在她們身後，連大氣也不敢出一口。

也不知繞了多少彎，穿過了多少宮門，最終她們到達紀蓉娘平日所住的延禧宮。

待那領路的內侍通稟後，一個姑姑模樣的人迎出來，親親熱熱地接了幾人。「老夫人，您快隨我來，貴妃娘娘都念叨好一陣了。」

董氏虛扶著紀老夫人，沈君兮和紀雯跟在她們身後，進了這延禧宮。

一進延禧宮內，一位恍若神妃仙子的貴婦人就從內殿走出來，紀老夫人一見，便要跪拜下去。

那貴婦人連忙攔住紀老夫人，道：「母親，您這是要折煞女兒嗎？」

沈君兮一聽，便知這是在宮中貴為貴妃的姨母紀蓉娘。

於是她悄悄打探過去，卻見這紀蓉娘長得杏眼桃腮，一雙美目更是流光溢彩，真真教人看得挪不開眼。

就在她發愣的時候，聽紀老夫人義正辭嚴地說道：「先國後家，禮不可廢。」

說完，紀老夫人就向紀蓉娘行了個大禮。沈君兮等人見著，紛紛跟著下跪行禮。

紀蓉娘雙目含淚地側過身子，受了紀老夫人的禮，然後親自領著她們這一行人去內殿。

「早就想請母親和嫂嫂們進宮聚聚，只可惜我這邊卻有些瑣事絆住了，一直不得閒。」

紀蓉娘一邊陪著紀老夫人在鋪了大紅條褥的羅漢床上坐下，又讓人搬了春凳讓沈君兮等人坐下。

待宮女們上過茶後，紀蓉娘笑著同紀老夫人解釋道：「這好不容易得著空，沒想竟然已是四月了。」

說話間，她的一雙眼睛就往餘下的三人身上看去。

董氏和紀雯均是見過的，因此她一下就掃到沈君兮的身上。

她衝著沈君兮招招手，道：「這就是我那苦命妹妹留在這世間的血脈吧？快過來，讓姨母好好瞧瞧妳。」

沈君兮一見，恭恭敬敬地上前，規規矩矩地行了個禮。這讓紀蓉娘瞧著，就更歡喜了。

「這眉眼長得乖乖巧巧的，倒是像極了我那四妹。」紀蓉娘拉著沈君兮的手，細細地打量著。

「是啊，見過妳四妹的人都這麼說。」紀老夫人感慨。「她當年若不是出了京，一個人在外受這些漂泊，或許也不會去得這樣早。」

一句話，卻說得紀蓉娘臉上的神色有些不自然起來。

她憐惜地撫了撫沈君兮的臉，滿是柔情地問著「多大了」、「在京城住得習慣不習慣」、「有沒有想家」等問題。

沈君兮一一作答，倒是一點也沒有露怯。

紀蓉娘就笑著問她。「妳不怕姨母嗎？」

沈君兮偏著腦袋，一臉天真地問道：「姨母長得好像娘親，為什麼要害怕？」

紀蓉娘一聽這話，更稀罕她了，一把將沈君兮抱在懷裡，並在沈君兮的臉頰上親了又親。「對，姨母就是妳的娘親，有什麼好害怕的。」

說著，她又向紀雯招招手，示意紀雯也到自己身邊來。

紀雯也想像沈君兮一般大方，可在她心目中，姑母一直是高高在上的，因此心裡不免有些緊張。

紀蓉娘倒也不以為忤，在這宮裡待的時間長了，早就習慣了這些。

因此她擁著沈君兮同紀老夫人道：「母親和嫂嫂難得進宮一次，用過午膳後再走吧。」

既然是貴妃娘娘有意賜飯，紀老夫人和董氏自然不好拒絕，只是在這宮裡，她們待著也多少有些拘謹。

紀蓉娘自是瞧在眼裡。

「不如我們去御花園裡走走吧，」紀蓉娘提議道：「有株雙色牡丹提前開了花，我帶妳們去瞧一瞧。」

紀老夫人從善如流，沈君兮也被雙色牡丹名字所吸引，像個孩子一樣顯出一些興奮。

紀蓉娘笑盈盈地將她們引至御花園。

早些年，曹皇后因體虛多病，無暇顧及後宮事務，昭德帝便命身為貴妃的紀蓉娘協理六宮。

後來，曹皇后因病離世後，紀蓉娘更是名正言順地接掌了後宮的鳳印。

有人曾上書昭德帝，建言晉封紀貴妃為皇后，而昭德帝也動了這樣的心思，不料紀蓉娘卻以「紀家不能再受此殊榮」為名，主動辭了。

此舉讓昭德帝覺得紀蓉娘是個識大體、知進退的，雖未給皇后的名分，卻給了她皇后的實權，讓她真正成為這後宮眾多妃子中最尊貴的人。

因此在後宮中，宮人們都要看紀蓉娘的臉色行事，也讓她不用像其他妃子一樣過得小心翼翼、汲汲營營。

看著這滿園關不住的春色，沈君兮只覺心曠神怡。

她小心翼翼地問著紀蓉娘。「姨母，我可以去採花玩嗎？」

跟在她身邊的女官笑盈盈地提醒道：「不能稱貴妃娘娘為姨母，得和我們一樣稱她為娘娘——」

沈君兮的臉上露出一陣小孩子做錯事才有的驚慌。

她剛才是故意試探地叫了一聲姨母的，如果貴妃娘娘能夠接受「姨母」這稱呼，說明她對親情還有掛念，那麼以後自己還可以多親近親近這位姨母；但如果娘娘只願擺出貴妃架子，自己以後最好還是規規矩矩，謹守君臣本分。

而現在……

沈君兮心中不免升起了一絲失望。

不料紀蓉娘卻打斷女官的話。「她本就是我的外甥女，稱我一聲姨母也無妨。何況我就這麼一個親外甥女，她若都不能叫我一聲姨母，這世間便再無能叫我姨母之人了。」

那女官見自己拍馬屁拍到馬蹄子上，趕緊低頭噤聲，退到一旁。

紀蓉娘倒也沒有怪罪女官，每日在這宮闈中聽到的都是恭維、恭敬之聲，想必她身邊的人以為她已經習慣了。

紀蓉娘微微彎下身子，微笑地捏了捏沈君兮那還有些嬰兒肥的臉頰，道：「守姑，以後妳就叫我姨母好了。」

「嗯。」感覺到柳暗花明又一村的沈君兮重重地點點頭，然後揚起一個明媚的笑臉。

「那我現在可以去採花了嗎？」

紀蓉娘一見，心下就軟了兩分，柔聲道：「去吧，仔細別被花刺扎了手。」

沈君兮笑著在紀蓉娘的身邊轉了一圈，然後蹦蹦跳跳地往花叢中去了。

「她正是無憂無慮的年紀，真好。」紀蓉娘瞧著沈君兮這模樣，笑著同紀老夫人說道。

紀老夫人也欣慰地點頭。「之前我將她接來京城時，還怕她會不習慣，沒想到她卻一點都不認生。」

「小孩子嘛，都是這樣。」在紀老夫人身後虛扶著的董氏也跟著笑道，然後跟身旁的紀雯低聲道：「妳也跟著去吧，看著點守姑，這畢竟是宮裡，可別讓她闖出什麼禍來。」

紀雯聽後，衝著紀蓉娘和紀老夫人福了福身子，趕緊追著沈君兮去了。

紀蓉娘捣著嘴笑道：「二嫂就是太過小心了些，這宮裡四處都有宮人看著，能闖出什麼禍來？」

紀老夫人卻拍著紀蓉娘的手，笑道：「小心駛得萬年船，這話總是沒錯的。」

紀老夫人畢竟年紀大了，紀蓉娘也不敢讓她在御花園裡走太遠，就在湖邊尋了個涼亭小坐片刻，又折返延禧宮裡去說話。

而沈君兮跑出紀老夫人等人的視線後，便收了小女兒的天真可愛，在心裡感嘆，這年頭想要裝個小孩還真不容易。

她一個人沿著花間小徑一路向前，看見漂亮的花兒就停下腳步多看兩眼，卻決計不伸手去攀扯它們。

「妳這個人，還真有點意思！」就在她一個人在花間流連的時候，卻突然聽到一個少年的聲音，嚇得她趕緊轉身。

抬頭望去，只見一個身著淺黃色衮服的少年正站在花圃的另一側，年紀約莫十三、四歲的樣子。

沈君兮一見他衣襟上的麒麟紋飾，便知他不是這宮裡的小內侍，於是趕緊拜下去。「民女見過皇子殿下。」

那人細細地打量沈君兮兩眼，也不叫人起來，而是問道：「妳是哪位娘娘家的女眷，為何一個人在此賞花？」

沈君兮只好答道：「民女是跟著秦國公府的老夫人一起進宮，探望紀貴妃娘娘的。」

「妳是秦國公府的？」那皇子的聲音明顯出現異樣，只聽他道：「妳站起身來，讓我好好瞧瞧，為何我從未見過妳？」

沈君兮只好依言站起來，還沒說話，就見紀雯一臉急色地趕過來，一見到她，這才吁了一口氣道：「守姑，原來妳在這兒，害我一通好找！」

第十六章

「雯表妹？妳們今日何時進宮的？」一見到紀雯，那皇子的聲音中透出欣喜。

紀雯聞言看去，這才發現花圃的另一邊居然還站著一個人。

「三殿下！」紀雯也是面露驚訝，撩了撩衣襬，準備給三皇子請安。

「免了吧、免了吧。」三皇子揮著袖子，然後指著沈君兮道：「這小丫頭是誰？也是我們家的表妹嗎？」

紀雯搗嘴笑道：「正是，她是芸娘姑姑的女兒，姓沈名君兮，小名喚作守姑。」說著，她向沈君兮招手道：「守姑，快過來，給三殿下請安。」

沈君兮依言走到紀雯身邊，衝著三皇子又福了福身子。

「妳也免禮吧。」這一次，三皇子卻不再端著，而是看著沈君兮，微微皺眉道：「到底是紀家的女孩子，這眉眼瞧著和母妃還是有幾分相像。我剛就說怎麼看著她總有些眼熟，卻又想不起在哪兒見過。」

沈君兮聽著，在心裡暗道：聽這語氣，難不成他也是表哥？

紀雯笑道：「殿下今日的功課不忙嗎？為何也有心思來逛這御花園？」

「嗯，」那三皇子應道：「今日少傅師傅家中出了急事，放了我們半日假，所以我就想著來給母妃請安，不巧在這裡就同妳們遇上了。」

「那這麼說，紀晴應該也跟著一起放假嘍？」紀雯問道。

「應該是吧，不過之前我看著他和老七在一起，這會兒不知道跑哪裡去了。」三皇子說道。

哪知道三皇子話音剛落，就聽有人在遠處喊道：「哎呀呀，三殿下！你又在同我姊編排我什麼呢！」

幾人不約而同地朝那聲音看去，只見一少年衣袂翻翻地朝這邊跑來，正是沈君兮有段日子不曾見過的四表哥紀晴。

而他身後還跟著個少年，她定睛一看，恨不得找個地縫鑽進去。

怎麼會是他?!是那日在東府幫自己撿風箏的小哥哥！

因為害怕對方也認出自己，她就往紀雯的身後躲了躲。

紀雯還道沈君兮一下子見了這麼多人，有些緊張，便拖著她道：「沒關係的，這些都是妳的表哥。」

都是表哥？難怪在東府也能見著他。

沈君兮默默地想著，可到底還是不敢露出臉面。

「守姑？怎麼了？」紀雯拖著她，兩人就在原地打起轉來。

「她怎麼了？」跑過來的紀晴看著沈君兮這模樣，也覺得驚訝。

紀雯只好笑道：「大概是小孩子，突然頑皮了吧。」

待她看清跟在紀晴身後的那人，趕緊拽住沈君兮，福了福身子，恭敬地道了聲。「七殿下。」

「嗯。」沈君兮聽到那個再熟悉不過的聲音，躲在紀雯身後暗暗叫苦。這世間怎麼就有這麼巧的事！

「守姑？」紀雯顯然還不放過她，拉扯著她的衣衫道：「守姑快別淘氣了，趕緊給七皇子殿下請安。」

沈君兮只好嘆了口氣，想著今日是躲不過去了，低著頭從紀雯的身後站出來，行了個福禮，小聲道：「見過七皇子殿下。」

沒想到七皇子見著她卻什麼也沒說，只是冷冷地應了一聲，然後同三皇子拱手道：「皇兄，你們慢慢聊，我先去母妃那兒請安了。」

說著，他就一甩衣袖離開了，絲毫沒有多看沈君兮一眼。

就這樣？心下還是有些不太確認的沈君兮，依舊心跳如擂鼓。他是沒認出自己來，還是裝成不認識自己呢？

她忍不住暗自嘀咕起來。

不料卻聽紀雯嘆道：「七殿下還是這樣，一個人冷冷清清的，獨來獨往嗎？」

「可不是嘛！整個皇子書院裡，就數我這個侍讀最清閒。」紀晴有些自嘲地笑了笑。「其他侍讀都是鞍前馬後地伺候著自己的皇子，只有我，出了皇子書院便沒有什麼事了。」

「嗯？」不料三皇子聽著這話，卻是壞笑起來。

「聽你這番話，是嫌自己平時太清閒了是不是？要不我去同母妃說一聲，將你調到我身邊來呀？」

紀晴聽了就連連擺手。「不用麻煩了、不用麻煩了，我現在這樣也挺好的，就不勞三殿下費心了。」

三皇子和紀雯聽了，哈哈大笑起來。

待他們幾個在御花園中逛了一圈，再回到延禧宮時，正好遇到給紀貴妃請過安的七皇子出來。

三皇子與他點頭致意，並道：「怎麼，不留下來一起用個膳嗎？」

「不了，」七皇子卻道：「我屋裡還有些事，還是先告辭的好。」

說著，他又拱了拱手，離開了。

見他獨自遠去的背影，沈君兮覺得眼前這個人，和那日在東府遇到的小哥哥簡直判若兩人，忍不住問道：「三殿下，你有沒有見過一個和七殿下長得很像的人呀？」

這透著傻氣的話一問出口，另外三個人都呆了。

和七皇子長得很像的人？像七皇子這樣冷得像冰山一樣的人，一個就夠了，要是還來一個……三人不約而同地搖起了頭。

沈君兮只好作罷，然後跟在三皇子身後進了延禧宮的大殿。

內殿中，紀蓉娘正同紀老夫人和董氏說話。

「……孩子是瞧著不錯，就是為人太過冷淡了些……」沈君兮一進殿，就聽紀老夫人沒頭沒腦地說了這麼一句。

然後聽紀蓉娘說道：「這倒也怨不得他，他當年小小年紀就被張禧嬪連累，打入冷宮，我將他從冷宮裡接出來時，他被冷宮裡那起子小人們欺負得早就不成人形了……這還在我身邊養了這麼些年，才有了現在這模樣……」

紀老夫人聽著，不免嘆了口氣。「這也是他的造化。」

陪在紀老夫人身邊的董氏，瞧見了魚貫而入的沈君兮等人，站起來笑道：「御花園裡好玩嗎？」

董氏的一句話，讓紀老夫人對紀貴妃使了一個眼色，兩人便收了剛才的話題。

紀老夫人更站起來，就要給跟在沈君兮等人身後的三皇子行禮。

三皇子連忙兩步上前托住紀老夫人，大聲道：「老夫人，您可別折煞我了。」

紀老夫人笑盈盈地打量著三皇子，然後用手比劃著，同紀蓉娘道：「三皇子這又長高了不少，現在都高出我一個頭了。」

紀蓉娘與有榮焉地笑道：「是啊，去歲入秋給他做的衣裳，今年開春就穿不了了。正巧他這般大小的皇子還有幾個，害得尚服局裡一年四季的衣裳做個不停，這衣裳還沒做出來呢，就已經穿不上了。」

聽著母妃打趣的話，三皇子的臉上便出現一些羞澀的神情。

紀蓉娘不再拿兒子打趣，看向沈君兮。「御花園裡好不好玩？守姑有沒有採到漂亮的花？」

那語氣，分明就是在逗弄一個孩子。

「有啊！」沈君兮有些興奮地喊道，說著就從身後拿出一朵含苞待放的洋紅色月季。「姨母，守姑覺得這朵花開得可好看了，若是插在姨母的髮間，肯定更好看。」

然後她也不用人吩咐，爬上紀蓉娘坐著的羅漢床，半跪在紀蓉娘的身邊，將手中那朵月季就往紀蓉娘的髮髻裡簪。

這突如其來的動作讓在場的人都嚇了一跳，大家也屏住呼吸，深深地為沈君兮擔憂起來。

畢竟紀貴妃平日最看重的就是一頭秀髮，給她梳頭的宮女都是小心翼翼的，生怕自己一個不小心弄斷貴妃娘娘的頭髮而受到責罰。

不料，紀蓉娘不但沒有怪罪，反倒笑盈盈地讓人去取了把鏡子來，還饒有興致地對著鏡子欣賞頭上的那朵花，同沈君兮笑道：「還是我們守姑有眼光，這朵花戴在姨母頭上，果然讓姨母又年輕了好幾歲。」

沈君兮聽著，就撲到紀蓉娘的懷裡，撒嬌地笑道：「姨母本來就年輕呀！」

紀蓉娘頓時心花怒放，戳著沈君兮的臉蛋同紀老夫人道：「這丫頭是吃什麼長大的？為什麼一張嘴這麼甜，說出來的話簡直甜到人的心窩裡去了。」

紀老夫人也是看著沈君兮笑道：「是啊，妳別看她人小小的，做起事來卻很貼心，一點都不像個只有六歲的孩子。」

聽著紀老夫人這些話，依在紀蓉娘懷裡的沈君兮突然插嘴道：「外祖母，您說得不對，守姑才不是六歲的孩子，守姑已經七歲了。」

紀老夫人一愣，隨後衝著她笑道：「妳個小機靈鬼，對對對，今年妳已經七歲了，不再是六歲的孩子了。」

被這祖孫倆這麼一逗弄，整個屋裡的人跟著笑起來。

看著紀蓉娘那抵達眼底的笑意，三皇子卻是覺得驚訝。

母妃平日雖然一直是微笑示人，神情永遠如沐春風，可眼神卻總是帶著距離的，像今日這樣開懷大笑，還真是少見。

他不禁另眼打探起沈君兮，可沈君兮卻是一臉嬌憨。

就在大家都還在說笑時，只見正殿那邊走過來一道明黃色的身影，一個中氣十足的聲音道：「沒想到貴妃這裡今日這麼熱鬧。」

大家一聽到這個聲音，俱是神色一凝，紛紛拜倒下去。

「哎呀，都起來吧！」那個聲音卻和顏悅色地說著。「不要朕一來，大家都變得這麼緊張，這是想將朕轟走嗎？」

紀蓉娘便帶頭站起來，有些嗔怪地笑道：「怎麼會？平日想請您來都沒機會呢！只是我宮裡的這些人也不知是怎麼當的差，連皇上您來了，也不通稟一聲。」

不承想昭德帝卻笑道：「朕老遠就聽見妳們這裡的歡聲笑語了，就是不想壞了妳們的興致，結果我一來……」

昭德帝站在那兒一攤手，好似眼前的這種狀況也不是他想看到的一樣。

紀蓉娘趕緊招呼大家站起來，三皇子更是恭敬地上前給昭德帝行禮，規規矩矩地叫了一聲。「父皇。」

昭德帝欣慰地看過來，先是拍了拍三皇子的肩，隨後卻滿屋子地尋找起來。

「怎麼老七不在？」昭德帝的聲音透著些冷。

紀蓉娘笑道：「他今日過來給我請過安了，我瞧著他心裡好像還記掛著什麼事，就讓他先回去了。」

昭德帝一聽，臉色才緩和過來。

「皇上今日留下來和我們一起用膳嗎？」見昭德帝的臉色還不錯，紀蓉娘笑著邀請道。

「真要朕留下來？」昭德帝卻有些揶揄地看向她，又將目光投向紀老夫人。

紀老夫人連忙接話道：「若有機會能與皇上一起用餐，那真是老婆子這一生極大的榮幸。」

「哈哈哈！」昭德帝聽了更是龍心大悅。

沈君兮站在那兒，卻是歪著腦袋瞧著昭德帝。

兩世為人，這還是第一次如此接近這位一言便能斷人生死的九五之尊。

昭德帝顯然也看到了她。見這小小的孩子也不懼怕自己，他頓時有些玩心大起，衝沈君兮瞪眼道：「妳是誰家的小姑娘？」

沈君兮知道這時候昭德帝的心情大好，於是用有些稚氣的聲音問：「您真是皇上嗎？可戲文裡的皇上都是美髯公呀！」

「哦？妳瞧著我的鬍子不美嗎？」果如她所料，昭德帝不但不覺得她忤逆，反倒覺得這個小孩好玩，繼續逗著她道：「戲文裡那些皇上的鬍子可都是假的，我這可是真的。」

說完，他一彎腰將沈君兮抱起來，並示意沈君兮摸一摸他下巴上的鬍子。

都說老虎的屁股摸不得，可這皇上的鬍子也摸不得呀！

一旁的董氏不禁為沈君兮捏了一把冷汗，有些緊張地拉了拉紀老夫人的衣角。

紀老夫人卻回了她一個少安勿躁的眼神。

被昭德帝抱起來的沈君兮咯咯笑著，果真伸出手來，小心翼翼地捋了捋昭德帝下巴上的鬍子，笑道：「咦？皇上的鬍子為什麼這麼硬呢？」

「因為這是鬍子呀！」昭德帝抱著沈君兮，絲毫沒有要放下的意思，還跟她你一句、我一句地聊起來。

待紀老夫人一行人再出宮時，已經是日暮時分。

撫著伏在自己膝蓋上睡著的沈君兮，紀老夫人的心裡卻是感慨萬千。

她真沒想到這孩子竟然一點也不認生，而且不過三言兩語的工夫，竟然能將紀蓉娘和昭德帝哄得哈哈大笑，真教紀老夫人不得不另眼相待。

與此同時，秦國公府的前院卻突然變得喧鬧起來。

「妳說什麼？」坐在家中對了半日帳的齊氏從帳簿上抬起眼，滿臉驚訝地看著前來報信的關嬤嬤。「沈君兮那丫頭進趟宮，竟然得了皇上黃金一百兩、白銀五百兩的賞賜？」

「還不止這些呢，我瞧著還有不少珍珠、翡翠、瑪瑙，滿滿當當地擺了幾盤子……」關嬤嬤在一旁咋舌。「您說，這表姑娘在宮裡都做些什麼了，怎麼就得了皇上這麼大的一筆賞賜？」

還有珍珠、翡翠和瑪瑙？齊氏聽了兩隻眼睛都要放出光來了。

誰不知道宮裡的東西都是好東西，同樣是這些東西，市面上就絕對買不到宮裡的成色。

她也顧不得回答關嬤嬤的問題，急匆匆地扶著關嬤嬤的手穿鞋下炕。「宮裡來的人是誰？現在人在哪兒？由誰陪著？」

「宮裡來的是吳公公。」關嬤嬤趕緊扶住齊氏道：「這會兒正由萬總管陪著，在前院的堂屋裡說話。」

「由萬總管陪著？」齊氏一聽，大驚失色。「這怎麼行？這豈不會讓宮裡的貴人覺得我們府上怠慢了他？」

說完，她也顧不得重新梳妝，扶著關嬤嬤的手，急匆匆地就往前院去了。

前院裡，只見穿著正五品內侍服的吳公公正在堂屋內，笑容滿面地同萬總管說話，而他們的身後則站著三、五個小內侍，手中都端著黑底紅漆平底漆盤，盤中放滿了昭德帝賞賜下來的金銀珠寶，琳琅滿目地堆在一起，直教人看花了眼。

「吳公公，」齊氏滿臉堆笑地走進堂屋。「真是辛苦您了。」

見到突然出現的齊氏，吳公公客氣地同她點點頭，然後拱手道：「為皇上辦差，不敢稱辛苦。」

齊氏聽了就訕訕一笑，見吳公公一直站在那兒卻不落坐，熱情地招呼他。「吳公公，您請上座，再喝口熱茶。」

「大夫人，不用這麼客氣，我等畢竟還有皇命在身，沒有覆命，不敢懈怠呀！」那吳公公笑著推辭，一雙眼卻總是忍不住往屋外看去，暗道自己同那紀老夫人是前後腳出的宮，自己都到紀府好一會兒了，怎麼紀老夫人一行人卻還沒有回來？

莫不是路上出什麼事耽擱了不成？

第十七章

齊氏一見這架勢，就責備萬總管道：「你怎麼當差的，怎好教幾位貴人就這樣乾耗著？可有派人去尋老夫人了？」

「自然是派了人去的。」萬總管恭敬答道：「只是這一時半會兒還沒尋著人而已。」

「既然這樣，又怎好讓吳公公這樣等著？」齊氏衝著萬總管瞪眼，然後對吳公公笑道：「天色不早了，不如這些東西我先替守姑接了，也好讓幾位貴人回宮覆命。」

說著，她就要去接那些小內侍手上的紅漆盤。

「這事就不勞大夫人了。」不料那吳公公卻不動聲色地攔在齊氏跟前，皮笑肉不笑地道：「皇上有令，命我等一定要將這些東西親手交到君兮姑娘的手裡。」

齊氏的手有些尷尬地懸在半空，臉上的笑也掛不住了。

吳公公卻好似沒有看到一樣，只是將雙手放在身前，攏在袖子裡，靜靜地立在一旁，擺出一副不想再說話的姿態。

「回來了、回來了！」也不知過了多久，一個穿著紅衣的小丫鬟笑著跑進來報信。「老夫人帶著二夫人和姑娘們回來了！」

她的話音未落，就見著紀老夫人一行人行色匆匆地往這邊趕，隔老遠便聽紀老夫人朗聲道：「竟讓吳公公等了這麼久，真是老身的罪過！」

見著跟在紀老夫人身邊的沈君兮，等了差不多一個時辰的吳公公這才鬆了一口氣，連忙迎上去。「恭賀君兮姑娘，今日得了皇上和貴妃娘娘的青睞，皇上特賞賜黃金百兩、白銀五百兩，以及珍珠、瑪瑙、翡翠若干，並賜一枚翡翠雕龍玉牌，今後可憑此玉牌自由出入內宮。」

吳公公此話一出，在場的人俱是吸了一口涼氣。

他們倒不是因為皇上的賞賜豐厚，而是吃驚於那塊翡翠雕龍玉牌，以及憑這塊玉牌就可自由出入內宮的殊榮。

跟著沈君兮從內宮出來的紀老夫人神色一凝。這樣的殊榮，恐怕在這京城裡除了那些公主、郡主之外，沈君兮這是獨一份！

只是不知道這份殊榮於年幼的她，到底是好事，還是壞事……

可眼下卻沒有太多時間讓紀老夫人計較得失，她趕緊拉著沈君兮拜倒下去，並教她該怎樣謝恩。

上一世的沈君兮雖然也做到侯夫人，可接下來自宮中的賞賜也是頭一遭。聽了紀老夫人的囑咐，她一板一眼地拜下去，然後將雙手高高地舉過頭頂，用稚嫩的童聲大聲道：「沈君兮謝主隆恩！」

吳公公有些欣慰地點點頭，從懷裡拿出一枚翡翠玉牌交到沈君兮的手上，心中暗想，這女童到底是得了皇上和貴妃娘娘青睞的孩子，竟然一點都不怯場。

一院子的人再三謝恩。

禮畢之後，紀老夫人同那吳公公道：「老身真沒想到今日宮中還會有賞賜下來，所以就領著媳婦、孫女去春香樓吃了一回野鴨火鍋，沒想到險些誤了貴人的大事。公公還沒用過膳吧？這個時候回宮，恐怕也沒有什麼能吃的了，不如就留在我們府上用過晚膳再走。」

吳公公一想，紀老夫人說的也在理，便不再推辭，由著萬總管陪著去一旁的花廳用膳。臨走時，得了紀老夫人吩咐的萬總管，還給吳公公等人一人封了一個大紅包，當作他們這一路的辛苦費。

吳公公笑盈盈地接了，帶著那些小內侍心滿意足地回了宮。

可沈君兮卻對這些突然多出來的賞賜犯了愁。

自己小小年紀卻腰纏萬貫，並不是什麼好事。她每日的吃穿用度皆是秦國公府的，這麼大一筆錢放在她這裡也沒有什麼用，反倒教人心生惦記。

於是她讓珊瑚等人挑燈將這些賞賜清點和登記，帶著這些賞賜去紀老夫人的房裡。

今日在外奔波了一日，紀老夫人早有些乏了，卸了釵環，準備早早入睡的她見沈君兮這時候過來，只披了件外裳就起身。

「怎麼了？怎麼這時候過來了？」紀老夫人瞧著沈君兮，以及她身後端著賞賜的丫鬟們，不禁問道。

「守姑本不該夜深的時候來打擾外祖母休息，」她對紀老夫人福了福身子，道：「只是守姑想來求外祖母一件事，這件事若是辦不好，守姑今晚都會睡不著的。」

紀老夫人一聽，趕緊拉著沈君兮在床沿坐下，然後輕撫著她的頭道：「到底是什麼事？

竟然讓妳這麼急。」

沈君兮讓珊瑚等人端著賞賜上前，同紀老夫人道：「守姑今日忽得這麼大一筆賞賜，心中很不安。守姑前思後想之後，覺得還是將這些東西都交給外祖母才好。」

「為什麼都要交給我？」紀老夫人很驚訝。

沈君兮真誠地看向紀老夫人。「我每日在這府中，吃穿用度花的皆是外祖母的，這些賞賜我現在拿著也沒用，放在我那兒也是白白讓人惦記，還不如交給外祖母，也算是守姑的一點心意。」

說著她就拿出之前讓珊瑚等人謄抄的清單，交給紀老夫人。

紀老夫人皺著眉、瞇著眼地瞧那單子，只見其上記錄得條理清晰、事無巨細，不免感慨沈君兮真是心細，而且那記錄的方式更像是受過高人指點，一點都不像是任意而為。

「是誰教妳這麼記的？」紀老夫人皺著的眉頭還沒舒展開，不免好奇地問。

心中有了說辭的沈君兮並沒有被問倒，從容答道：「是我以前瞧見娘親這麼記過東西。」

芸娘？紀老夫人有些意外。她的芸娘是最不耐煩打理這些的，倒是她身邊的錢嬤嬤還有些可能。

但一想到當時正是錢嬤嬤在芸娘身邊服侍，或許真是沈君兮記錯了人。

一想到這兒，紀老夫人也不想繼續深究下去。

她將沈君兮心疼地抱在懷裡，心中泛起一陣酸楚。

「既然這些東西都是皇上賞給妳的，妳就叫珊瑚將這些東西都好好地收起來。不過才幾百兩的東西，咱還不用那麼小心翼翼。」紀老夫人拍著沈君兮的背笑道：「咱們的守姑將來肯定也是要嫁到大戶人家去的，早點學學怎麼支配這些，對守姑只有好處沒有壞處。」

聽紀老夫人這麼一說，沈君兮覺得有些錯愕。自己才多大呀！紀老夫人竟然就想得那麼遠。

「至於說，妳擔心有人覬覦這筆錢財……」說到這兒，紀老夫人的語氣竟然變得有些咬牙切齒起來。「我倒想看看是誰有這個膽！妳若是不放心，便讓珊瑚每月將帳目報給李嬤嬤知曉，讓李嬤嬤也幫妳看著點。」

見紀老夫人對這筆賞賜並不是太上心，沈君兮不禁在心裡嘀咕起來。

上一世，她雖然是延平侯夫人，可整個延平侯府卻是過得有些捉襟見肘，以至於當年管著中饋的自己不得不拆東牆補西牆，整日愁著怎樣才能開源節流。

可偏巧延平侯傅辛又是個花錢如流水的，古董啊、字畫啊，什麼燒錢他就迷什麼，所以上一世的她才變得汲汲營營的，一個銅板都恨不得掰成兩半花。

這也讓她總覺得，這是一筆大賞賜。

其實只要想想整個翠微堂幾近奢華的吃穿用度，紀老夫人不將這筆錢放在眼裡也正常，說不定昭德帝也覺得這只是筆逗小孩的小錢？

不過既然自己拿出了姿態，而祖母又發了話，那她就名正言順地收下這筆賞賜好了。

打定主意的沈君兮便從紀老夫人那裡告辭。回房後，她又對著那份清單清點了幾樣小東西出來，並讓珊瑚去針線房找平姑姑要了幾個漂亮的荷包裝了，打算第二天送人。

等沈君兮這邊美滋滋地睡下時，齊氏那邊卻還點著一盞豆大的油燈。

「一百兩黃金！五百兩白銀！」卸了釵環的齊氏橫臥在床上，同在腳踏上打地鋪的關嬤嬤道：「這裡外就是一千五百兩，夠買個三、四百畝的小田莊，這還不帶她得的其他那些賞賜！」

「是啊！」關嬤嬤也是不無羨慕地說道：「一筆這麼大的錢，放在一個小丫頭片子的手上，還真是教人擔憂啊！」

齊氏聽了，也是眉角跳了跳。

她今天是心裡窩了火的。紀老夫人在早上的時候發話，讓她和紀雪母女回自己的院子裡吃飯，嚇得她在家裡整整地算了一天的帳，暗想著要從哪裡把每個月多支出去的錢補回來才好？

按照慣例，這皇家賞賜從來都是歸公中的，所以飢腸轆轆的她才會興高采烈地去見吳公公，誰知卻被他們狠狠地修理了一把。

不但吳公公指名道姓說這筆賞賜是給沈君兮的，就連老夫人也擺出一副理所當然的態度。

最讓她覺得氣憤的是，紀老夫人竟然帶著老二一家和沈君兮去了館子，讓她原本想趁著晚膳時，再去老夫人跟前裝乖賣巧的打算胎死腹中。

她以前怎麼就沒發現，老夫人竟然是個做事如此決絕的人？以後如果真在老夫人那兒蹭不到飯的話，她又要到哪裡去勻出這筆銀子？

現在京城裡放印子錢可是二十點的月利，錢放在那兒，可是會錢生錢的！

一想到這兒，齊氏只覺得一陣揪心，甚至還有些喘不過氣來。

第二天一早，因為又趕著去學堂，沈君兮趁著給紀老夫人請安的機會，將自己昨日讓珊瑚備下的荷包分別送了人。

紀老夫人得了一枚祖母綠的戒指，齊氏和董氏各得一只金鑲玉的手鐲，紀雯得了一對碧璽耳墜，就連紀雪都得了一支翡翠鑲金的髮簪。

紀雪得了那支髮簪後，高興得不得了，當場就取了紀老夫人的把鏡，將簪子往頭上簪。

齊氏瞧著那碧綠的水頭，只覺得自己首飾盒裡那些翡翠首飾，不過都是些尋常的綠石頭罷了。於是她找了個機會，湊到沈君兮的身邊，悄聲笑道：「妳這孩子，雖然得了一筆這麼大的賞賜，也用不著如此大手大腳呀！妳該把這些錢留著，讓錢生錢，不然像妳這樣，整天像個散財童子，就是有座金山銀山也不抵用啊！」

沈君兮聽了這話，微微挑眉。

讓錢生錢？看來自己昨天的擔憂還真不是杞人憂天，天才剛剛亮呢，就有人開始打自己的主意了。

「大舅母這話是什麼意思？守姑有些聽不明白。」沈君兮眨著大眼睛，一臉無辜地看著齊氏，心裡暗笑，年紀小就是好，遇到這種事情只管裝傻充愣，誰也不好多說什麼。

果然齊氏的臉色就尷尬起來。

她自然不能跟沈君兮說，讓她把錢給自己去放印子錢吧？而且這還是在老夫人的屋裡呢！

齊氏偷偷地看了眼紀老夫人，只見紀老夫人面帶凝色地瞧過來。

她只好訕訕地同沈君兮道：「我只是提醒妳，別太大意了……」

「多謝大舅母提醒。」沈君兮揚起一個明媚的笑臉，然後從紅鳶的手上接過自己的筆墨籃子，同紀老夫人道別後，攜了紀雯的手，二人一同往停在翠微堂外的馬車走去。

齊氏捅了捅還在那兒拿著鏡子照不停的紀雪，大聲道：「趕緊的，這馬車都要去學堂了！在學堂裡，記得要和妹妹好好相處。」

然後又悄聲在紀雪耳邊叮囑道：「妳別忘了，這樣的好東西，守姑那兒還有很多。」

紀雪聽著，頓時心花怒放，好像只要自己對沈君兮好一點，沈君兮就會乖乖把那些賞賜都拿出來一樣。

「哎呀，等等我！」紀雪趕緊提起自己的筆墨籃子追出去。

紀老夫人笑盈盈地拉著董氏，展示著手上的祖母綠戒指，不無得意地誇道：「這孩子這麼懂事，也不知道是隨了誰？她昨兒個晚上還特意找過來，讓我幫她收著這些賞賜。」

「這是為何？」董氏一臉奇色道。

「她說自己年紀小，用不著這些。」紀老夫人滿臉欣慰道：「可我覺得她這麼大的孩子，也該慢慢學著接觸這些東西，免得將來長大了，變成一副沒見過世面的模樣。所以我就回絕了她，不承想這孩子竟然心思這麼細膩……」

「這都是老夫人平日教得好，這也是守姑的一片孝心。」董氏聽著，就同紀老夫人說笑著。

齊氏在一旁陪著，腦子卻飛快地轉起來。

她還真沒想到沈君兮竟然存有這樣的打算。

既然她說自己用不著，那自己就幫幫她好了！齊氏在心裡暗暗地盤算起來。

沈君兮這邊還像往常一樣，乘著馬車到達女學堂，只是她跟在紀雯的身後進入學堂時，卻覺得學堂裡的人，眼光都變得不一樣了。

她默不作聲地走到自己的座位旁，剛將筆墨籃子放到書案下時，就被福寧一臉神秘兮兮地拖到院子裡。

「聽說昨日紀雯得了皇上的賞賜？」還不等沈君兮站定，福寧就拉著她打探道。

紀雯？沈君兮有些意外地看向福寧，奇道：「妳都聽誰說的？」

周福寧一臉「妳別裝迷糊」，有些鄙夷地看著她道：「昨日宮裡的吳公公帶著那麼大的一筆賞賜，招搖過市地去了秦國公府，整個京城的人都知道了。」

「可那也不能說明那些賞賜是給雯姊姊的呀！」沈君兮反駁道。

「我可打聽清楚了，昨兒個妳們府上的太夫人可是帶著妳和紀雯進宮……」周福寧對著沈君兮翻了個白眼。「難不成那些賞賜還是給妳的？」

說到這兒，她特意壓低聲音，附在沈君兮的耳邊悄聲道：「而且我還聽說，皇上相中了雯姊兒，想留她當兒媳婦呢！所以才會有了那些賞賜的。」

聽著周福寧煞有介事地說著這些，沈君兮忍不住挑了挑眉。

「不過這樣一來，雯姊兒就慘嘍！」周福寧嘆氣道：「之前刑姑姑練習禮儀時，黃芊兒她們就瞧著雯姊兒有些不順眼了。有了這件事後，只怕她們會變本加厲。而且剛才我無意中聽到，她們說要給雯姊兒一些顏色瞧瞧。」

「什麼?!」一聽到有人要對紀雯不利，沈君兮就緊張起來。「妳說黃芊兒要對付雯姊姊？」

第十八章

「她們說，不管是禮儀還是習字，連妳的表現都能讓秦夫子和刑姑姑高看一眼，可紀雯總是表現平平，這分明就是在藏拙，好讓她們對她放鬆警惕，以便將來秀女大選時再一鳴驚人。」周福寧一點也沒藏私地和沈君兮說：「這些可都是我親耳聽到那黃芊兒說的。」

這都是些什麼亂七八糟的事！沈君兮聽得心裡更急了。

「不行，我得將這事告訴雯姊姊，不能讓她就這麼莫名其妙地被人欺負了去！」沈君兮撒腿往堂屋裡跑去，可人還沒跑到堂屋，就聽屋內響起一聲竹哨，隨即哐噹一響，傳來了紀雯的尖叫。

沈君兮心中暗喊不好，腳下更是加快步伐，跑進屋裡。

堂屋內一片狼藉，紀雯的書案翻倒在地，而她則是一臉茫然地癱坐在書案前的草蓆上，筆墨籃子也傾倒在一旁，原本裝在裡面的東西撒了一地，她的裙襬更是浸在倒出來的墨汁裡，染黑一大片。

她左手背上甚至撓破了三道口子，刺目的鮮血如珍珠般，一粒一粒地滲出來。

「這是怎麼了？」沈君兮連忙跑過去，想要扶起地上的紀雯。「手要不要緊？」

紀雯則是一臉驚魂未定，手背上火辣辣的感覺提醒著她，若不是自己及時將手擋在臉前，現在受傷的就應該是她的臉了！

聽著沈君兮關心的詢問，紀雯卻故作堅強地搖搖頭。「我沒事，不過是一點小傷而已。」

沈君兮正想勸她去處理一下傷口時，卻聽身後有人在譏笑。「嗤，不過是隻貓而已，竟然會將她嚇成這樣！」

她回頭看去，只見幾個學堂裡的女學生正聚在一起，均是一臉看好戲的模樣。之前周福寧跟她提及的那個黃芊兒，更是赫然在列。

沈君兮對她們一一掃過去，卻遭到一些女孩不快的斥責。「妳瞧什麼瞧？」

「怎麼，我都瞧不得妳們了嗎？」蹲在紀雯身邊的沈君兮覺得自己氣勢缺了一頭，於是站起來，昂首道。

黃芊兒站在那群女孩中間，卻對著沈君兮翻了個白眼，道了一聲「隨便」，回到自己的座位上，隨手拿起一本書看起來。

其他女孩見狀，也是一臉不屑地散開去。

沈君兮也無心與她們囉嗦，回過頭安撫紀雯，並問：「到底發生了什麼事，竟將妳嚇成這副模樣？」

見紀雯一副受了驚嚇、微微發抖的模樣，沈君兮問起坐在紀雯前排的紀雪。

紀雪卻也只是搖頭。「不知道，我只聽到她一叫，再回頭時，她就是這個樣子了。」

沈君兮想找學堂裡的其他人問一問，不料她還沒有起身，卻發現大家對她都是一副戒備的神色，好似她就是瘟疫，生怕她找過去一樣。

見著大家眼底的戒備，沈君兮已經到了嘴邊的問話又嚥回去。

就在她覺得一籌莫展的時候，紀雯卻主動地牽了她的手，道：「剛才也不知是什麼東西，長得貓不像貓，狗不像狗，老鼠不像老鼠，渾身毛茸茸的，嗖地一下就從我的眼皮子底下竄出去。我只覺得眼前白光一閃，再定睛一看是這麼一個怪物的時候，才嚇得打翻了書案。」

貓不像貓，狗不像狗，長得還有點像老鼠？那是什麼東西？

沈君兮用眼神朝跟著自己進來的周福寧詢問。

周福寧也只是皺眉搖頭，顯然她也沒見過紀雯說的這種「怪物」。

「算了，別想了，或許只是我自己一時眼花吧。」紀雯想了想，扶著倒了的書案站起來，沈君兮和周福寧則是幫著她撿拾起落在地上的筆墨。

待幾人將這些東西都收撿好，紀雯卻瞧著那塊被墨染了的草蓆犯愁。

她們進學堂的第一天，刑姑姑就交代，墨汁是一定不能沾染到草蓆上的。現在她的草蓆不但被墨染了，就連蒲團上都染到，這要是讓刑姑姑瞧見，定是逃不過一頓責罰。

還有那受了傷的手……至少這個樣子去上刑姑姑的禮儀課程是行不通的！

沈君兮掃了眼放在屋角的落地自鳴鐘。還好她們總是早到，現在離她們上課時間還有一刻鐘，她提議道：「雯姊姊先去找學堂的醫女們瞧一瞧手，然後我們馬車上有備用的衣服，雯姊姊瞧過手後可以去換衣。我和福寧則去一旁的水房裡幫妳沖洗草蓆和蒲團……」

紀雯一想，別無他法，只好如此行事。

沈君兮麻利地將紀雯座上的草蓆捲了，讓周福寧拿好蒲團，偷偷往水房去了。

好在學堂裡有規定，無論什麼事都得女學生們親力親為，不許她們帶著身邊服侍的人，因此像茶房這種原本聚滿人的地方，現在顯得安靜又寬敞。

沈君兮趕緊將草蓆攤開，將自己的裙襬撕下一塊，沾了水就擦拭起來。

好在墨剛染上去，因此清洗起來不怎麼費勁。周福寧手裡的那個就更容易了，她只微微沾了些水就將那蒲團擦乾淨。

就在沈君兮埋頭清理草蓆的空當兒，周福寧卻不斷扯著她的衣裳，但又一句話都不說。

「怎麼了？」沈君兮有些奇怪地回頭。

卻只見周福寧偷偷地指了指西南邊的屋角，悄聲道：「君兮，妳瞧瞧那邊……那是不是剛才傷了雯姊兒的怪物？」

沈君兮一聽，瞬間警覺起來。

她向周福寧所說的方向看過去，只見屋角的橫梁上蹲著一隻幼貓大小，卻長著白底黑斑的小獸。

那小獸藏在屋角上，好奇地探出頭，因此沈君兮看見了那像老鼠一樣尖的嘴巴和一雙黑黝黝的眼睛。

這模樣，倒是和紀雯說的那個怪物有幾分相似。

是隻雪貂獸！她一眼就認出來。

上一世，也不知道從什麼時候開始，京城裡突然開始流行起豢養雪貂獸。當時以純白和純黑為最佳品種，其他純色的次之，而像眼前這隻白底黑斑的，則是被大家不齒的串種，只有那些沒什麼錢又想附庸風雅的人才會養。

久而久之，大家都不願意養這種花色的，以至於這樣的小雪貂獸往往被人遺棄，最終餓死在街頭巷尾。

「我們得想辦法把牠弄下來。」沈君兮想了想便道。

「弄下來？可牠爬得那麼高，我們又怎麼捉得住？」周福寧抓了抓頭，一臉難色地說道：「而且牠剛剛還傷了紀雯，我們真的要把牠抓下來嗎？」

「那就更要抓下來了！」沈君兮看著那隻雪貂獸道，發現雪貂也正盯著自己。

雪貂獸極易通人性，但前提條件是牠得信任你，不然就是廢一肚子的勁兒，憑牠左躲右閃的機靈，也只是徒勞。

「要不要我去找人幫忙？」周福寧出著主意。

「找誰？誰又進得了那個二門？」沈君兮卻覺得周福寧的提議一點用處都沒有。「這女學堂裡講究事事親力親為，就連個貼身丫鬟都不能帶進來，更別說其他人了。」

周福寧聽了，一下子就洩了氣。

「這也不行、那也不行，那到底怎麼辦？」她垂著腦袋道：「不如我們還是放棄吧！」

「為什麼不試試誘捕？」就在二人覺得無計可施的時候，一個少年的聲音在屋外響起，聽沈君兮渾身一僵。

真是人生何處不相逢，她無論如何也想不到，自己竟然會在女學堂裡見到七皇子趙卓。

只是此刻的趙卓頭戴褐色儒巾，身穿青色襴衫，完全是一副普通士子的打扮；不僅如此，他手中還端著一隻青花纏枝紋的茶盅，也不知在門外究竟站了多長時間？

沈君兮還沒反應過來的時候，周福寧就拉著她對趙卓行禮道：「福寧見過七表哥。」

沈君兮暗道，福寧的母親長公主是昭德帝一母同胞的妹妹，因此福寧喚趙卓一聲表哥，倒也沒有錯。

趙卓卻神色淡然地點點頭，然後看向沈君兮道：「妳竟能認出這是雪貂獸？」

沈君兮一愣，隨即反應過來。京城裡流行養雪貂獸，那是上一世的事，或許這一世，大家還不熱衷此道。

「據我所知，現在整個京城裡的雪貂獸，就只有遼東總兵郭謙進貢的那一隻。」趙卓有些不太確定地說道：「可那隻雪貂獸的毛色白得好似初雪，整日被福成愛不釋手地帶在身邊，怎麼可能會出現在這兒？」

上一世，福成公主對她那隻雪貂獸的寵愛，沈君兮也略有所聞。她不但派了專人「錦衣玉食」地伺候，而且還為那雪貂獸做了個金絲的小籠子，以便隨時帶在身邊。

可後來，她也聽聞那些養貂人說，雪貂獸是最不耐煩被束縛的，一旦牠認定主人，哪怕趕都趕不跑，又哪裡需要用籠子裝著？

所以福成公主的雪貂獸過得到底舒坦不舒坦，只有貂兒自己清楚了。

「用生肉試試吧！」就在沈君兮開小差的時候，趙卓建議道：「我見過福成用生肉餵雪貂獸。」

周福寧一聽，便自告奮勇地要去廚房取生肉，沈君兮卻叫住了她。

「福成公主是用生肉餵雪貂獸嗎？」沈君兮瞪大眼睛。「可我怎麼聽說，牠們喜歡吃熟雞肉啊？還最好是白斬雞。」

「啊？那我到底去廚房要生肉還是要熟雞肉呀？」周福寧有些為難地瞧向沈君兮。

「不如兩種都取點！」

「兩種都取點。」

沒想到沈君兮和趙卓卻是異口同聲。

周福寧瞧著他們倆，笑著跑去廚房，不一會兒工夫便取來一碟半紅半白的肉。

「哪，聽你們的，一半生肉，一半熟肉。」周福寧有些得意地將碟子在沈君兮和趙卓的跟前晃了晃。「接下來怎麼辦，看你們的了。」

趙卓看了眼屋外的廊簷，道：「那兒有個空鳥籠，可以拿那個來誘捕。」

說完，他將手中的青花茶盅放置一旁，對著廊簷上的朱紅柱子蹬腿一跳，輕鬆地將那個空鳥籠子給取下來。

接著，他接過那碟半熟半生的肉放在籠子裡，又將鳥籠輕輕地放在茶房內的方桌上，然後給沈君兮和周福寧各使了個眼色，示意她們二人跟著自己輕手輕腳地出去。

沈君兮雖然好奇那個鳥籠能不能誘捕到雪貂獸，可這會兒，她還是跟著一起退出茶房。

趙卓輕輕地掩上茶房的門，在門外靜靜地候著。周福寧剛張了張嘴，正想說些什麼的時候，卻被趙卓一記如刀的眼神給嚇回去。三個人只好繼續靜靜地等著。

忽然，茶房裡傳來一陣窸窸窣窣，好似夜裡老鼠偷東西的聲音。

三人互相交換一個眼神，俱是屏氣凝神地聽起來。

只聽茶室裡傳來一聲微弱的「哧噠」一聲，趙卓便微笑了。「成了。」

說完，他一推茶室的門，果然那鳥籠裡正關著一隻神情慌張的雪貂獸。

碟子裡的生肉幾乎未動，熟肉卻被牠啃掉一半。發現鳥籠被關上之後，雪貂獸便在籠子裡上躥下跳，想要尋找出口。

沈君兮小心翼翼地提起竹鳥籠，察看起這隻被關起來的雪貂獸。雪貂獸也不甘示弱地張大嘴，一臉凶狠地向沈君兮展示著尖牙利爪。

「這小東西還挺凶！」她笑道，再次將那鳥籠放在方桌上。

趙卓則是端起青花茶盅，神色淡然地泡好茶，又一臉雲淡風輕地離開了，恍若剛才同沈君兮她們一起抓雪貂獸的那人不是他一樣。

看著他離開的背影，沈君兮不免奇怪起來，反倒是周福寧卻見怪不怪地道：「他這人就是這樣，喜怒無常，總是讓人琢磨不透。」

相對於這位七表哥，周福寧對那雪貂獸的興趣明顯要大得多。

她拿了雙筷子，把雪貂獸扔在籠子裡的生肉和熟肉扒拉出來，又用筷子挾著去逗雪貂獸。

那雪貂獸張牙舞爪一陣子後，可能發現只是徒勞，於是又撿起那筷子上的肉啃食起來，憨憨的樣子直讓周福寧發笑。

「牠真是太有意思了。」周福寧笑道：「真想把牠帶回家去。」

「那妳就帶回家去好了。」抓住了這隻雪貂獸後，沈君兮繼續擦拭那張染了墨的草蓆，終於讓草蓆上的墨跡變得不那麼明顯了。

「不行，我娘不讓我養這些。」周福寧很失望地說道，然後將竹鳥籠往沈君兮跟前一推。「不如妳帶回去吧，以後我還可以去你們府上逗牠。」

「可我也不知道家裡讓不讓養呀！」沈君兮為難地道。畢竟她自己還是寄人籬下呢！

「妳先帶回去唄，有什麼事就只管推到我頭上來。」周福寧給她出主意。「妳就說是幫我養的，紀老夫人看在我娘的面子上，不會為難妳的。」

見著周福寧的嬌憨模樣，沈君兮也不好再拒絕她。

於是周福寧興高采烈地提著籠子，直奔二門外，找人將雪貂獸送去秦國公府。

當沈君兮處理好紀雯的草蓆和蒲團回到學堂時，堂屋裡依舊吵鬧。

沈君兮看了眼一旁的自鳴鐘。平日裡，這個時候秦老夫子早就該到了，可今日環視了整個學堂，也不見他的身影。

她心下暗自奇怪時，已經將手簡單包紮過的紀雯繞到她身邊，輕聲道：「聽說今日秦老夫子那兒來了貴客，所以他讓我們自行練字。」

來了貴客？

沈君兮腦海中出現了趙卓的身影，以及他拿去茶房的青花纏枝紋茶盅，好像還真是秦老夫子常用的。

但不管怎麼說，她在心裡還是挺感謝這位七皇子的。

「妳說什麼？丟了?!」就在沈君兮正幫著紀雯鋪草蓆和蒲團時，卻聽黃芊兒在堂屋的另一頭誇張地叫道。

屋裡的人都扭頭看過去。

黃芊兒意識到自己的失態，和跟前的人使了個眼色，帶頭走了出去。

這時紀霜和紀霞正從屋外鬼鬼祟祟地摸進來，發現秦老夫子不在屋裡，大吁了一口氣。

她們直起了身子，就往沈君兮這邊來了。

紀霜一臉好奇地問道：「她們丟什麼了？我怎麼聽著像是一隻雪貂？咱們學堂裡有雪貂麼？」

第十九章

聽著這話，沈君兮同紀雯的臉色均是一凝。

因為被那不明的「怪物」襲擊後，紀雯一直暗示自己那只是錯覺，而現在聽紀霜這麼一說，這學堂裡還真的曾有隻雪貂獸襲擊過自己。

沈君兮想得卻更多了。

在她和福寧一起抓到雪貂獸時，一直以為那只是一隻無主、誤闖學堂的雪貂獸，可現在看來，很可能是被人刻意帶到學堂裡，然後故意指使著襲擊紀雯的！

據她所知，雪貂獸只有在感受到極大危險或受人指使時，才會主動攻擊人。

而今天，雪貂獸主動攻擊紀雯，不可能是覺得危險，那就只有一種可能，有人在背後故意指使。

她想到之前聽到的那聲竹哨，便大膽猜測，雪貂獸根本就是黃芊兒她們故意放出來傷害紀雯的。如果真是這樣，那這件事就太可惡了！

自己剛才捉住的雪貂獸，很可能就是她們攻擊紀雯的證物，也難怪現在如此急著想要尋回去。

既然是這樣，那就更不能還給她們了！

「妳們真的都仔細找過了嗎？」此刻，黃芊兒的臉色如同那凍了千年的寒冰一樣，讓人一瞧就忍不住想要打寒顫。

昨日宮裡的吳公公大張旗鼓地往秦國公府送賞賜時，表妹福成公主正好與她同坐一輛馬車從護國寺回來。

得知這批封賞是送到紀家時，福成公主的臉色就拉下來。

她們這些日常出入宮闈的人都知道，福成公主的生母黃淑妃素來與紀貴妃不合，現在皇上又打賞了紀家的人，讓福成公主頓時不高興。

「表姊，能不能幫我教訓教訓那紀家的人！」福成公主一甩車窗簾，黑著臉同黃芊兒道。

教訓紀家的人？黃芊兒聽了，心中一跳，暗想著自己早就看不順眼紀雯，便問道：「公主想怎麼收拾她們？」

「讓她們出醜，讓她們成為笑柄！」福成公主竟是脫口而出。

「這……」黃芊兒一聽，覺得此事正合她意，但還是裝出一臉為難地說道：「主意是不錯，可我要怎麼做呢？畢竟大家平日抬頭不見低頭見的……有些事，我也不能做得太明顯。」

福成公主聽了，便將她一直帶在身邊的雪貂獸的籠子往黃芊兒懷裡一塞，然後在黃芊兒耳邊嘀咕起來。

而她今日全是按照昨日福成公主所示行事，可沒想到的是，那隻用來惡作劇的雪貂獸卻不見了。要知道那隻雪貂獸是福成公主最近新得的寵物，因為極具靈性且能聽懂人話，深得福成公主喜愛，如果自己把雪貂獸弄丟了，那她又如何向福成公主交代？

「不行，必須把那隻雪貂獸找出來！」黃芊兒給那些女孩發號施令。「那雪貂獸極愛吃肉，妳們都給我手持生肉地找！」

那幾個唯黃芊兒是瞻的女孩互相看了一眼。真不是她們不願意動，而是整個學堂都要被她們翻過來了，依然一無所獲。

但黃芊兒在她們的面前素來是個說一不二的人，她們這些人在黃芊兒面前也毫無辯駁的餘地，只得一臉難堪地分頭而去，拿著生肉，在學堂裡四處吆喝地尋找起來。

一時間，整個女學堂裡就多了一道奇異的風景，惹得眾人紛紛側目。

聞訊而來的刑姑姑得知事情後，更是將黃芊兒訓斥一頓。

「妳難道不知道學堂裡的規矩嗎？連一隻貓、一隻狗都不准帶進來，妳竟然還帶了一隻雪貂獸？」刑姑姑一臉凝色地對黃芊兒道：「而且還因為妳的看管不力，讓雪貂獸跑出來，甚至差點傷害到學堂裡的其他人！」

黃芊兒只得低下頭，咬著唇，一臉委屈道：「是因為葉秋兒她們說沒見過雪貂獸，我才特意從福成公主那兒借來的……可現在雪貂獸不見了，我怎麼跟福成公主交代呀！」

說完，黃芊兒竟在刑姑姑的面前抹起淚來。

刑姑姑一聽，更覺得頭大起來。她還真沒想到，這事竟然還牽扯到宮裡的福成公主。從宮裡出來的她最瞭解宮闈，只要和宮裡扯上關係，這事就變得棘手了。

因此刑姑姑不打算再管此事，只是叮囑黃芊兒不要鬧得太過分。

被黃芊兒她們這麼一鬧，沈君兮更加篤定心中的猜測，於是在學堂裡囑咐周福寧不要聲張，回家後迫不及待地問當值的紅鳶。「我之前讓人送回來的雪貂獸在哪兒？」

「雪貂獸？」紅鳶一愣，隨即想到沈君兮問的可能是今日派人送回來的那隻小獸，笑道：「在小書房裡，一直讓鸚哥看著呢！」

來不急換過衣裳的沈君兮就徑直去了小書房。

竹鳥籠赫然放在她的書案上，籠裡，雪貂獸依然還凶狠地鬧騰著，顯得一點都不安分。

「妳們幫我好好養著牠，必要的時候，我可能要帶著牠去告御狀。」沈君兮吩咐著紅鳶和鸚哥。

告御狀？紅鳶和鸚哥驚愣地互看一眼，到底沒有再多話。

黃芊兒差點將女學堂翻了個底朝天，也沒能找到丟失的雪貂獸，只得灰頭土臉地去找福成公主。

「怎麼可能?!」聽聞自己最喜歡的寵物就這樣不見了，福成公主當場就砸了一套內造的梅花凌寒粉彩茶具，嚇得黃芊兒給福成公主跪下。

福成公主卻好似沒看到，暴跳如雷。「我的雪雪既通人性又乖巧聽話，怎麼可能會亂跑?定是妳把牠放出去後，沒有照我之前說的那樣將牠收回來！」

黃芊兒聽了，卻在心裡一陣苦笑。那天，她還真的是大意了。

因為福成公主再三說過那隻雪貂獸有多聰明和聽話，因此她一直以為放出雪貂獸後，牠會自己乖乖地歸巢。

所以，她在第一時間選擇看紀雯出醜，而不是去收雪貂獸。可沒想到就是這樣疏忽，竟然讓那隻雪貂獸失蹤了！

「可……可現在怎麼辦？」黃芊兒帶著哭腔地問福成公主。

「還能怎麼辦？當然是派人去找了！」福成公主的聲音也變得尖銳起來。「那可是我費了千辛萬苦才從父皇那兒討來的，要是就這麼丟了，我如何向父皇交代？」

黃芊兒一聽，更是嚇得瑟縮起來。

「我回去就讓黃府的家丁們去找！哪怕翻遍整個京城，也要將那雪貂獸找出來！」她同福成公主許諾道。

就在黃府的家丁正滿京城翻找得熱鬧的時候，女學堂又迎來了一次休沐日。

這一次，周福寧早早地趕到秦國公府，給紀老夫人請過安後，她便悄悄地給沈君兮使了個眼色。

沈君兮衝著周福寧擠了擠眼，示意她少安勿躁。

紀老夫人瞧著兩個小丫頭在自己面前眉來眼去的樣子，呵呵直笑。

「好好地陪陪南平縣主，不用陪著我這個老婆子了。我趁這機會去打個盹。」紀老夫人揮揮手，好似碎碎唸地說道：「這人老了就是淺眠，睡不踏實……」

沈君兮和周福寧偷笑著互看一眼，然後同紀老夫人告退，手牽著手，往沈君兮所住的西廂房而去。

一直陪在紀老夫人身邊的李嬤嬤笑道：「瞧著她們倆的關係，好像還挺好的。」

紀老夫人更是欣慰地點點頭。「我就是希望她能多交上幾個朋友，將來嫁人，也不至於沒有個走動的地方。」

李嬤嬤聽了，摀嘴直笑。「表姑娘現在才多大，老夫人您就想著她出嫁以後的事了？」

「呵呵，有些事，只嫌晚不嫌早呀！」紀老夫人也是笑咪咪地看著李嬤嬤道。

周福寧拉著沈君兮的手，急不可耐地鑽進她的房裡。一進屋，她就東張西望地尋找起來。「在哪兒呢？在哪兒呢？」

「妳急什麼？」跟在周福寧身後進屋的沈君兮笑道：「妳沒瞧見黃家的人是怎麼尋牠的？這東西我是越來越不敢養了，不如妳今天就把牠帶回去吧。」

「妳誠心的是不是？」周福寧戳了戳她的臉頰道：「我要能養，還會把這麼可愛的小毛球送給妳？快點，快點把小毛球拿出來讓我仔細瞧一瞧。」

沈君兮笑著給鸚哥使了個眼色。

鸚哥打開屋角放著的一個鏤空雕花角櫃，從櫃子裡取出一個鋪著黑絨布的藤編簍。通體雪白的小毛球四仰八叉地睡在裡面，顯得很享受的樣子。

周福寧一看就奇道：「牠背上的黑斑呢？」

「哪是什麼黑斑，不過是在學堂裡沾染了些墨水，洗洗就掉了。」沈君兮笑道。

周福寧恍然大悟地點點頭，繼續道：「那妳不用籠子裝著，牠不會跑嗎？」

「我倒是希望牠能跑。」不想沈君兮嘆口氣道：「妳瞧瞧牠的後腿。」

周福寧有些不明所以地看過去，只見這比小貓崽壯實不了多少的雪貂獸後腿上，結結實實地綁著一圈圈布帶。她看向沈君兮。「這是為何？」

「我之前也是奇怪，」沈君兮答非所問地道：「這種雪貂獸是最溫順不過，怎麼突然就會攻擊雯姊姊？養了牠我才知道，這隻雪貂獸的後腿被人故意折斷了……」

「啊?!」周福寧失聲叫了起來。「怎麼會？黃家的人不是四處放消息，說這隻雪貂獸是福成公主的愛寵嗎，誰敢亂動？」

「誰知道呢？」沈君兮卻是搖搖頭。「帶回來那日，牠又驚又恐地在籠子裡折騰了大半夜，鬧得我們根本無法入睡。我們實在沒辦法了，才起來查看一番。後來才發現，牠竟然是拖著一隻斷了的腿……」沈君兮回想起那一夜。「我讓丫鬟們尋來膏藥和小木棍，這才將這隻斷腳給接回去……

「許是發現我們沒惡意，之後牠也不鬧騰了，餵給牠的白斬雞也都是全盤接收。」沈君兮說著說著，臉上露出一絲欣慰。「而且還好像賴上我一樣，變得特別黏人。只可惜這腿，卻好似一直沒怎麼好……」

沈君兮又愛憐地撫了撫那雪貂獸的背脊，雪貂獸隨即在藤編簍裡拱了拱，繼續睡牠的大覺。

聽沈君兮這麼一說，周福寧對雪貂獸也是充滿同情，道：「照妳這麼說，牠還真是挺可憐的。只是，牠這樣要睡到什麼時候？」

「大概要到日暮時分吧，」沈君兮想了想，道：「也不一定，有的時候午時剛過、未時初刻的時候也會醒，全憑牠的心情。」

「啊？」周福寧一聽，有些失望地喊道：「這麼說，牠都不會醒了？那我豈不是白來了？可我怎麼記著牠在福成那裡的時候，不是這樣的啊！」

「雪貂獸都是晝伏夜出的，白日睡覺本就是牠們的習性，怎麼，那福成公主還不讓牠睡覺不成？」

「那我可不知道。」周福寧卻是聳聳肩。「我只見過福成身邊的女官用竹籤子戳過那雪貂獸，然後牠就會活潑亂跳地送到福成的跟前，而且福成也不敢像妳這樣養著牠……」

沈君兮卻是皺起了眉頭。「怎麼能這樣？那些宮女簡直是在虐待牠！」沈君兮頗為氣憤地道：「餵生肉、裝籠子裡，還用竹籤子扎，我要是這隻小獸，也得瞅準機會跑了……」

周福寧在一旁聽了也頻頻點頭。「原先還不覺得，今兒個聽妳這麼一說，我還真的覺得牠在宮裡過得挺慘的。君兮，不如妳就這樣養著牠吧？」

「可這畢竟是皇家之物……」沈君兮為難起來。「我原本只想幫牠養養傷而已，到時候再送回宮去……」

「不行不行，那樣的話，妳反倒會害了牠！」聽沈君兮還要將這雪貂獸送回去，周福寧都開始心急起來。

「唉，到時候再說吧。」看著那雪貂獸後腿上綁著的布帶，沈君兮也是滿心不忍。

兩人就這樣說了大半日的話，沈君兮留了周福寧一起用飯，周福寧正好還不想回去，滿口應了下來。

沈君兮便讓珊瑚去同紀老夫人解釋，中午要款待福寧，就不過去吃飯了，並且讓珊瑚從錢箱裡拿了十兩銀子送去廚房，讓廚房幫著整一桌像樣的飯菜來。

珊瑚應聲去了，不一會兒工夫，紀雯卻從紀老夫人的正屋走過來，人還沒進門就笑著數落起來。「好呀，要不是我正給祖母請安，還不知道妳們竟然要躲在屋裡吃好吃的！」

沈君兮起身相迎，笑著解釋道：「瞧雯姊姊說的這是什麼話，我這不正準備差人去請妳嗎？沒想到妳就先過來了。」

紀雯故意擺出一副不信的樣子，玩鬧似地戳了戳沈君兮的頭，然後幾個人鬧成一團。

「誒，要不要把雪姊兒也叫過來？」紀雯想著沈君兮這邊是第一次擺宴，若是不請同住在一個屋簷下的紀雪，恐怕有些不妥。

而且在她看來，以前周福寧和紀雪好似還是有些交情的。

「不要、不要！」不料周福寧卻跳出來反對。「就我們幾個挺好的，為什麼還要加人？」

紀雯一見自己的提議讓周福寧反應這麼大，還以為周福寧是和紀雪又像以前一樣鬧彆扭，於是便笑了笑，沒再堅持。

到了中午，廚房送上來三鮮鴨子、什錦蜜湯、西湖醋魚、炒南貝等，另外還特意配了一盅用料十足的佛跳牆。

沈君兮被嚇了一跳，十兩銀子顯然做不出這樣的席面來。

周福寧卻看著這一桌滿滿當當的山珍海味，目瞪口呆。「沈君兮，妳可以呀！沒想到妳一出手竟然如此大方！」

用過午膳，沈君兮便帶著紀雯和周福寧在小書房裡喝茶小坐，正說著護國寺裡的桃花開得不錯時，紀雯便聽屋內似有似無地響起一陣窸窸窣窣的聲音。

她警覺地環伺一周，見大家的神色如常，便擔心是錯覺，也沒有大驚小怪。

豈料那個聲音卻越來越明顯，聽得紀雯心裡一陣發顫。

「妳們真的沒有聽到什麼聲音嗎？」紀雯打斷了正同沈君兮大談護國寺桃花的周福寧。

「窸窸窣窣的，就好像老鼠在打洞一樣。」

第二十章

紀雯這麼一說，周福寧趕緊安靜下來，側耳傾聽。不過一、兩息的工夫，她便笑著跳起來，拍手道：「肯定是小毛球醒了！」

「小毛球？」紀雯一臉狐疑地看向沈君兮。

沈君兮卻是嘴角含笑，淡定地同紀雯道：「等下雯姊姊不管看到什麼都不用怕，小毛球不傷人的。」

這一下，紀雯變得更迷糊了。

只見周福寧興奮地蹦到屋角放置的雕花角櫃，迫不及待地打開那雕著鏤空花紋的角櫃門，只見一隻大約一尺來高、通體雪白的小獸正站在櫃子裡，睜著好奇的眼睛往櫃子外看。

紀雯陡然倒吸一口涼氣，躲到沈君兮身後。她之前可是被這東西傷到過！

那雪貂獸好似將屋裡的人都查視了一番，見到坐在窗前大炕上的沈君兮時，縱身一躍，踩著周福寧的肩膀，就跳進沈君兮的懷裡，並且十分乖巧地在她的腿上蜷縮下來。

「咦？」周福寧和紀雯異口同聲地發出驚嘆。

「妳也不怕牠咬妳！」紀雯不免詫異地感嘆道。

沈君兮捋了捋那雪貂獸背脊上的毛，笑道：「有什麼好怕的，若不是之前牠受了傷，也不會跳出來亂跑的。」

說完，她同紀雯說了這小毛球之前受傷的情況。
紀雯聽著，果然不再害怕，反倒同情起牠來。
「我能摸摸嗎？牠不會咬我吧？」紀雯壯起膽子問。
「當然不會。」沈君兮笑道，然後低頭同那雪貂獸說起話來。「小毛球，今日大家可是特意來看你的，不能不給面子呀！」
那雪貂獸好似能聽懂一樣，微微地抬起頭，看了周福寧和紀雯一眼，又繼續把頭埋下來，顯得很溫順。
紀雯就試著輕輕摸了摸牠，見牠果然溫順，心裡的害怕打消不少。
「讓我試試、讓我試試！」周福寧卻生怕自己吃虧，小心翼翼地走到沈君兮身邊，然後伸出手，試探性地撫摸著小毛球的背。小毛球又抬了抬頭，換了個舒服點的姿勢，繼續趴在沈君兮的腿上。
一旁的紀雯瞧著，越發覺得這雪貂獸可愛，又有些擔心地問：「這段時間黃芊兒她們找的會不會就是牠？我們要不要還回去？」
一聽要將小毛球還回去，周福寧卻是急了。
「黃芊兒丟的是黃芊兒丟的，這一隻是我表哥七殿下捉來送我的！」她理直氣壯地說道：「只不過我娘不讓我養這些，我才讓君兮幫我養的，雯姊兒妳可不能出去瞎說。」
原本還想要如何解釋的沈君兮在一旁聽著，感嘆自己幸好沒在喝茶，不然就周福寧這信口雌黃的樣子，還不得讓自己噴茶。

她竟然還能將七殿下也給牽扯進來，不過那日的確是七殿下出手逮住這隻雪貂獸，這麼說也沒有錯。

反正天塌下來，有福寧這個皇上的親姪女在前面頂著，自己倒也不用害怕。

只是到時候，不知道七皇子願不願意同她們一起揹這個鍋？

紀雯聽聞這是七皇子送給福寧，福寧又讓沈君兮幫忙養的，倒也不再多話，只是還是有些疑慮。「可若是黃芊兒執意認為這就是福成公主丟失的那隻，怎麼辦？」

「涼拌！」周福寧卻滿不在乎地說道：「她們自己弄丟了東西，難道還要怪我不成？不能因為她有，我就不能有吧？大不了我們就到御前評理去，看看誰怕誰！」

說得如此理直氣壯，紀雯都沒了反駁的理由。

而雪貂獸好似也贊成周福寧的說法一樣，竟然從沈君兮的腿上跳到周福寧的身上，與她嬉鬧起來。

周福寧在沈君兮這兒廝混了一整日，直到日暮時分才有些戀戀不捨地離開，並且還同沈君兮約好，下一次沐休日，她還要到紀家來。

沈君兮和紀雯一起將周福寧送出二門，待周府的馬車遠去後，紀雯才有些擔憂地同沈君兮道：「守姑，妳跟我說實話，妳的那個小毛球，到底是不是黃芊兒她們尋的那一隻？」

沈君兮看向紀雯。雖然她不過十二、三歲的年紀，卻已然有了小大人的感覺。

她在心裡嘆了口氣。看來今日不把話說清楚，自己很有可能不得安寧。

於是沈君兮看著紀雯的眼睛，斬釘截鐵地說了一聲「是」，便往翠微堂走去。

紀雯卻被沈君兮的直白弄得有些手足無措起來。

她沒想到一向被老夫人誇為聰明懂事的沈君兮，竟然會同素來膽大的周福寧「同流合污」。

「妳瘋了嗎？」紀雯追了上去，拖住沈君兮，擺出一副要同她辯個明白的架勢。

沈君兮眨眨眼，看著紀雯道：「雯姊姊一定要同我在此處說話嗎？」

紀雯這才驚覺，她們正在二門內的抄手遊廊上，四處都有各院的丫鬟、婆子走動，實在不是個適合說話的地方。

「不如雯姊姊跟著我一起回翠微堂吧，正好剛才溫下的那壺茶還沒有喝完。」沈君兮朗聲道。

「好呀。」紀雯有些尷尬地應道，發現自己適才的處事竟然還沒有沈君兮來得冷靜，要知道，對方不過才七歲而已。

兩人就這樣一前一後地回了翠微堂。因為離紀老夫人那邊傳飯還有些時間，她們又一頭扎進了沈君兮住的西廂房。

這一次，紀雯見屋裡沒有其他人，才壓低嗓音道：「妳不會真的這樣跟著周福寧胡鬧吧？她母親可是長公主殿下，就算真有什麼事，長公主殿下也會護她周全，可我們不一樣啊！咱們不能雞蛋碰石頭！」

「可是這次卻是她們傷人在前的。」沈君兮卻態度堅決地同紀雯說道：「除非她們承認是她們先心懷不軌。」

「承認了又能怎麼樣？」紀雯卻急道：「那黃芊兒可是宮裡黃淑妃的姪女，而那雪貂獸又是福成公主心愛之物……」

「可我們不也是紀貴妃的姪女和外甥女嗎？而且從位分上來看，咱們貴妃娘娘的品級比起那黃淑妃，也高那麼一點吧？」沈君兮卻是一點都不服軟。

上一世窩窩囊囊的經驗告訴她，有時候人善就是被人欺，越是選擇忍讓，別人越是欺負到自己頭上來。

還不如一開始就擺出一副不好欺負的勢頭，也好教那些素來吃軟怕硬的人先忌憚幾分。何況同那黃芊兒相比，她們才有更有硬氣的資本吧！

「更何況妳是因為她們的關係才被抓傷的……」沈君兮看向紀雯的左手，那上面的傷口雖已經癒合，卻留下了粉紅色的印記。

紀雯卻粉飾太平地說道：「不過是點小傷而已……」

「雯姊姊，」沈君兮看著她，正色道：「不知道妳有沒有聽過一句話，『手是女人的第二張臉』，一雙有了傷痕的手，妳覺得看到的人會怎麼想它的主人？」

紀雯聽到這兒，便把自己的左手往衣袖裡收了收，但不忘向沈君兮質疑。「外面真有這樣的說法嗎？」

「當然有。」沈君兮嘆了口氣道。

上一世，因為錢嬤嬤和春桃在沈家作威作福，沈君兮雖身為嫡小姐，許多事情卻不得不親力親為，因此一雙手磨得和丫鬟一樣粗糙。等到她當了延平侯夫人，京城裡那些夫人、太太雖然當著她的面不說，卻沒少在背後排揎和譏笑她。

以至於後來，她有很長一段時間都不能見到有人三五成群地聚在一起，總覺得她們是在背後說自己壞話。

但紀雯的話，卻也提醒了她。

自己不能任由黃芊兒這樣躥上躥下，什麼都不做，不然真到了她找上門來的那一天，自己就落於被動了。

於是第二天，女學堂散學後，沈君兮就遞了進宮的牌子。

因為她的手上有昭德帝御賜的翡翠玉牌，守門侍衛們不敢為難她，因此她幾乎是沒費什麼周折就到了紀貴妃的延禧宮。

得了信的紀蓉娘覺得奇怪，她沒想到沈君兮竟然選在這個時候入宮，正想要上前問個清楚呢，誰知道沈君兮一進大殿便跪下來，滿臉是淚地說道：「姨母救我！」

紀蓉娘自然被嚇了一跳。

「怎麼回事？」紀蓉娘給殿內的宮人們使了個眼色，為首的女官便將大家都帶出去。

她這才快步向前，想將跪在地上的沈君兮拉起來。

豈料沈君兮卻是搖搖頭，不肯起來。「姨母，您還是先聽聽守姑所犯何事，再決定要不要守姑起來吧！」

紀蓉娘聽了這話，卻是莫名想笑。

她不過是個小姑娘，能做出什麼天怒人怨的事，值得她這麼慎重其事地進宮來搬救兵。

說？

「那好，妳先說說看。」紀蓉娘就在沈君兮面前蹲下來，想聽聽她到底有什麼事情要

沈君兮先是咬咬唇，隨後一鼓作氣地，將那日女學堂裡發生的事一五一十地說了。

「……起先，我們以為那隻雪貂獸是無主的，養了就養了，後來黃家鬧得滿城風雨，要尋那雪貂獸的時候，我也不是沒想著還回去，可我一想著明明是她們放貂傷人才弄丟了，憑什麼反過來誣賴別人偷她們的貂？我心中有氣，所以就沒有理會她們。

「結果後來誰也沒想到，事情竟然會變得一發不可收拾，那黃家不但每天都派家丁在城裡尋找雪貂獸，並放出話來，若是抓到私藏雪貂獸的人，更是要好好收拾一番……」說到這兒，她已經開始泣不成聲了。「這樣的話，我就更不敢將小毛球拿出來了……」

「小毛球？」紀蓉娘饒有興致地看著沈君兮，覺得一個小孩在自己面前已是哭得肝腸寸斷，卻還要努力說話的樣子，真是莫名的萌。

「是我給那隻雪貂獸取的名字。」沈君兮抽泣著說道。

「原來是這樣啊！」紀蓉娘笑道：「那還有什麼其他了不得的事嗎？」

沈君兮梨花帶雨地抬頭，雙頰上還掛著未乾的淚水。「沒……沒有了……」

那帶著童趣的聲音，讓紀蓉娘聽得心中一軟，柔聲道：「這個時候趕進宮來，一定還沒有用過膳吧？」

沈君兮有些羞澀地點點頭。

「正好，我們也剛準備吃，妳也一起來吧。」說著，她就牽起沈君兮的手，往偏殿走

去。

我們？沈君兮就在心裡嘀咕起來。聽娘娘這口氣，她不是一個人在用膳？

就在她猜想著還有誰的時候，卻見偏殿的主位上坐著一道明黃的身影，又聽到昭德帝的聲音。「原來是守姑呀！來來來，快到朕的身邊來。」

沈君兮不敢怠慢，快步上前，恭恭敬敬地給昭德帝行了一個大禮，聽得一聲「免禮」後才敢站起身來。

原本坐在昭德帝下首的那人主動挪了挪位置，將離昭德帝最近的位置讓出來。

「來，坐到朕的身邊來。」昭德帝拍了拍剛剛被騰出來的位置，笑著同沈君兮道。

沈君兮有些靦覥地抬頭，正想謝謝那位給自己讓位的人，卻看到了趙卓的臉。他的對面坐著的是三皇子趙瑞。

沈君兮便依禮給兩位皇子請安。

「今日擺下的是家宴，守姑不用多禮。」昭德帝捋著自己的鬍子道。

沈君兮只好再次道謝，然後在趙卓讓出的那張方凳上坐下來。

「今日怎麼突然想到要進宮來？」昭德帝就笑問道。

沈君兮正想著要如何答話時，紀蓉娘卻搶在她的前面，將她剛才的那套說辭都說給昭德帝聽。「本是幾個孩子之間的玩鬧，結果現在動靜卻鬧得這麼大，守姑覺得心慌，進宮來找我認錯。」

昭德帝聽了這話，半眯著眼，看向沈君兮道：「認錯是假，來尋求庇護才是真吧？說吧，是誰給妳出的這個主意？」

昭德帝的語氣還是和剛才一樣，可沈君兮卻聽出了淡淡的不悅，趕緊站起來趴到地上道：「守姑就知道瞞不過皇上。守姑是真的害怕了，不論是黃家的姊姊還是福成公主，放出的話都那麼狠，守姑擔心自己小命不保。」

「哼，」昭德帝有些傲嬌地冷哼一下，眼神卻看向沈君兮身後的趙卓。「老七，怎麼聽說這裡面還有你的事？你給朕說說看，怎麼回事？」

趙卓一聽，站起身來，衝著昭德帝一拱手，道：「那日我也是碰巧遇見了這事。因為太傅大人佈置了一道題，兒臣有些解不開，就想到了去女學堂尋我的啟蒙師傅秦大儒。」

「咦？這秦大儒在致仕後，竟然去女學堂當了坐堂先生？」昭德帝覺得有些稀奇地笑道：「也算不浪費他那一身的好學識了。」

紀蓉娘也在一旁掩嘴附和道：「皇上當年不是說，希望世間多幾個像秦大儒這樣的人嗎？他這不就已經是身先士卒了？」

昭德帝笑著點點頭，抓起盤子裡的一塊醬肉，蘸了些醬塞入嘴中後，示意趙卓繼續說下去。

「都說『有事弟子服其勞』，我見秦大儒的茶盅空了，主動去茶房幫他續一杯水。」趙卓頓了頓，道：「結果就見著了福寧和這位沈姑娘正在那兒嘀咕，要怎樣才能捉住房梁上的一隻雪貂獸。當時福寧一見我，便問我有沒有辦法抓住雪貂獸？」他繼續道：「我瞧著她們兩個都是小姑娘，肯定做不來這事，幫著她們把那隻雪貂獸給捉住了。」

說到這兒，趙卓神色淡淡地看了眼沈君兮。「捉住那雪貂獸之後，我就把籠子留在那兒了，我料想後來應該是福寧帶回去了。」

聽到這兒，昭德帝卻有些不滿地看向趙卓。「你既然知道那是隻雪貂獸，而且還有可能是福成丟的那隻，為何不將那貂帶回宮來？」

「因為兒臣當時並不知那就是福成的雪貂獸。」趙卓不卑不亢地說道：「莫說是那天了，就是今天，若不是聽這沈姑娘說起，我也不知道福成把她的雪貂獸弄丟了。而且那天是在女學堂，兒臣怎麼也想不到，福成平日愛不釋手的寵物會出現在女學堂，所以我也不甚在意……」

昭德帝臉上的神情才鬆了幾分，而紀蓉娘則是在一旁奇道：「福成養的那隻貂不見了嗎？怎麼沒有聽到衍慶宮那邊的人提起？而且昨日，我好像還看到福成的手裡抱著一隻貂，怎麼，那不是嗎？」

「福成手裡還有一隻貂？」這一下輪到昭德帝奇怪了。

在北燕，雪貂獸並不是什麼稀罕之物，有的獵戶甚至會豢養雪貂獸來捕獵，可要找一隻全身毛色都如雪一般潔白還沒有雜色的卻是少見，所以遼東總兵才會將那隻雪貂獸當成貢品敬獻上來。

第二十一章

「要不要去衍慶宮看看？」紀蓉娘給昭德帝挾了一筷子肉，提議道。

「嗯。」昭德帝應下之後，神色也比剛才凝重幾分。

飯桌上的氣氛一下子就冷下來，沈君兮顯得有些不知所措。

「坐下吧。」然後便聽耳畔有人低聲說道。

沈君兮有些錯愕地看過去，只見身旁的趙卓正一臉淡然地拿著銀筷子進食，恍若剛才說話的不是他一樣。

她再看向對桌的趙瑞，他就離自己更遠了。

帶著狐疑，她微皺著眉頭坐下來，然後學著趙瑞和趙卓的樣子，慢慢吃著，卻是食不知味。

一頓飯畢，昭德帝決定去衍慶宮瞧個究竟。

紀蓉娘依照慣例，將昭德帝送出大殿，不料昭德帝卻回首道：「不如貴妃與我同去吧，還有老三和老七，守姑也跟著一起。」

紀蓉娘聽了便有些錯愕。

延禧宮的人如此興師動眾地去衍慶宮，會不會讓黃淑妃認為這是挑釁？

但既然皇上都已經發話了，她自然沒有反駁的餘地。於是她笑著朝沈君兮伸手，道：

「來，守姑，姨母牽著妳。」

沈君兮只好乖巧地上前牽住紀蓉娘，她的身後則跟著趙卓和趙瑞兩兄弟。

從延禧宮到衍慶宮並不近，得穿過大半個御花園，與延禧宮呈一東一西的兩宮態勢。

雖然紀蓉娘比黃淑妃要年輕一些，可她先生了三皇子，又知書達禮知進退，因此位分比黃淑妃要高。

黃淑妃雖然心下不甘，卻也要違著心，喚紀蓉娘一聲「姊姊」。

但同為後宮妃子的二人都清楚，昭德帝最煩後宮女人們勾心鬥角地上演工心計，大家都努力維持著表面上的親親熱熱，一團和氣。

因此見到跟在昭德帝身旁一同到來的紀蓉娘時，黃淑妃心下雖不爽，卻還是滿臉堆笑地迎上來，笑道：「今日是颳什麼風，竟然將皇上和貴妃姊姊一同都吹了過來。」

聽了這話，紀蓉娘卻笑道：「淑妃妹妹這話可有失偏頗，不管是皇上還是本宮，平日來得都不算少吧？妳這樣一說，好似我平日輕易不來似的。」

黃淑妃的臉上閃過一絲窘色，隨後笑道：「姊姊就愛排揎我，我這不是說難得姊姊和皇上一塊兒過來嗎？而且還帶著三殿下和七殿下……」

說完，她的目光不免投向了紀蓉娘牽著的沈君兮。

「咦？這位小姑娘是……」黃淑妃的眼中帶著探究。

前些日子聽聞皇上特意派吳公公去紀家送賞賜，那些黃金白銀和珠寶翡翠雖教人眼紅，卻不足以讓她這樣位分的人動心。可皇上賞出的那塊翡翠玉牌，以及隨意進宮行走的權力，才是真教人嫉妒的。

那日負責打探消息的人來報，紀家老夫人帶著兩個孫女入宮來，隨後就傳出昭德帝賞了紀家的事。

就是傻子都知道，這裡面肯定有那個紀蓉娘在推波助瀾。

現在皇子們都到了適合婚配的年紀，再過得一、兩年，就要迎娶皇子妃了；朝野上下雖無動靜，可大家都在盯著呢！

畢竟有個好的岳家，對於這些皇子而言，等於將來又多了一分助力。

而她們這些後宮妃子們，也都想辦法把自己娘家的人往這些皇子的身邊送。

紀蓉娘不但成功把自己的姪女帶進宮，還讓昭德帝龍心大悅地派了賞賜，就這一份功力，黃淑妃也在心裡自嘆不如。

紀家適齡的女孩子只有紀雯，所以當日的賞賜到底賞了誰，她們還真沒作第二人想。可今日見著紀蓉娘身邊的這個小女孩，黃淑妃不免在心裡嘀咕起來。難不成那日得了皇上青眼的，竟是這小孩？

瞧她這身量，也不過才六、七歲年紀，就算配給年紀最小的七皇子，都嫌小了。

那這個紀蓉娘是什麼意思？黃淑妃只覺得自己的腦子有些不夠用了。

「這是我娘家的一個外甥女。」紀蓉娘卻同她笑道：「今日御膳房做了道烤肉，因為吃著有些油膩，所以就想著出來消消食。」

說完，紀蓉娘就笑著瞟了一眼昭德帝，眉眼間就透著一股嫵媚。

而昭德帝一臉很受用地笑了笑，看得黃淑妃的心裡直冒酸水。說什麼消食，分明就是到自己這兒秀恩愛來了！

「福成呢？」昭德帝卻沒心思理會她們女人間的妳來我往，笑問道。

「在呢、在呢。」黃淑妃忙應道，給身邊的人使了個眼色。

那宮人低頭而去。

不一會兒工夫，沈君兮就瞧見一個十一、二歲的粉衫少女，好似蝴蝶一樣地從衍慶宮裡飛跑出來，一邊跑還一邊喊道：「父皇、父皇，福成在這兒呢！」

昭德帝瞧著她就呵呵直笑，然後道：「父皇來了，也不知道出來迎接一下。妳窩在宮裡做什麼呢？」

「我當然是在給雪雪餵食呀！」福成公主一臉笑意地說道：「父皇您都不知道，兒臣的雪雪有多黏兒臣，別人給牠餵的東西，牠都不吃，一定要兒臣餵才行。」

「雪雪？」昭德帝聽了，卻是皺眉道：「那是個什麼東西？」

「父皇您真是健忘！」福成公主撒嬌地同昭德帝嗔道：「就是之前父皇賞給兒臣的那隻雪貂獸啊！」

福成公主的話一出，莫說是昭德帝，就是趙瑞和趙卓都驚訝地互相交換一個眼神。

不是說福成的雪貂獸丟了嗎？怎麼這會兒又跑出一隻來？

只是在昭德帝面前，二人都沒有置喙的餘地，不約而同地保持沈默。

沈君兮則是好奇地看向福成公主。明明黃家在宮外將此事鬧得沸沸揚揚，可福成公主為何還要在昭德帝面前粉飾太平？

若是自己遇到這樣的事，恨不得趕緊掖過去，又豈會自曝？

果然，昭德帝呵呵一笑，一臉慈愛地看著福成公主道：「妳那日跟朕說，一定會照看好這隻雪貂獸的，我倒要看看那雪貂獸如今變成什麼樣了，有沒有被妳餓瘦呀！」

「好呀、好呀！」眾人原以為福成公主會拒絕昭德帝的提議，卻不料她一臉興奮，同身後的宮女道：「妳們還不去把本公主的愛寵取來給父皇過目！」

那宮女一臉謙恭地退下去，不一會兒就提了個罩著絲絨罩的金絲鳥籠過來，然後跪在福成公主的身旁。「公主殿下，奴婢剛才發現這小獸已經睡著了。」

說完，她便將那金絲鳥籠高高地舉過頭頂，好似讓福成公主審視一樣。

福成公主就一臉難色地瞧向昭德帝道：「早知道父皇今日會過來，兒臣就先不給牠餵食了。牠每次吃飽喝足後，就會美美地睡上一覺，這時候要是把牠弄醒，牠就會發狂一樣地亂抓亂叫，兒臣唯恐會傷了父皇……」

聽福成公主這麼一說，昭德帝上前兩步，輕輕地撩了撩罩在金絲鳥籠上的絨布。

只見那鳥籠裡果然蜷著白白的、毛茸茸的一團。

「既然睡著了，就讓牠睡吧，能吃能睡才能長得胖。」說著，昭德帝不以為意地收回了手，笑著同一旁的黃淑妃道：「早聽說妳年前就得了些上好的普洱，不如去沏上一壺來，也好讓我和貴妃去去肚子裡的油膩。」

黃淑妃恭敬地回道：「是得了一些，一直都沒捨得用，就想等著皇上來。」

昭德帝笑著點頭，誇讚道：「難得妳有這份心。」

聽聞之後，黃淑妃不免有些得意地瞟了紀蓉娘一眼。

紀蓉娘卻上前挽住她的手，笑道：「既然這樣，妾身今天可要沾沾皇上的光了。」

「就妳嘴貧！」昭德帝看了眼紀蓉娘，便轉身往衍慶宮裡去了，再也沒看那金絲鳥籠一眼，恍若他剛才真的只是隨口一問。

福成公主大吁了一口氣，趕緊使了個眼色給那宮人，宮人便急匆匆地扯好布簾子，提著鳥籠離開了。

沈君兮將這一幕看在眼裡，心裡卻明白過來。

這福成公主就像天底下所有跟父母吵著要養小動物的孩子一樣，吵的時候只是一時新奇，新鮮勁一過去後，便不再感興趣。

因為日頭不錯，昭德帝便讓黃淑妃將茶案擺在衍慶宮的庭院裡，黃淑妃更是親手為昭德帝泡茶。

昭德帝飲了兩泡茶，誇了幾句黃淑妃頭上的鳳釵後，就以案頭上還有奏摺要看，便起身要走。

紀蓉娘見狀，也跟著站起來，笑道：「我宮裡也還有些瑣碎事，就不繼續留在這裡打擾妹妹了。」

仍興高采烈地泡著第三道茶的黃淑妃，雙手滯在半空中，這茶水倒也不是，不倒也不是。

好在她身邊的黃嬤嬤反應及時地接走了茶壺，這才化解黃淑妃一臉的尷尬。

「既然如此，妾身也不敢妄占皇上的時間。」滿是不甘的黃淑妃恢復神態後，款款地拜了下去，道了一聲。「妾身恭送皇上。」

昭德帝捋著鬍子，淡淡地嗯了一聲，轉頭同紀蓉娘道：「既然我們都要走，貴妃就陪朕再多走一段吧。」

「妾身遵旨。」紀蓉娘微笑著應了一句，然後用眼神跟黃淑妃道別，跟著昭德帝離開了。

趙瑞、趙卓和沈君兮自然也沒有留下來的理由。

瞧著這群人烏泱泱地來，現在又烏泱泱地離開，黃淑妃不免皺著眉頭問身邊的黃嬤嬤。「皇上這是什麼意思？真的只是想到我這兒來消消食、討杯茶喝嗎？」

「應該是吧。」黃嬤嬤心裡也不太確定，卻也猜測道：「皇上的心中有娘娘，不然哪裡沒有這一口茶喝，要眼巴巴地從延禧宮跑到咱們衍慶宮來？」

黃淑妃一想，覺得黃嬤嬤說得很有道理，定是皇上還記掛著自己，在延禧宮用膳後，就想來自己的衍慶宮坐坐；豈料那紀蓉娘也跟著一起過來了，皇上覺得索然無味，因此只喝了兩泡茶後就離開。

黃淑妃越想越覺得是這麼回事，在心裡又將紀蓉娘鄙視一番，隨即丟開了這件事。

出了衍慶宮的一行人，昭德帝若有所思地走在最前面，紀蓉娘默不作聲地緊隨其後，然後是沈君兮，趙瑞和趙卓低聲細語地落在最後。

穿過了半個御花園後，走在最前面的昭德帝突然停下腳步，回頭看向沈君兮，問道：「妳說妳養的那隻雪貂獸叫什麼名字來著？」

昭德帝的問話讓她先是一愣，隨即快步上前道：「小毛球。福寧給牠取名叫小毛球。」

「小毛球嗎？」昭德帝好似細想了一會兒，笑道：「倒是比福成取的那個什麼雪雪要好聽。」

說完，也不等沈君兮有什麼反應，獨自一人往御書房的方向去了。紀蓉娘則道了一聲：「妾身恭送皇上。」

已經走遠的昭德帝只是揮揮手，身邊服侍的人趕緊跟上去。

沈君兮則是站在原地，不斷地眨巴著眼睛。

剛才皇上那話是什麼意思？

就在她一頭霧水的時候，趙卓不知什麼時候站到她身旁，用只有兩人才能聽到的聲音道：「回去後，妳就可以放心大膽地養那隻雪貂獸了。」

「為什麼？」沈君兮一臉不解地看向趙卓。

「怎麼這麼……」趙卓原本想丟一句「怎麼這麼笨」，可一見到她黑如葡萄的兩隻眼睛，那個「笨」字卻怎麼也說不出口了。

他放緩語調道：「剛才皇上說，叫小毛球比叫雪雪好聽，是說那隻雪貂獸由妳養著更適合。妳偷養福成的那隻雪貂獸的事，算是已經上達天聽，將來就算出什麼事，哪怕是告御狀，妳都不用怕了。」

沈君兮顯然不太相信趙卓的話。這畢竟是空口無憑的事，將來真要告了御狀，她難道還要將這個當理由不成？

因此她衝著趙卓翻了個白眼，顯然沒將他的話聽進去。

依趙卓平日的脾氣，要是遇到像沈君兮這樣不知好歹的人，他早就不理會了，可他一見著她那像飯糰子一樣的面頰，氣便消了一半。

「我跟妳說的是真的。」趙卓與沈君兮並行道：「今天福成算是搬石頭砸了自己的腳，聰明反被聰明誤。」

沈君兮挑眉看向他。

「通體雪白的雪貂獸雖然少見，但也算不得特別名貴，不然父皇也不會因為福成一求，就把那隻雪貂獸賜給她。」他同沈君兮分析起來。「所以，即便是福成弄丟了或是養死了雪貂獸，也不是什麼了不起的大事。可福成在弄丟雪貂獸後，不但沒有說實話，還拿一隻白貓裝在金絲鳥籠裡想要糊弄父皇。」

趙卓說到這裡，冷笑了一把。「她以為天下人都和她一樣蠢嗎？雪貂獸的尾巴那麼蓬鬆，貓的尾巴那麼細，她還欲蓋彌彰地拿到父皇面前顯擺。我只稍微瞟一眼便看出端倪，更何況是多看了幾眼的父皇。」

「你是說……那籠子裡裝的是貓，而且皇上已經看出來了？」沈君兮低聲驚呼道：「可皇上為什麼要裝成什麼都不知道的樣子？」

趙卓衝她做了個噤聲的手勢，道：「正如我剛才所說，在父皇眼中，他並不關心雪貂獸的生死，也沒必要為了那隻雪貂獸點破福成的伎倆。可父皇顯然也不願意有人在他面前耍小聰明，欺騙他。」見沈君兮一臉驚慌地捣住嘴的呆萌樣，趙卓的嘴角浮起一絲笑意，繼續道：「所以，後來才有那麼一問。因此我才叫妳放一百個心，將那隻小毛球放心地拿出來養。真要是有人因此找妳麻煩，妳不妨把事鬧大，告到御前來。

「既然福成的雪貂獸還好好地躺在她的金絲鳥籠裡，妳屋裡的那隻就絕不會是她的，不然一個欺君之罪壓下來，即便她是公主之身，也是擔不住的。」說到最後，趙卓的眼中竟然隱隱有了些興奮，好似在他的心裡，十分盼望這件事成真。

雖然聽他分析得頭頭是道，沈君兮卻還心存疑慮。

這時，趙瑞也走過來，笑道：「這一次我的觀點和七弟一樣。既然福成做錯了事，就應該得到相應的懲罰，豈能讓她如此糊弄過去？」

沈君兮聽著，咬住了唇，眼神卻往紀蓉娘的身上看去。

紀蓉娘站在一旁，雖未說話，可臉上卻帶著笑，微微地點頭。

見到他們三人堅定又鼓勵的眼神，沈君兮在心裡下了決定，於是她同紀蓉娘道別，坐著馬車回了清貴坊。

第二十二章

馬車剛在二門前停下，珊瑚就領著紅鳶和鸚哥趕過來，一見著沈君兮，忙上前道：「可算是回來了，老夫人都擔心了大半日！」

沈君兮踩著隨車婆子剛放下的腳凳，扶著珊瑚的手，小心翼翼地下車，有些不解地問：「我不是讓人回來傳話了嗎？宮裡的貴妃娘娘宣我，所以我要進趟宮。」

「就是因為聽了這話，老夫人才更擔心的。」珊瑚仔細幫沈君兮打理了一下衣衫，牽著她的手解釋道：「因為不知道宮裡到底因為什麼事把您叫去，老夫人就一個人坐在那兒瞎想了大半天。」

沈君兮聽了之後，連走帶跑地往翠微堂趕去，一邊跑還一邊喊：「外祖母，我回來了！」

聽到沈君兮的聲音，紀老夫人雙手合十地唸了聲「阿彌陀佛」，然後扶著李嬤嬤的手從小佛堂的菩薩跟前起身。

「快，讓人去看看是不是守姑回來了？」紀老夫人站起身，忙吩咐屋裡的人。

珍珠趕緊跑出去，不一會兒，沈君兮就在珍珠和珊瑚的簇擁下，跨過了小佛堂前的門檻。

在來翠微堂的路上，她就聽說紀老夫人為了她，已經在菩薩面前唸了半個時辰的平安經了。

因此一見到紀老夫人，她有些後悔地跪在她跟前，給她磕了個頭，道：「守姑不孝，讓外祖母為守姑擔心了。」

「回來就好、回來就好。」見著提心吊膽的小人兒全鬚全尾地出現在面前，紀老夫人比什麼都要受用，趕緊扶了沈君兮起來，然後細聲問道：「宮裡的娘娘找妳何事？」

沈君兮臉色一紅，覺得自己不該這樣欺騙一位關心自己的老人，可如果說實話，會不會讓老夫人更擔心？

她在心中一番斟酌後，還是決定繼續之前那個善意的謊言，撒嬌地同紀老夫人道：「姨母今日宣我進宮吃烤肉，一整隻小羊烤得油滋滋的，然後用手掰扯著蘸醬吃。」

「吃烤肉？」紀老夫人的眉頭皺了皺。「那為何只叫妳，沒有叫雯姊兒？」

「大概是叫了的。」沈君兮微微擠了擠眉。「可能是學堂裡傳話的那位傳錯了，所以忘了叫雯姊姊。要知道我進宮後，姨母還問來著……」

沈君兮說著說著，聲音變得越來越低。

果然一個謊言總是需要另一個謊言來掩蓋，這種無中生有的事，還是讓她有些心慌。

「都有些什麼人一起吃烤肉？」紀老夫人攜了沈君兮的手，往正屋裡走去，一邊走，一邊問。

「有我呀，姨母呀，三殿下和七殿下……還有皇上……」沈君兮故意避重就輕地先說了其他人，最後才說到皇上，果然讓紀老夫人緊張起來。

「怎麼，皇上也在？」紀老夫人似乎明白了點什麼。

紀家的這些女孩子進宮後，多少都有些拘謹，只有沈君兮，也許是因為無知才無畏，她在宮裡表現出來的真性情，得了皇上和貴妃娘娘的青睞。

「對呀！」沈君兮重重地點點頭。「皇上和我們一起吃了烤肉，然後還帶我們去淑妃娘娘那裡喝茶。」

紀老夫人聽到這兒，終於釋懷了。

看來正如蓉娘之前跟自己說的，她和沈君兮投緣，所以幾個孩子裡，她更願意帶著沈君兮，也許就是這孩子的造化吧？

紀老夫人撫著沈君兮的頭，到底沒有繼續追問下去。

沈君兮也因此長長地吁了一口氣。

陪著紀老夫人用過晚膳後，她就回了自己的房。

珊瑚剛剛一掀門簾，只見一道白影竄進沈君兮的懷裡。

「就這麼迫不及待嗎？」沈君兮把懷裡突然多出來的小毛球拎起來，看著牠的眼睛笑道。

小毛球顯然像是聽懂了沈君兮的話，就在她的懷裡手舞足蹈地發出聲音。

相處了這些日子後，沈君兮知道牠這是高興了，於是又撓了撓小毛球的肚皮，小毛球就一個翻身竄到沈君兮的肩上。

「小毛球腿上的傷應該好了吧？」她同鸚哥說道：「找個時間，妳幫牠把綁帶給鬆了吧。」

鸚哥點頭稱是。

沈君兮則是笑著同那小毛球道：「這些天把你憋壞了吧？鬆了綁帶，你就可以出去玩了。」

話音剛落，小毛球就在沈君兮的肩頭跳來跳去的，顯得很高興的樣子。

一旁的鸚哥不免急道：「姑娘不是說不能讓人發現我們屋裡養著小毛球嗎？這要把牠放出去的話，恐怕是瞞不住了。」

「沒關係的。」沈君兮從肩膀上抓過小毛球，並高高舉過頭頂道。

「畢竟有些事情，該面對的總要面對，躲也沒有用。」

說完，她就抱著小毛球去玩了，獨留下鸚哥一人在那兒咂摸那句話。

見鸚哥一臉認真的表情，珊瑚笑道：「妳這個人還真實在，姑娘都說沒事了，妳還擔心什麼？把妳的心都放回肚子裡吧！」

到了第二天，沈君兮放學回來後，便見鸚哥正站在院子裡，一臉焦慮地盯著屋頂發呆。

「怎麼，天上有花嗎？」沈君兮跟著往天上瞧去。

結果花沒瞧著，卻瞧見小毛球正在屋頂上撒開腳丫子撒歡。

見她回來了，鸚哥急得想哭。「姑娘，我今日剛把小毛球腿上的綁帶一拆，牠就趁我一個不注意，從屋裡竄了出來，然後就跳上房頂，怎麼叫也不下來。」

「什麼時候上去的？」沈君兮瞧了眼屋頂上的小毛球，又觀察了下四周的地形，發現要上屋頂並不是件容易的事。

「約莫也有一個時辰了吧。」鸚哥回想著道。

都已經一個時辰了?!要跑的話，早該跑了吧！

沈君兮就同鸚哥道：「那隨牠去吧，牠玩累了就會自己下來的。」

見自家姑娘一臉雲淡風輕，鸚哥雖擔心，但也跟著沈君兮回了屋。

伺候沈君兮換完衣衫，準備往紀老夫人屋裡去時，小毛球果然自己跳下房頂，正站在房門前，用爪子撩著門簾。

時近五月，珊瑚她們早將門簾子換成更透氣的竹簾子，因此小毛球在門外頗費了一番力氣，卻也沒能將這門簾子撩開，便有些不耐煩地發出類似嬰兒的「呀呀」聲。

「捨得回來了？」換了一身春衫的沈君兮撩起門簾子，拿著手裡的團扇輕拍了一下小毛球的頭。「鸚哥可是給你準備了最愛吃的雞肉。」

小毛球就發出「嘶嘶」兩聲，蹦跳著往小書房去了。

「牠倒也通人性。」珊瑚見了，掩嘴笑道：「今天鸚哥就多了一句嘴，說姑娘昨兒怎麼會說讓小毛球出去玩的話?這小東西在屋裡坐不住了，自己躥到院子裡。鸚哥完全沒料到牠會跑出去，所以急得都要哭了。」

「看來這小毛球自己還挺有分寸。」沈君兮聽了就笑起來，和珊瑚一前一後地進了老夫人的房裡。

紀雯因為去換衣裳，還沒來得及趕過來，紀雪卻還穿著去女學堂的那身衣服，坐在紀老夫人的腳踏上。

她一邊給紀老夫人捶腿，一邊絮絮叨叨說著什麼，而紀老夫人卻一臉靜謐，不置可否。

沈君兮很是意外。自從紀雪和齊氏不在紀老夫人這裡用膳後，她幾乎沒在飯點時見過紀雪。

而紀雪一見到沈君兮過來，馬上就噤聲，卻還是賣力地給紀老夫人捶腿。

紀老夫人見她過來了，笑嘻嘻地坐直身子，笑道：「回來了呀？剛才妳屋裡的鸚哥在幹麼？急得和熱鍋上的螞蟻一樣，還直鬧著要搬梯子上房揭瓦。」

沈君兮聽了，一陣汗顏。

她看了眼紀雪，同紀老夫人撒嬌道：「我養了隻小寵物，鸚哥不小心讓牠躥到房頂上去，她怕那小東西乘機跑了，所以才會心急火燎的。」

「妳養了個什麼？」因為紀雯還沒到，紀老夫人並不急著開飯，頗有興致地同沈君兮聊起來。「我瞧著像是一隻白貓？」

「外祖母，您看岔了。」沈君兮掩嘴笑道：「那是一隻白貂。」

一聽到白貂二字，紀雪就留了心，她先是看了眼沈君兮，隨後繼續幫紀老夫人捶腿。

紀老夫人問道：「那是隻白貂嗎？從哪兒來的？」

「福寧送我的，她說長公主不讓她養，所以就放我這兒來了。」沈君兮按照之前同福寧說好的說辭答道。

紀老夫人聽了點點頭。長公主自小就不能接觸這些動物的毛髮，因此會如此限制福寧，也是情有可原。

又過了好一陣子，紀雯才跟著董氏拖拖拉拉地過來，動作顯然比平日慢了許多。

董氏的臉色還好，和往常一樣笑盈盈的；而紀雯跟在她身後，卻是一直低著頭，帶著些許潮紅的臉上卻顯得有些驚慌。

這是怎麼了？

紀老夫人有些狐疑地看向身邊的李嬤嬤。

李嬤嬤畢竟是紀老夫人身邊的老人，只需一個眼神，她心下便已經明白。

於是她點點頭，一邊招呼小丫鬟去廚房傳飯，自己則去找董氏身邊的人打探消息。

見李嬤嬤離開，紀老夫人則拉著沈君兮，同紀雪說道：「按理說，我說過的話絕沒有收回的時候，但今日念在妳一片孝心，便留下來一同用飯吧。」

紀雪一聽，立刻高興起來，更是興沖沖地挽起紀老夫人的另一隻胳膊。

原來自從紀雪跟著她娘單獨吃飯後，齊氏總以節省為原則，飯桌上就再也沒有出現過雞鴨魚肉等物，每天都是清淡的小菜，吃得紀雪覺得自己的臉都綠了。

因此她今日才會從學堂回來就直奔紀老夫人這裡，只想求著祖母讓自己回來吃飯。

可老夫人卻一直不置可否，直到沈君兮過來。

雖然老夫人沒有回答她，但好歹同意她留下來，想著自己終於可以打上一頓牙祭，紀雪就滿心歡欣。

不一會兒工夫，李嬤嬤去而復返，在紀老夫人耳邊嘀咕幾句。

紀老夫人聽了之後，又同董氏細語幾句。董氏則笑著回答紀老夫人的話，紀老夫人這才一臉欣慰地點點頭。

這些大人在自己跟前打啞謎，看得沈君兮心下直癢癢。如果她真的只是個孩子，自然不會關心這些，可惜她不是。

直到用過飯，丫鬟們端上飯後漱口的茶水，可給紀雯端上的卻是一盅還冒著熱氣的紅糖老薑水。

聞著那熟悉的氣味，沈君兮這才明白過來，紀雯來癸水了。

可瞧著紀雯的模樣，顯然這是初潮，因此顯得有些害羞和害怕。

「有什麼好怕的，女人都要走這一遭。」紀老夫人給紀雯捋了捋頭髮，開玩笑似地說道：「從今以後，我們家的雯姊兒就是大姑娘了，可以開始給她說親嘍。」

最後這一句顯然是說給董氏聽的。

董氏則是陪坐在一旁笑道：「這還得老夫人幫忙掌掌眼，挑個好人家才是。」

紀老夫人笑著點點頭，紀雯卻顯得更羞澀了。

沈君兮瞪大了眼，陪坐在紀雯身旁，卻要裝成什麼都不懂的樣子，一臉天真地問：「雯姊姊要出嫁了嗎？」

她的一句話惹得董氏和紀老夫人哈哈大笑。

紀雪瞧著在紀老夫人和董氏跟前如此得臉的沈君兮，滿心不是滋味。

以前自己也是祖母身邊那個能逗得她哈哈大笑的人，可自從這個沈君兮來了之後，什麼都變得不一樣了。

更可恨的是，就連她娘親好像也站到沈君兮那邊，有什麼好東西都先緊著沈君兮來，倒顯得她才是寄人籬下的那一個！

紀雪越想越覺得心裡不平衡，坐在那兒也越發覺得沒意思，隨便尋了個藉口離開了。

只是她還沒走出多遠，就有一團白色影子朝她撲過來，頓時將她嚇得花容失色。

可當她看清撞向自己的是隻通體雪白的雪貂獸後，顧不得計較那麼多了。

到了第二天，紀雪在學堂裡尋到黃芊兒。「妳們還在尋那隻雪貂獸嗎？我知道在什麼地方！」

雖然黃芊兒素來瞧不慣紀雪，可一聽聞和雪貂獸有關，她收起自己的傲慢，跟紀雪打聽起來。

不久，宮中來了旨意，黃淑妃讓沈君兮帶著她那隻雪貂獸進宮。

是福不是禍，是禍躲不過。

沈君兮看著那兩位來傳旨的內侍，知道自己今日必須跟著他們走這一趟了。

紀老夫人自然滿是擔憂，想要一同前去，卻不料被那兩人攔下。「淑妃娘娘只想見沈姑娘一人。」

沈君兮只得跟著他們二人進宮。

走在那令人窒息的宮牆甬道內，抱著小毛球的沈君兮卻是慌亂不已。

為今之計，只能指望姨母來救自己了。

可她要如何將自己入宮的消息告知姨母呢？

就在她滿懷心事地跟在那二人身後時，卻聽身後突然有人道：「妳要去哪兒？」

聽到這個聲音，沈君兮莫名地心安起來。

她一轉身，果然見著了平日寒著一張臉的趙卓。

於是她趕緊抱著那隻雪貂獸給他行禮。「民女沈君兮，見過七殿下。」

另外兩個內侍一見著趙卓，卻在心裡暗暗叫起苦來。

原來趙卓在被母親張禧嬪連累，住在冷宮的那些年裡，這二人就沒少奉淑妃娘娘的旨意，特意去冷宮刁難他。今日再次遇到，他們只想找個地縫鑽進去才好。

二人忙不迭地跪下來，並將臉埋在地磚上，只盼七皇子貴人多忘事，不再記得他們二人。

趙卓淡淡地掃了眼地上的二人。

剛才隔著老遠的地方，他便認出了他們，可看著兩人身前那個看上去酷似沈君兮的背影，想著他們以前對自己的欺辱，他才特意喊了那麼一聲。

要不然依照他的個性，才不想管宮裡這些小人們的破事。

「怎麼今日又進宮來了？」趙卓看著沈君兮問道。如果他沒記錯的話，前兩日他們才見過的。

「還不是因為牠！」沈君兮把懷裡的小毛球給舉起來。「他們今日特意去秦國公府索要這隻雪貂獸，我就自己送過來了。」

第二十三章

那小毛球在沈君兮的懷裡，始終一副乖巧的樣子。

前兩日她剛因這雪貂獸的事進宮，現在身邊又跟著兩個衍慶宮的人，趙卓一瞧便知道發生了什麼。

他冷臉道：「正好我要去給母妃請安，妳跟我一起去吧！」

這並非是徵詢意見，而是直接命令沈君兮。

「七殿下……沈姑娘可是淑妃娘娘請進宮的……」眼見七皇子要截胡，兩個內侍連忙出聲勸阻。

要是不把人帶回去，他們肯定要挨板子呀！

沒想到趙卓卻睥睨著二人。「淑妃娘娘請進宮的？手諭呢？腰牌呢？」

內侍自是拿不出。

趙卓就掃了二人一眼，大搖大擺地帶著沈君兮離開了。

延禧宮內，昭德帝正巧與紀貴妃手談，手持黑子的紀蓉娘已被白子逼到角落裡，毫無還手的能力。

紀蓉娘嬌嗔著將手裡的黑玉棋子扔進一旁的棋盒，道：「不來了、不來了，怎樣都是我輸。」

贏了棋的昭德帝呵呵笑，一抬眼，就瞧見趙卓和沈君兮一前一後地進來。

「你們倆怎麼走到一塊兒去了？」昭德帝也丟開棋盤，站起身來。

沈君兮行過禮後便同昭德帝道：「守姑是來還貂兒的。」

說完，她就把一隻抱在懷裡的雪貂獸放在自己腳邊。

原本被沈君兮舒舒服服地抱在懷裡的小毛球抬起頭，好似有些不解地東張西望一會兒，然後主動往沈君兮的身上蹭了蹭，好似不滿意沈君兮將牠放下。

昭德帝只瞧了一眼，便認出這是福成求走的那隻雪貂獸。

他只伸手微微逗了逗，雪貂獸就乖巧地跳到他的手上，任其撫摸。

「去把福成給朕叫來。」他吩咐身邊的福來順。

不一會兒工夫，福成公主就在眾人的簇擁下到了延禧宮。遠遠的，她就瞧見昭德帝手中的雪貂獸，興奮地喊著「雪雪」，跑了過來。

可她一見到站在一旁的沈君兮，大聲斥責道：「我就知道是妳偷了我的雪雪！現在人贓俱獲，看妳還怎麼狡辯！」

沈君兮自然不會承認自己是偷東西的賊，正要為自己辯解時，卻聽趙卓道：「這隻雪貂獸是我捉到的，因為福寧喜歡就送了她，這裡面怎麼又牽扯到偷竊？」

「怎麼不是偷？整個京城裡就只有這麼一隻白雪貂！」福成公主也振振有詞。

「那也只能證明是妳的人沒有看管好牠。」趙卓卻是毫不客氣。

福成公主還欲辯，昭德帝卻有些不耐煩地揮手。「行了，你們也別吵了，你們讓牠自己選吧！」

說完，昭德帝就將雪貂獸放到地上，看牠跑向誰。

福成公主自然是「雪雪、雪雪」地叫個不停，而沈君兮則是靜靜立在一旁，看著小毛球。

小毛球抬起頭，左右各看了一眼，毫不猶豫地跳到沈君兮的懷裡。

「行了，此事到此為止。」昭德帝也頗為欣慰地點點頭。「以後我不想再聽到妳們再為這隻雪貂獸而爭執。」

福成公主就是想再爭辯也只得閉嘴。

黃淑妃聽了這件事之後，也是滿心不服氣。

一個小小四品官的女兒，憑什麼和她的女兒福成爭？這要傳出去，豈不是天大的笑話？

「這件事，本就是福成有錯在先，既然父皇不追究了，又何必自找麻煩？」說話的正是黃淑妃所出的皇四子、福成公主的兄長趙喆。

「難道這事就這麼算了？」黃淑妃顯然嚥不下這口氣。

「那依照母妃的意思，還要去父皇面前大鬧一場，然後惹得父皇心生不快，再將這衍慶宮的人都禁足就滿意了？」趙喆冷冷地道。

他有些鄙夷地瞧著自己的生母。

美則美矣，卻始終像個沒有靈魂的玩物，難怪這些年，紀貴妃能一直壓在他母妃頭上。在這一點上，兩人差太多了。

至少在趙喆的印象中，紀貴妃總是一副寵辱不驚的模樣，從未見她為某件事而表現得咋咋呼呼，似乎所有事情到了她手上總有辦法迎刃而解，沒有什麼事能夠難住她。

趙喆有些少年老成地說道：「最近，妳們兩個都消停點吧，真要惹惱了父皇，那才叫得不償失。」

完全被趙喆鎮住的黃淑妃連忙唯唯諾諾地點頭。

在她的心中，這個兒子就是她的主心骨，他說什麼，她都相信。

交代完黃淑妃之後，趙喆又正色看向福成。「我不管妳和紀家的人到底有什麼恩怨，但我沒想到妳竟然如此沒有腦子！真以為自己是皇嗣就萬事大吉了嗎？妳忘了老七就是活生生的例子！父皇不在意他的時候，就連宮裡的一個小太監都敢欺負他，現在呢？誰敢不恭恭敬敬地稱他一聲七殿下？究其原因，還不是父皇又重新在意他？」

「可是……」福成還欲辯解，卻收到了趙喆如刀一樣的眼神，嚇得她趕緊把後半句話都嚥下去。

「妳還沒明白我在說什麼嗎？」趙喆凌厲地看向妹妹。「最近都給我消停點！我不知道那個什麼沈君兮到底是什麼來頭，但今天明顯看得出，父皇很喜歡她，妳這個時候逆著父皇的心意行事，覺得自己能討著好嗎？

「讓妳去與那沈君兮交好，那也太假，別說是父皇，就算是我也覺得這是黃鼠狼給雞拜年，沒安好心。」趙喆叮囑黃淑妃母女道：「妳們只要學學宮裡的其他妃子，少惹事就成。」

福成公主先是在昭德帝面前失了面子，又被自己的胞兄斥責得像隻被雨打了的鵪鶉，縮頭縮腦，心中卻是積滿怨氣。

對她的父兄，她自然不敢反駁，可心裡卻把這些帳都記在沈君兮頭上，將沈君兮恨得透透的。

沈君兮從延禧宮出來的這一路就沒少打噴嚏，一個接一個的，連跟著她同路的趙卓都忍不住問道：「妳是不是著涼了？要不要去太醫院找個太醫看看？」

著涼？沈君兮抬頭看了看天。這都已經四月底，快五月初了，她覺得隨便動一動便熱得背心冒汗。

「應該不至於吧？」沈君兮捏了捏有些癢的鼻子。「也許是這御花園裡的花兒太香，才讓我的鼻子受不了。」

聽著這有些牽強的「解釋」，趙卓卻是哂然一笑，英俊的臉上便露出兩個淺淺的酒窩。

沈君兮見了就笑道：「七殿下，你笑起來可真好看，可平日為什麼就是不愛笑呢？」

聽了沈君兮的話，趙卓愣一下，有些不敢相信地摸摸自己的臉。自己笑了嗎？

自從紀貴妃將他從冷宮領出來，他就暗暗發誓，這輩子再也不要回到那裡去！因此他逼著自己成熟，逼著自己懂事，逼著自己要像哥哥們一樣討父皇歡心。

事與願違的事做多了，他早忘了該怎樣笑。

見著沈君兮那如鹿兒般靈動的眼睛，趙卓又是會心一笑。

這種感覺，真好……

這一次，前後一折騰，沈君兮又是到了太陽下山的時候才回到清貴坊。

雖然宮裡早有人傳話回來，說沈姑娘在宮中一切安好，可仍是止不住紀老夫人那顆翹首期盼的心。

沈君兮得知外祖母又為自己擔心一整天後，忍不住在心裡唸了一聲「罪過」，然後急急地去了翠微堂給外祖母賠禮道歉。

「都是守姑的錯，守姑不該調皮任性，白白讓外祖母替守姑擔心了。」沈君兮一見到紀老夫人便跪下來，磕了兩個頭。

擔心一整天的紀老夫人一見著沈君兮便心肝寶貝地喊著，哪裡還顧得了這麼多，見她終於回來，才放心道：「沒事就好、沒事就好。這事我都打聽清楚了，原本就與妳無關，怨不得妳。」

聽了這話，沈君兮心裡暗自奇怪。

鬧出這樣的事，雖然責任不能全部怪她，但她的確也有不能推卸的責任。這次能全身而退，完全是因為福成公主不斷找死，而昭德帝又想借此機會教訓福成公主，從而讓她鑽了這個空子；要再來一次機會，她是萬萬不敢再這樣去賭命了。

可怎麼到了紀老夫人這兒，就完全與自己無關呢？也不知道外祖母是跟誰打聽的？

既然昭德帝那邊都說從此不准再追究此事，她又何必再生事？

於是她將從宮裡帶回來的小毛球在紀老夫人跟前亮相，然後滿心高興地說道：「皇上說，不管這隻貂兒以前是誰的，但從今兒起，將這貂兒賜給我，從此牠就是我的小毛球了！」

紀老夫人聽著，也跟著沈君兮一塊兒高興，聽到這隻雪貂獸喜歡吃白斬雞後，更讓廚房切了小半碟過來，對沈君兮的寵溺之心，溢於言表。

得知自家姑娘可以名正言順地養雪貂獸後，最高興的莫過於鸚哥了。

待沈君兮用過晚膳，回了自己的房裡，鸚哥同沈君兮道：「姑娘都不知道，自從您今天跟著宮裡那兩位公公走後，老夫人就在屋裡發脾氣，說好好的，怎麼就惹上這樣的事？然後就交代李嬤嬤去查此事。不查還好，結果後來查出是四姑娘故意透露風聲給黃家的人，所以才會有今天這一齣。

「老夫人知道後氣極了，當場就砸了個粉彩十樣錦的茶盅，說咱們紀家沒有四姑娘這樣吃裡扒外的人！」鸚哥一邊幫沈君兮拆著頭上的珠花，一邊道：「四姑娘只怕這會兒還在祠堂裡跪著呢。」

紀雪被罰跪祠堂了？

沈君兮雖覺得有些意外，可一想這還真像是外祖母的作風。

一轉眼就到了五月初，又到了包粽子、繡五毒荷包的時候。

這些事情原本都有各府廚房和針線房的人做，只是後院的女眷們往往閒得無聊，正好借這些由頭聚在一起聊天。

紀家的女眷們也不例外地聚在紀老夫人的院子裡，大人的臉上都洋溢著笑，孩子們更是歡天喜地，好似要過年一樣，就連因為養胎而大半個月都不曾出過房門的文氏也過來湊熱鬧。

大家很隨意地分成兩批，一批由齊氏領著，圍坐在石桌旁，用檸檬水淨手，等著做粽子；另一批則是以董氏為頭，在花園裡隨意擺了幾張杌子，手持繡花綳做著五毒荷包。

紀雯想著沈君兮年紀小，手上的針線活肯定不行，於是就拉了拉她的衣袖，悄悄道：「等下我們還是跟著大伯母一起做粽子吧。」

沈君兮自是無所謂，上一世不管是包粽子還是做五毒荷包，她都能算得上一把好手。

但有了之前在女學堂裡習字的教訓，沈君兮知道要學會藏拙。

於是她乖巧地同紀雯道了一聲好，然後一同用檸檬水淨手，卻見著了同樣在銅盆裡淨手的紀雪。

因為之前的那些事，沈君兮已同紀雪心生嫌隙。她知道紀雪不喜歡自己，而自己也沒有去討好一個小姑娘的心思，因此她對紀雪也只是表現出不鹹不淡的樣子。

而紀雪見到她，則是高傲地抬頭，迅速將手抽出銅盆，好似不屑與沈君兮在同一個盆裡洗手一樣。

紀雯見了，安慰沈君兮道：「別往心裡去，她就是這樣的性子。」

「我知道。」沈君兮笑道，但到底不想同紀雯再繼續這個話題。

不一會兒工夫，李嬤嬤就領著廚房裡的人，端上洗淨的粽葉和泡好的糯米，將剝了殼的板栗、去了核的紅棗、醃製好的五花肉等，一一擺到院子的石桌上。

瞧著這一桌紅紅綠綠、顏色十分鮮豔的食材，沈君兮自是心情大好，跟著紀雯一起圍到齊氏的身邊。

一心想要藏巧的她，動作總要慢上紀雯一拍，就像是個什麼都不懂的初學者一樣。

紀雯見著沈君兮將粽葉拿在手中翻來覆去地看，一副無從下手的樣子，就好心地教起她。

沈君兮也是一副虛心好學的模樣，可動起手來，不是粽葉沒裹緊，將米漏了一地，就是直接將那粽葉戳出一個洞來。如此折騰了好半晌，也沒見她包出一個粽子。

「這麼笨手笨腳的，還有什麼好學的？」與沈君兮隔了一張石桌的紀雪瞧見了，自言自語般地出聲嘲笑，還快速包出一個外形還算湊合的粽子，有些顯擺地擺在兩人之間的石桌上。

對於這樣的挑釁，沈君兮當然當作沒有看見。

只是她「笨手笨腳」的樣子，卻遭到了齊氏的嫌棄。

「哎喲，我的好姑娘欸！」齊氏見著沈君兮那撒了滿地的糯米，驚道：「妳就別折騰這些了，這食材都教妳浪費了。」

紀雪聽了，一臉得意地看著沈君兮，而沈君兮也露出惶恐的模樣。

之前還在同文氏和董氏說笑的紀老夫人聽見這邊的動靜，對沈君兮招手道：「妳又在那兒折騰什麼呢？趕緊過來瞧瞧妳二舅母做的五毒荷包，做得可好看了。」

聽紀老夫人這麼一喊，沈君兮自然丟下粽葉，往她身邊跑去。

紀老夫人的膝頭上擺著一只差不多一尺大的竹筐，竹筐裡放著幾個已經做好的荷包，有的是葫蘆狀，有的是貝殼狀，還有的乾脆就是一隻大蟾蜍。

「二舅母的手真巧！」雖然自己以前也是做五毒荷包的高手，但沈君兮一點也不吝嗇地讚美。

坐在樹蔭下繡荷包的董氏笑道：「守姑想要哪一個？」

沈君兮就瞧瞧這個、看看那個，很難取捨的樣子。

陪坐在一旁的文氏就用帕子掩嘴笑道：「我剛說嬸子的手藝好，嬸子還說是我在奉承。您瞧，守姑也和我一樣，挑花了眼呢。」

文氏現在已有了四個月的身孕，肚子微微隆起，行動起來也不似以前那麼輕便，可說起話來還是和以前一樣幽默風趣。

相對於自己的小姑子紀雪，她自然更喜歡沈君兮。

因此，她故意將沈君兮叫到跟前，然後逗著她笑道：「妳先挑，我再挑，如何？」

沈君兮還沒來得及說話，豈料紀雪卻在石桌旁跳起來，很是不滿地嚷道：「憑什麼讓她先挑？往年可都是我先挑的！」

第二十四章

聽了這話，紀老夫人就皺了眉。

站在紀雪身邊的齊氏，卻擔心女兒又因此被紀老夫人責罰，因此當著眾人的面就打了紀雪一巴掌，嚴厲地道：「妳現在是姊姊了，就不能讓著點守姑妹妹？」

紀雪有些不敢置信地捣著自己的臉，道：「我就知道！我就知道！自從她來了後，妳們就不喜歡我了！」

說完，她惡狠狠地瞪了沈君兮一眼，轉頭便跑出翠微堂。

完全沒料到紀雪就此跑掉的齊氏，有些為難地看向紀老夫人。

不料紀老夫人卻雲淡風輕地說道：「孩子做錯事，好好教就是，動不動就打罵的，妳要孩子怎麼受得了？」

聽了這話，齊氏的臉上瞬間脹得通紅。

原來，之前只要紀老夫人責罰了紀雪，她便會在私底下同屋裡服侍的人抱怨這句話。

她沒想到的是，紀老夫人竟然會在這個時候把這句話懟了回來，是不是說自己屋裡發生的那點事，其實老夫人都是知道的？

只是現在也不是讓齊氏追究的時候，她也顧不得那麼許多，就從紀老夫人那裡退出來。

被紀雪這麼一鬧，原本還熱熱鬧鬧的翠微堂一下子冷了下來，之前齊氏領著做粽子的那些僕婦們，也不知道手裡的粽子是不是要繼續做下去？

只有紀雯還在那兒默默地包著粽子。她可是記得每年五月初五的時候，她要跟著母親回舅舅家「躲午」的，送上一盒親手包的粽子，則是她能帶回去的最大誠意。

「別管她們了。」紀老夫人站起身來揮揮手，同沈君兮道：「守姑，外祖母教妳包粽子好不好？」

沈君兮自是滿口應下，然後跟著紀老夫人「學」了幾個後，居然也能順手地包起來。紀雯瞧了，更是嘖嘖稱奇，不免感嘆道：「還是祖母教得好，我剛才費了九牛二虎之力也沒教會守姑裹粽子，沒想到祖母三言兩語就教會了。」

紀老夫人聽著這樣的恭維也只是笑了笑。「是咱們的守姑聰明，做什麼事都只要一點就透。」

一句話說得沈君兮面紅耳赤。她有些後悔在老夫人面前自作聰明地「藏拙」了。

到了五月初五那天，女學堂放了端陽假，而原本熱鬧的紀家也像放假一樣，變得異常安靜。

因為躲午的習俗，出嫁的女兒要在五月初五這天帶著孩子回娘家，齊氏和董氏都帶著孩子回了各自的舅舅家。

而本就寄住在舅舅家的沈君兮卻無處可去，於是一個人鑽進小廚房，繼續做起糕點來。

她跟著余婆子已經學了一個月有餘，自然早就學會了做蟹黃包的訣竅，於是之前她讓珊瑚代筆寫了一封家書，連同那份製作蟹黃包的「秘方」寄給遠在貴州的沈箴。

只是從京城去貴州，一路山高水長的，她也不知道自己的信什麼時候能夠寄到，更不知道父親會不會給她回信？

這幾日，紀老夫人因為多吃了兩個粽子，消化不良的她變得有些茶飯不思。

沈君兮想著山藥糕有著健脾開胃的功效，想做上幾個哄外祖母吃。

只是她這邊剛將做好的山藥糕放上蒸屜，那邊珊瑚便找過來，稱宮裡來了人，讓她趕緊去老夫人那裡。

這個時候宮裡來人，莫不是有什麼賞賜下來？

沈君兮不敢耽誤，叮囑銀杏看著火候，匆匆趕往紀老夫人的正屋。

只是她人還沒進屋，就聽見紀老夫人健朗的笑聲。

不是說宮裡來人嗎？每次宮裡來人，大家不都是一副如臨大敵的模樣，怎麼今日卻顯得這麼輕鬆？

沈君兮撩了門簾進去，卻見紀老夫人笑靨如花，而她下首的圈椅上則並排坐著兩個翩翩少年郎。

三皇子和七皇子？

沒想到在此處竟會見到兩位皇子的沈君兮愣在原地。

紀老夫人聽到聲響，見到站在門廳處的沈君兮，笑著招手道：「咦？我們家守姑突然不認識人了嗎？還不快來見過三殿下和七殿下。」

沈君兮這才醒神一樣地走過去，給兩位皇子見禮。

紀老夫人將她摟到身邊，笑道：「妳姨母出不得宮，兩位皇子便是替妳姨母出來瞧瞧我的。」

沈君兮便再次起身給兩位皇子行禮。

紀老夫人笑道：「今日她們都回外祖家過節去了，我身邊只留著守姑。兩位皇子若是不嫌棄，便留下來與老身一起吃個飯吧。」

一向和顏悅色的趙瑞滿口地應下，然後同紀老夫人聊起這些日子，他在宮內外的所見所聞。

陪坐在紀老夫人身邊的沈君兮不失禮節地微笑著，靜靜聽他們談話，卻時不時地發現趙卓的眼神總是若有若無地瞟向自己。

而當她回看過去，趙卓又會若無其事地看向其他地方，好似剛剛看向她的那一眼，只是不小心瞟過而已。

沈君兮在紀老夫人的身邊陪坐了片刻，便開始惦記著放上蒸屜的山藥糕來。於是她同紀老夫人告退，離開正房。

小廚房裡已經瀰漫山藥糕的香甜味，而銀杏也正將沈君兮之前放上鍋的蒸屜小心翼翼地取下來。

原本白白的山藥糕，因為被沈君兮特意摻了山楂、玫瑰、紫薯和茶等物，呈現出或紅、或紫、或綠的顏色；再加上形狀各異的雕花模具，做出的山藥糕既精緻又小巧，自然與別處的不同。

見到沈君兮過來了，銀杏有些興奮地道：「姑娘，您的手藝是越來越好了，光看這山藥糕的樣子，就能教人流口水。」

「妳不用光給我說好聽的。」沈君兮笑道：「老規矩，最下面那一屜是留給妳和來旺嫂子的。」

銀杏連連稱謝。現在整個紀府裡的丫鬟、婆子最羨慕嫉妒的，就是她和來旺家的了，不僅平日活兒輕鬆、服侍的姑娘脾氣好，三不五時還能得到類似今日這樣的好處。

沈君兮取了個甜白瓷盤，用筷子將那些山藥糕一個個地挾到瓷盤中，準備端到紀老夫人的跟前去。

「姑娘、姑娘，貴州來信了。」鸚哥好似一隻小喜鵲似的，拿著一封信，喜洋洋地從外面飛奔進來。

只是她還沒跑到小廚房，卻見肩頭白光一閃，手中的信就不翼而飛了。

鸚哥還傻傻地在原地看著已經空空如也的雙手，信件已經被小毛球送到沈君兮的手中。

她放下手中的甜白瓷盤，先是撫了撫小毛球的背，然後從灶臺的案板上拿起一小片烤肉餵牠。

這些日子，沈君兮才發現小毛球不只對白斬雞感興趣，所有燒熟的肉，牠好像都挺喜歡。

見著信封上熟悉的字跡，沈君兮有些難掩內心的激動，趕緊在小廚房裡尋了一處明亮的地方坐下，起了火漆，拿出信紙讀起來。

沈君兮的信讓沈箴很意外，也讓他連夜讀了三次女兒的信，並按照沈君兮信裡的法子，讓廚房做了那道蟹黃包。

而這幾個蟹黃包，竟讓這堂堂的七尺男兒，吃得淚流滿面。

因為那熟悉的味道，不禁令他想起了嬌妻紀芸娘，更讓他回想起與芸娘在一起時的點點滴滴。

沈箴在信中得知沈君兮在紀家過得不錯，深受紀老夫人疼愛，終於將之前一直懸著的心放了回去。

他在信中更叮囑沈君兮，如果在京城覺得手裡的錢不夠花了，盡可找帶她去京城的黎管事黎子誠。

因為考慮到自己要遠調貴州，而芸娘的陪嫁遲早也是要交給女兒的，所以在沈君兮離開山西的時候，沈箴便將紀芸娘名下的陪嫁都交給黎子誠，讓舅兄紀容海找人幫忙打點。

而紀容海覺得黎子誠為人不錯，將這件事交給黎子誠打理。

沈君兮看著父親的來信，卻是啞然失笑，也覺得濃濃的父愛從這字裡行間滿滿地溢出。上一世，她總覺得父親對自己的關心不夠，現在回想起來，自己這個女兒是不是當得也不夠稱職呢？

「妳怎麼了？」就在她沈浸在信中不能自拔時，卻聽見一個少年的聲音。

她抬頭看去，只見趙卓站在小廚房外，看向她的眼神好似帶著一絲擔憂。

之前還在沈君兮懷裡的那隻小毛球，不知什麼時候跑到趙卓的肩頭上，顯然已經將趙卓當成了老熟人。

「我沒事呀！」沈君兮慌忙將父親的信塞到袖子裡，站起身笑道。

趙卓卻有些不信地指了指自己的臉頰。沈君兮慌忙朝自己的臉頰摸去，這才發現臉頰上竟然掛滿了淚水。

沈君兮用袖口胡亂擦了一把臉，正欲說些什麼，卻不料他面帶訝色地走進小廚房，並饒有興致地察看起來，目光很快就被沈君兮擱在案板上的山藥糕所吸引。

他指著那些造型各異，顏色卻十分鮮豔亮眼的山藥糕，道：「這就是妳剛才同老夫人說的山藥糕？」

沈君兮笑著點點頭。

「我能嚐一個嗎？」趙卓看向其中一個通體碧綠、樹葉形狀的山藥糕，暗想著這會是什麼味道？

沈君兮自是點頭，就在她去尋筷子的時候，不承想趙卓將那塊山藥糕捏起來，整個塞進了嘴中。

雖然這些糕點都不大，但要一口吞下，恐怕還是有些困難的。

見他有些吞嚥困難的樣子，沈君兮又連忙斟了一碗茶過來。「配著這個茶水，可能更好吃……」

已經噎得有些說不出話的趙卓也顧不得許多，從沈君兮手中接過茶盅便牛飲下去。

讓他沒想到的是，在這杯茶的配合下，那塊山藥糕竟然變得綿軟起來，而那口感更是有別於之前嚐過的任何一塊山藥糕，真是讓人回味無窮。

只是他想著自己剛才的窘態，也不好意思再嚐上第二塊，只得岔開話題道：「妳剛才怎麼了？為何一個人坐在這裡哭？」

「我？」沈君兮想起自己的樣子，笑道：「我父親從貴州來信了，看著他的信，就有些情不自禁……」

趙卓有些不信地打量她，見她的臉上並沒有什麼哀戚之色，這才相信她說的話。

沒多久，紀老夫人那邊開始傳飯，沈君兮同趙卓一前一後地回了紀老夫人的正屋。

見到久去不回的趙卓，趙瑞打趣道：「不是說去更衣嗎，怎麼去了這麼久？不是迷路了吧？」

趙卓對這樣的打趣並未回話，隨後，沈君兮就端著山藥糕走進來。

對於之前沈君兮所說的山藥糕，趙瑞是沒有多大興趣的。

在他看來，這天下的糕點做得再好，也比不過御膳房。

可他一見到沈君兮手裡那盤顏色各異的山藥糕，不免也「咦」了一聲。

都說御膳房的師傅們心思細膩，總能別出心裁地做出些新菜式，可這樣的山藥糕他還是第一次見到。

沈君兮將那些山藥糕端至紀老夫人身旁，笑道：「外祖母這些日子總是有些茶飯不思的樣子，我琢磨著可能是積了食，才特意做了這些好消化的山藥糕。」

聽沈君兮這麼一說，紀老夫人心裡可高興壞了，忍不住摟了她在懷裡誇道：「外祖母就知道，沒白疼妳一場。」

然後便牽著沈君兮的手，招呼趙瑞和趙卓入座，而沈君兮帶來的山藥糕也特意被紀老夫人叮囑著端上飯桌。

雖然吃飯的只有四個人，可因為是招待宮裡來的三皇子和七皇子，紀家廚房並不敢怠慢，像香酥鴨子、燜黃鱔、鍋燒海參等這樣的大菜都被端上桌，滿滿當當地擺了一大桌。

紀老夫人還特意讓人拿了雄黃酒來，待這一桌飯散去時，大家都喝得有些微醺。

趁著酒興，趙瑞卻同趙卓商量起等會兒去北苑運河看賽龍舟。

沈君兮坐在一旁聽著，眼中卻露出說不出的羨慕。

上一世，京城還沒有被那些流寇侵占時，順天府在每年五月初五會在北苑的運河舉行龍舟賽。每逢這時，有頭有臉的人家一早便訂好酒樓包廂，以便家中女眷觀賞龍舟賽。

也正是如此，臨江的那幾家酒樓每逢此時便坐地漲價，甚至擺出「價高者得」的競價態勢，可即便是這樣，也總有人家願意在這天一擲千金。

只是這樣的熱鬧，對於平日便有些入不敷出的延平侯府來說，卻是湊不起的。於是身為傅家的女眷，前世的沈君兮只能笑稱自己不愛湊熱鬧，而傅辛則是跟著平日的好友一起去蹭別人家的包廂，然後喝得醉醺醺地回來，再和沈君兮大說特說他遇到的見聞。

因此，沈君兮對這北苑河裡的龍舟賽，是既陌生又熟悉，心中既嚮往又壓抑。

正同趙卓說在興頭上的趙瑞看了沈君兮一眼，突然道：「沈家表妹要不要與我們同去？」

「我？」沈君兮自是嚇了一跳，不敢擅自作主，看向了一旁的紀老夫人。

今日紀老夫人心裡高興，見著她眼裡的渴望，想著她這是到京城的第一年，沒見過賽龍舟，心裡好奇也是應該的。

於是她逗著沈君兮道：「守姑想不想去看？」

沈君兮點點頭，又搖搖頭，一時也拿不定主意。

紀老夫人瞧著，哈哈大笑起來。

然後她瞧向身旁的趙卓和趙瑞道：「我要是將守姑託付給你們，你們能將人毫髮無損地帶回來嗎？」

趙卓還有些猶豫，沒想到趙瑞卻是拍著胸脯保證。「我們帶了那麼多侍衛出宮，如果連小表妹都照看不好，我讓這些侍衛提頭來見！」

紀老夫人瞧著趙瑞的模樣，卻是搖頭道：「雖說這京城裡的治安比別處都要好，可一樣有拍花黨橫行，每年這個時候都能聽聞有幼童和女孩子被拐的消息，真要是把人弄丟了，我要那幾個侍衛的頭有何用？」

沒想到這時趙卓站起來，對紀老夫人一拱手，道：「老夫人若是信得過我們兄弟倆，我定跟在小表妹身邊寸步不離。」

第二十五章

紀老夫人聽了，這才微笑著點點頭。

然後她和顏悅色地同沈君兮道：「換一身男孩子的衣裳，跟著哥哥們出去長長見識也好。」

聽紀老夫人這麼一說，沈君兮自然不再推辭。

而李嬤嬤則是找來一件紀晴當年穿過的月白色杭綢直裰給沈君兮換上，然後將她的髮髻散掉，像男孩子那樣只在頭頂綰了個髻，又給她尋了一雙小皂靴，不一會兒工夫，一個粉妝玉砌的小公子就出現在眾人眼前。

紀老夫人瞧著俏生生的沈君兮，不住點頭，並囑咐她一定要跟在兩位皇子的身後，不要亂跑；又叮囑兩位皇子，一定不能弄丟了沈君兮。

三人在紀老夫人跟前一再保證後，才坐上馬車出門。

紀老夫人猶不放心地讓李嬤嬤去尋幾個身手敏捷的人跟著。

李嬤嬤笑道：「早知道會讓老夫人這樣牽腸掛肚，那還不如讓表姑娘在屋裡待著安心呢！」

沒想到紀老夫人卻嘆道：「我照應不了她一世，但她的這些兄弟姊妹們卻可以。趁她還年幼，多與三皇子、七皇子他們多相處，多一些兄妹情誼，對守姑將來只有好處沒壞處。」

「老夫人還真是深謀遠慮。」李嬤嬤感慨著。「希望將來表姑娘能體會您老人家的這番用心良苦。」

紀老夫人也笑道：「別人我不敢說，但心細如守姑，她一定能感受到的。」

第一次嘗試以男裝上街的沈君兮有些難掩興奮。她終於可以不用端坐在車內裝閨秀，而是隨心所欲地趴坐在車窗旁，撩開窗簾，毫無顧忌地看著街上熙熙攘攘的人群。

誰教她還是個孩子呢，而且還是個「小男孩」！

對於她的「囂張」，趙卓和趙瑞兩兄弟只是寵溺地一笑，全當沒看見，只是叮囑她，等下人多的時候要跟緊他們。

沈君兮忙點頭應下，繼續看著車外的風景，笑意盈盈。

可當馬車走到北苑街口的時候，卻因為街上人山人海，不能繼續往前走，趙瑞就提議下車徒步前行。

趙卓沒有異議，跟著趙瑞下車，不忘回頭照看跟在身後的沈君兮。

好在沈君兮的身手也算索利，還不待跟車的小廝擺好矮凳，她就和他們一樣撐著車架跳下來。

莫名地，趙卓便想起之前她穿著長裙爬花牆的那一幕。她還真像是個「假小子」！

北苑街上的人很多，即便前方有身著便衣的侍衛開道，可熙熙攘攘的人群總是像潮水一樣地湧過來，輕易地將他們這群人給沖散。

因為才七歲的年紀，沈君兮擠在人群中，就好似被一堵堵的高牆所圍住，既看不見前頭，也見不著後頭。

忽然間，她就有些急了起來。

雖然前世在京城也生活過近十年，她不可能在街上走失，可與三皇子他們走散，也是件麻煩事。

就在沈君兮東張西望，尋找趙瑞和趙卓二人的時候，人群中突然伸出一隻手，拽住了她！

沈君兮心驚地看過去，只見一個穿著松綠色潞綢褙子的婦人，死死地扣住她的手，並大聲道：「少爺，那邊人多，還是跟嬤嬤回去吧！」

沈君兮當場就懵了。這是什麼情況？這婦人認錯人了嗎？

她猛甩著自己的手，想將那婦人的手給甩出去，並大聲道：「妳是誰？我不認識妳！」

「少爺，您怎麼能說不認識嬤嬤呢？」見路人朝他們看過來，那婦人笑道：「平日又不是不帶少爺出來玩，只是今日實在人多，我這不是怕走丟了，才要帶少爺回家的嗎？而且嬤嬤給少爺做了最愛吃的桂花糕。少爺乖，趕快跟著嬤嬤回去吧！」

說完，沈君兮感覺自己的手臂被抓得越發緊了，而且對方故意將指甲掐進自己的肉裡，讓她生疼。

這人怎麼回事？自己都說了不認識她，為何還要同自己在這裡糾纏不清？難不成自己遇到拍花黨了？

瞬間，沈君兮一個激靈，渾身忍不住打了個寒顫。
「都說了我不認識妳！」察覺危險的沈君兮對那婦人又咬又踹，希望對方能吃痛而放了自己。
那婦人顯然也是老手，見沈君兮這個樣子，不斷大聲喊：「少爺不要任性！」
路人就算有心生好奇的，聽那婦人如此一說，也紛紛避讓開去，畢竟六、七歲的孩子當街撒潑的事情常有。
眼見自己躲不過去，沈君兮更是急得哭起來，陡然生出一股叫天天不應，叫地地不靈的悲涼。
那婦人見勢就要抱走沈君兮，而沈君兮則乘機抱住街旁的一棵小樹，期盼有人來解救自己。
那婦人彎下身子，湊到沈君兮的耳邊悄聲道：「你就別白費力氣了，沒人會來救你的！你今日跟我走也得走，不跟我走也得走，乖乖聽話的話，三娘我還可以免你一頓板子！」
「呸！」沈君兮想也沒想就往那三娘的臉上吐了一口唾沫。「我才不會跟妳走呢！」
「嘿，你個臭小子，敬酒不吃吃罰酒是吧？」氣急敗壞的三娘胡亂用袖子擦了擦臉上的口水，伸手就要打。
而沈君兮則是硬起脖子，絲毫沒有躲閃之意。
可三娘的手舉在空中，半天都沒有落下來。
只見她盯著沈君兮耳垂上的耳洞，道：「怎麼是個女娃兒？」

然而也不等沈君兮說話，更笑道：「女娃兒更好！像妳這麼嫩的女娃兒賣到天香樓裡，怎麼也能賣上個十兩銀子吧！」

聽了這話，沈君兮更是瞪大了眼睛！

就在這時，只見三、五個大漢圍過來。見那身形，沈君兮以為是三皇子或七皇子身邊的侍衛找過來，正要開口呼救時，卻聽其中一人開口道：「三娘，這大半天了，妳就盯了這一個小子？」

怎麼，他們是一夥的？

沈君兮心底剛升起的那點希望，就這樣倏地被掐滅了，心裡更是忍不住咒罵起來。那個在老夫人面前發誓說要看住自己的人呢？怎麼這會兒完全不見了蹤影？

早知道這樣，她就該乖乖地待在後院，而不要出來看什麼龍舟了。

「只盯了這一個？」三娘卻反駁道：「這可是個雛，遠比那些臭小子們值錢多了！」

三娘的幾個同夥一聽，頓時眼裡放光地圍上來。

沈君兮閉上眼睛，死命地抱著那棵小樹，在心裡大叫：我命休矣！

就在此時，突然聽一個少年道：「你們給我放開她！」

是七皇子！

沈君兮馬上瞪大眼睛，果然見到趙卓滿頭是汗地站在那兒，顯然是才心急火燎地尋了過來。

「七……七哥！」沈君兮硬生生地嚥下「殿下」二字，而是改口叫了七哥。

趙卓給了她一個少安勿躁的眼神，然後一臉厲色地道：「光天化日之下，竟然敢當街搶小孩，你們眼裡還有沒有王法？當順天府的官差都死了嗎？」

聽了趙卓的話，那些人不但沒有害怕，反倒與三娘調笑道：「三娘，我發現妳今天的運氣不錯呀，不但遇著能掐出水的小丫頭片子，就連遇上的少年都是細皮嫩肉的，這要都賣到勾欄裡能換不少錢吧！」

生來英俊的趙卓最恨的就是別人說他長得細皮嫩肉，沒有陽剛之氣，聽對方如此一說，他便從懷裡摸出個彈丸。只見他將彈丸外面的一截短線一拉，往空中一拋，那彈丸便啪的一聲炸了，發出好大的聲響。

「這小子搬救兵了！」有人道：「趁來人之前，趕緊將他們二人給抓了！」

說完，那人就往趙卓的後領抓去。

從頭到尾都死死抱著樹的沈君兮大驚失色地喊道：「七哥！當心身後！」

然而還不等她喊完，只見趙卓一彎腰，漂亮地避過對方伸過來的手，又從對方的手臂之下穿過，一個躲閃就跳到對方身後，豎起一記手刀砍下去，竟然將對方砍了個雙腿發軟、眼冒金星，並因此踉蹌好幾步。

若不是要死死地抱著那棵樹，沈君兮都忍不住要跳起來拍手叫好了。

對方一見趙卓的身手明顯是練家子，收了先前那份輕慢之心，擺出要同他好好幹上一架的架勢。

沈君兮瞧著這樣子，嚇得不敢說話，緊張地咬住自己的下唇，一雙眼死死地盯住趙卓，生怕他一個不小心便被對方弄傷。

不料趙卓卻是微微一笑，將直裰的前襟撩起來別在腰間，紮好馬步，還手心朝上衝著那些人招了招，滿臉不屑。

對方頓時就被趙卓的輕慢模樣給惹怒了，三、五個大漢叫囂著一哄而上。

因為有人在打架，之前將整條大街都堵得死死的人群，一下子就朝四面八方散開，立即留出一大塊空地，讓趙卓頓時施展開了拳腳。

只見他像隻魚似地在大漢之間靈活遊走，一下踢這個一腳，一下打那個一拳，一招一式都有章法，絲毫不見凌亂之勢。

對方雖然有三、五個人，一看那拳腳便知都是憑蠻力的人，雖然也想出手攻擊，無奈趙卓的身形卻太過靈活，打出去的拳不但沒有傷到他分毫，反倒可能被趙卓四兩撥千斤地招呼到同伴身上。

因此，他們打了好一會兒，只聽那幾個大漢此起彼伏地叫著，卻絲毫不能打到趙卓半分。

三娘見她這一方漸顯劣勢，便用力地扯起沈君兮的手臂。在她看來，根本沒有戀戰的必要，能弄走一個算一個。

還在看戲的沈君兮急了起來，大聲喊道：「七哥、七哥，快來救我！這惡婆娘又要拉我走了！」

與那三、五大漢鬥得正酣的趙卓一聽到沈君兮的呼喚，趕緊回過頭來要阻止三娘，只是這樣一來難免分心。那幾個大漢以為有機可乘，一人更是解下腰間的褲腰帶，自己抓了一頭，將褲腰帶另一頭丟給同伴，想要借此拉網來捆住趙卓。

沈君兮見了，大喊一聲「小心」。

與此同時，趙卓俯身一滑，從那條褲腰帶下擦身而過，然後一抬手，勾住那條褲腰帶，用力一扯。沒想到他會有這麼一招的兩人一時不備，就這樣被趙卓扯得對撞，眼冒金星。

說時遲那時快，趙卓反手一抽那條褲腰帶，順勢用那褲腰帶將二人捆了起來，扔在一旁。

解決掉這兩個蟊賊後，趙卓打得更得心應手了。

不過是三下五除二的工夫，剛才叫囂的幾個賊人，這會兒全倒在地上哭爹叫娘。

三娘一見這架勢，也顧不得沈君兮了，撒腿就跑，不料慌不擇路的她竟結結實實地撞進一堵肉牆裡。

被撞的那人見懷裡莫名其妙地多了一個女人，自是高舉雙手道歉。

趙卓大喝一聲。「席楓！抓住那婦人！」

還想顯出君子風範的席楓一聽，像拎雞仔似地將三娘拎起來，並扔回了那群蟊賊之中。

見著那些痛得滿地打滾的蟊賊，席楓不禁挑了眉。「公子，這些都是您一人抓的？」

「怎麼，瞧不上我？」趙卓卻是瞪眼道：「倒是你們，怎麼這麼久才來？」

席楓搔了搔自己的頭。「這一路上人實在太多了，屬下幾個也是費了好大力氣才擠過來的。」

本想繼續質問的趙卓卻鬼使神差地瞧了沈君兮一眼，見她此刻正瞪大眼睛瞧著自己，收了心中的火氣，指著還躺在地上的幾人，道：「這幾個人都給我解決一下，把他們都給我送到順天府去，讓順天府的人好好查一查，看看他們還有沒有什麼同黨、最近有沒有偷盜其他人家的孩子？」

席楓一臉正色地稱是，帶著手下將那幾個人押往順天府。

擺平了那些拍花子後，趙卓走到沈君兮身邊，伸出手來。

沈君兮看著他的手很是白皙，修長的手指更是骨節分明，手掌裡的紋路清晰可辨，以至於她清楚看到一條橫紋直穿他的手心，好似將他的手掌一分為二。

對相學只是一知半解的沈君兮卻知道，這叫做斷掌紋。

男兒斷掌千斤兩，女子斷掌過房養。若是女子長了這種掌紋，就會被說成是剋夫的命，若是男子，會被認為能幹一番大事業！

身為皇子的趙卓，卻有這樣的斷掌紋……可對他而言，什麼樣的事才能被稱為大事業呢？

沈君兮有點不敢繼續往下深想。

見她盯著自己的手掌看了半天，卻沒有反應，趙卓皺了皺眉道：「把妳的手給我，這裡人多，免得一會兒又走散了。」

沈君兮便將手放進趙卓的手心裡。

就在她剛剛搭上的瞬間，趙卓便握住她的手。沈君兮只感覺淡淡的暖意從趙卓的手心傳過來。

「我們得快點。」他緊緊握住沈君兮的手，神色凝重地道：「聽到那喊得震天響的號子聲沒？恐怕龍舟賽已經開始了。」

沈君兮也跟著急切起來。她默默地反扣住趙卓的手，一路小跑地跟在他身後，生怕因為自己而讓趙卓誤了看龍舟的時機。

握著沈君兮那溫溫、軟軟的小手，趙卓的心裡卻浮起一層異樣感覺。這感覺很陌生，卻又讓他覺得甜蜜。

就這麼一遲疑，原來跟在身後的沈君兮卻跑到他身前，扯著他的手急道：「七哥、七哥，你倒是快點呀！」

他們的手握在一起，都變得有些潮潮的、滑滑的，沈君兮再一用力，險些將手抽開了。

趙卓只感覺心裡好似突然被人抽去了一塊，心生不捨的他立即又握緊她的手，有些慌亂的心瞬間又安寧下來。

第二十六章

永清侯世子吳恒是趙瑞身邊的侍讀，為顯闊綽，他一早便包下了八仙樓三樓最好的一間包廂。

在這間包廂裡，不僅能看到龍舟賽的起點，也能看到終點，坐在酒桌旁便能一邊喝酒，一邊將賽事輕鬆收入眼中。

有這樣的好事，吳恒自然不能一個人獨享。

他特意叫了桌酒席，然後將上書房裡的同窗好友都請來，裡面就包括同在上書房裡讀書的三皇子和七皇子。

待沈君兮跟在趙卓身後，踩著漆了黑漆的木質樓梯爬上三樓的時候，包廂裡早已熱鬧非凡。

趙卓有些不捨地鬆開她的手，叮囑道：「裡面都是一些王公貴族的子弟，有的說起話來有些信口開河、無邊無際，所以不管他們說什麼，妳都不用搭理他們。」

沈君兮點點頭，斬釘截鐵道：「我只同三殿下和七殿下說話。」

趙卓很滿意地點點頭，示意沈君兮跟在自己身後進入包廂。

果如沈君兮之前猜想的那樣，包廂裡全是人，一群十三、四歲的少年聚在一起，各有各的談資。

皇子說話。

趙卓剛一進入，便有人打趣道：「七殿下可是遲到了，等下可要自罰三杯。」屋裡一下子就變得安靜，更有人為那開口打趣的人捏了把汗。

他們這些人都是趙卓的同窗，自然知道他平日是個不苟言笑的人，也沒有人敢這樣同七皇子說話。

讓所有人沒想到的是，這個私下被他們稱作「冰美人」的趙卓卻是淺淺一笑，心情很好地應道：「三杯就三杯，就是三壺我也奉陪得起。」

此話一出，包廂內為之譁然，氣氛也一下子被帶動起來，就連趙瑞也顯得意外。

只有沈君兮一個人呆呆地站在那裡，不知剛才到底發生了什麼事，怎麼這群人都是一驚一乍的樣子？

不過這些本也不是她來這兒的目的，聽到窗外江上傳來的號子聲，她有些好奇地跑到窗邊，趴在窗臺津津有味地看起來。

五月的日頭很好，將江邊的風景照得花紅柳綠，更有習習涼風自江面緩緩吹來，讓人覺得既舒服自在。

聽著江面上「砰砰」的鼓點聲，伴著「嘿喲嘿喲」的號子聲，只見一船船赤裸著上身的精壯漢子，以整齊劃一的動作奮力地划著船槳，那富有力量又滿是汗水的肌肉在陽光下黝黑發亮，惹得對岸秦樓楚館裡的女子們驚叫連連。

沈君兮撐著頭想，難怪每年那些夫人、太太們總是熱衷於龍舟賽，恐怕一年之中，只有這個機會才能讓她們在光天化日之下，明目張膽地看男人吧！

此時，趙卓突然湊過來道：「用這個看吧。」

沈君兮抬頭看去，只見他手中拿了一個不知從什麼地方弄來的千里眼。

見她遲遲沒有伸手來接，趙卓以為她不知道千里眼是什麼，於是示範地拿著那千里眼的一端在自己眼前晃了晃，道：「這樣能看得更遠、更清楚。」

看著趙卓一臉認真的表情，沈君兮微微一笑，從他的手中接過千里眼，手指更是不經意地從趙卓的手心劃過。

之前那痲痲癢癢又讓人有些心動的感覺，再次撓過趙卓的心底，讓他原本平靜的心湖，好似被人扔進去一顆小石子般，頓生波瀾。

可沈君兮對這一切絲毫沒有感覺。

她拿起那只千里眼，掃視起江面上的那些船隻來。

趙卓則是看著她的側顏，和她那似包子一般鼓起的臉頰，入了神。

「誒，想什麼呢？我和你說話也不理我！」今日作東的吳恒突然拍了一把趙卓的肩膀，大聲道：「下個彩頭吧，你覺得今天哪支船隊會贏？」

若是在平常，趙卓肯定平淡地說自己不知道，但今天卻破天荒地問起身邊的沈君兮。

「妳覺得呢？」

突然被問到的沈君兮一時也無措，但她隱隱記得，前世大家都說大黑山的船隊很厲害，於是看向吳恒道：「有沒有一支叫做大黑山的？」

「大黑山？」吳恒好似突然被沈君兮給問住，低頭找著手裡那份船隊的花名冊，終於在一個不起眼的位置找到了「大黑山」三個字。

「有是有，不過就是名不見經傳……」吳恒碎碎唸著，心中更是暗暗奇怪，眼前這個小孩是從哪兒得知這三個字的？

「那就選大黑山吧！」沈君兮有些興奮地說道。

「選大黑山？」吳恒挑了挑眉，看向趙卓，神情彷彿在說：這事還得你自己拿主意。

趙卓看著沈君兮神采奕奕的眼神，突然有點理解當年烽火戲諸侯的周幽王。

「那就選大黑山吧！」他也跟著笑道：「不就是圖個樂子嗎？」

吳恒像是看怪物一樣地看了眼趙卓，又看了看沈君兮，然後拿出一張寫了些字的白紙出來，讓趙卓在上面簽字畫押。

沈君兮有些好奇地瞟了一眼，發現那是一張買定離手的字據。

原本以為這些公子哥兒湊一塊兒只是小賭怡情，卻沒想到他們一場賭約的賭注竟然高達上千兩！

沈君兮就有些後悔起來。「大黑山」是很厲害，可那也是十年後的事，誰知道他們這個時候厲不厲害？

他們若是沒有取得頭名，是不是七殿下就要為此損失千兩白銀？

一想到這兒，沈君兮心裡揪著疼，看向江面的眼神也變得熱切起來。

只是江上參賽的船隻很多，而且顏色不是紅便是黑，混在江面上，誰也分不清是誰。

這讓沈君兮更加焦慮起來。

趙卓見她自剛才起就拿著個千里眼在江面上搜來搜去的樣子，不禁奇道：「妳在找什麼？」

「大黑山啊！」沈君兮頭也沒抬地說道：「我得盯著他們，看著他們取勝啊！」

沒想到趙卓聽了這話，忍不住笑著收了她手裡的千里眼，道：「隨他們去吧，本就是圖個樂子，妳還當真了？」

沈君兮很想說自己真的當真了，畢竟那是一千多兩銀子！

不過見這屋裡的人都覺得這不是什麼大不了的事，她也不好表現得太明顯。

而且之前同她一樣站在窗邊看龍舟賽的少年都已散去，三三兩兩地坐在一起，竟然行起了酒令。

他們的酒令是先抽籤，被抽到的人要背一首與「端午節」相關的詩，背不上來的，可以自己現作；如果現作也作不出的，便要罰酒一杯。如果背出來了，則是抽籤的那人代喝一杯。

沈君兮覺得有趣，在窗邊尋了個位子坐下來，既可以看到運河裡賽龍舟的情況，也可以看到包廂裡行酒令的樣子。

待吳恒說清楚規則之後，就有人摩拳擦掌，躍躍欲試。

可在那之前，吳恒卻提著酒壺走到趙卓身邊，道：「之前就說好的，遲到的自罰三杯。」

沈君兮一想，趙卓是因為去救自己才遲到的，想站起來為趙卓辯解幾句，不料趙卓卻乾脆地接過酒盅，連飲三杯，末了還將酒盅倒過來，示意自己滴酒未留。

「好！」屋裡就有人喝彩。

沈君兮在趙卓的身旁滿是委屈地道：「都是我不好……」

趙卓卻扭頭看向她，然後唇角彎彎地搖頭，道：「沒關係，今天我高興。」

沈君兮一想也是，他們今日同窗相聚，開懷暢飲也是應該的，索性坐在一旁不說話。

吳恒他們那邊已經將酒令行了起來。他們一連抽了四、五輪，卻都是喝酒的多，背詩的少，讓沈君兮不免有些奇怪。這群公子哥兒平日難道都不讀書的嗎？與端午相關的詩句不應該是信手拈來嗎？

就在她頗為不解的時候，突然聽見吳恒哈哈大笑。「終於抽中了！」

說著，他將那支籤拿到趙卓跟前晃了晃，沈君兮也偏過頭看，只見那竹籤上寫的正是個「卓」字。

「背詩還是喝酒？」剛罰過一杯的吳恒笑咪咪地看著趙卓，也不待趙卓回答，就幫他把酒都斟好了。

趙卓看著吳恒，默默接過那杯酒，卻慢慢開口道：「重五山村好，榴花忽已繁。粽包分兩髻，艾束著危冠。舊俗方儲藥，羸軀亦點丹。日斜吾事畢，一笑向杯盤。」

背完這首陸游的〈乙卯重五詩〉，趙卓便將酒盅推到吳恒的面前，做了個相請的手勢。

吳恒一臉失望地接過酒盅，一口飲盡，幽怨地看著趙卓道：「不仗義啊，不仗義啊！」

說著，他又將那抽籤的竹筒往趙卓跟前一拍，道：「輪到你了，這屋裡你最想讓誰喝酒？」
趙卓卻只是笑笑，沒有說話，從竹筒裡抽出一支「兮」字的竹籤來。
沈君兮看著這支籤，卻好奇地瞪著眼。難不成這屋裡還有一個名字中帶「兮」的人？她沒想到的是，剛才還如沐春風的趙卓一下子就黑了臉，「啪」地折斷那根竹籤，順勢扔出窗外，然後接過吳恒手裡的酒壺和酒盅給自己倒了一杯，環視屋裡的人，道：「我不管那支籤到底是你們誰扔進去的，但她還是個孩子，不適合跟我們一起行酒令。」
說完，就將手裡的酒一飲而盡。
站得最近的吳恒自是感覺到趙卓身上的怒氣，於是打著圓場道：「是我一時疏忽，確實不適合、確實不適合，我也自罰一杯。」
說著，吳恒也給自己倒了一杯，算是把這事給圓過去。
趙卓又把那筒籤拎到沈君兮的跟前，柔聲道：「隨便拿一根吧。」
那語氣，和善得根本不像剛剛發過怒氣。
沈君兮有些怯怯地從竹筒中抽出一根籤來，不料站在她身前的吳恒卻捣著臉驚叫。「怎麼又是我？」
沈君兮這才發現，那根竹籤上寫的是個「恒」字，跟著掩嘴笑起來。
就她這樣一個動作，卻讓趙喆饒有興致地看向趙卓。
原來這個看上去粉嘟嘟的小公子，竟然是個女孩子。
難怪老七會如此袒護她。

只是趙喆沒說破，依舊同大家一起說笑起鬨，就像什麼都沒發生一樣。

這樣熱熱鬧鬧地又玩了半個時辰，龍舟賽的終點那邊卻突然爆起此起彼伏的鞭炮聲，顯然是龍舟賽有了最後結果。

不一會兒工夫，之前被吳恒派出去守消息的小廝一臉奇色地跑回來，大家紛紛問起最後的名次。

那小廝也顧不得口乾舌燥，扯著嗓子道：「今年爆了個大冷門，不知從哪裡冒出個大黑山，竟然將年年第一的董家船隊給擠下去！」

「你說什麼?!」擔心了好半晌的沈君兮突然跳起來問道：「你剛才說是哪裡的船隊得了第一？」

突然被這麼一問，小廝變得有些結巴起來，但還是磕磕巴巴地把「大黑山」的名頭報出來。

這一下，滿屋子的人都看向趙卓和沈君兮。

因為依照往年的慣例，他們都是將錢押在董家船隊，和多年來與之匹敵的公主府船隊上，現在突然冒出個大黑山，是說他們全都輸了，反倒是之前覺得有些傻的趙卓成了唯一贏家。

他們這一屋少說也有十七、八人，就算每人押一千，趙卓一口氣就賺了一萬多兩銀子！可有的人押的還不止這個數呢！他們之中便有人羨慕得眼睛都綠了。

回紀府的路上，聽著趙瑞打趣趙卓，沈君兮才知道，因為買了大黑山船隊，趙卓一口氣就賺了兩萬一千兩銀子，聽得她咋舌。

這幫天潢貴冑真是會玩，不過就是看個龍舟賽而已，竟然會有這麼大輸贏。

將沈君兮送回紀府後，大家都很有默契地沒有提及遇到拍花黨的事。

當紀老夫人問起龍舟賽好不好看時，沈君兮都是甜甜地笑答賽龍舟很有意思。

見已將沈君兮平安送回紀府，趙瑞便同紀老夫人告辭。「天色不早了，若不趕著回去，恐怕宮門都要關了。」

宮裡都是戌初落鑰，關了宮門後，沒有昭德帝的旨意，任憑是誰都不能隨意進出宮門。

紀老夫人自然不好再虛留二人，便叫人送兩位皇子回宮。

當他們二人在二門處登上馬車時，卻聽沈君兮氣喘吁吁地喊道：「稍等，稍等一會兒！」

趙瑞便命人停住馬車，撩了車簾道：「怎麼了？」

還穿著那身直裰的沈君兮遞上一個大食盒，道：「感謝兩位兄長今日對守姑的照顧，這些都是我親手做的，兩位兄長若是不嫌棄，便拿在路上充飢吧。」

趙瑞笑著將東西接下，趙卓則是乘機給隨車的那小廝使了個眼色，小廝便故意落下幾步，待馬車走後才悄悄地塞給沈君兮一個荷包，道：「我們家殿下說，這是姑娘應得的。」

然後也不待沈君兮反應，便追著那馬車一路小跑而去。

沈君兮瞧著手裡莫名多出來的荷包，隨手捏了捏，感覺還挺厚。

她低頭看了一眼，發現裡面是五百兩一張的大銀票！

在回宮的路上，趙瑞就有些好奇地打開沈君兮送來的食盒，只見裡面裝著一些粽子和山藥糕。

趙瑞同趙卓笑道：「咱們這個小表妹還真有點意思，別瞧著她看上去只是個小孩，辦起事來倒挺像那麼回事的。」

趙卓聽了笑笑，沒有說話，可他藏在袖口裡的手卻悄悄地摩挲著，靜靜地回味之前與沈君兮牽手時的感覺。

「不過……你說我們是不是也要送點什麼回禮？」對於趙卓的沈默，趙瑞習以為常，繼續自言自語道：「這來而無往非禮也，她送了我們一些粽子和山藥糕，不如我們也送點御膳房的糕點好了。」

「不妥，」原本一直沒什麼反應的趙卓卻道：「她送我們的，可都是親手做的東西，我們送些御膳房做的糕點也太不講究了。」

「話不能這麼說，宮裡御膳房的東西也不是誰都能得著的。」趙瑞不太認同地和趙卓說道：「你又不是不知道，多少人家以能吃上一口御膳房的東西為榮呢！」

「那是別人家。」趙卓不屑地道：「你今天也瞧見沈家表妹做的山藥糕了，她稱自己只是初學，就能做得這麼好，可想而知，紀家肯定藏著一個比御膳房的師傅還厲害的人。因此御膳房的那些東西，這位沈家表妹肯定瞧不上。」

趙瑞這麼一想，覺得趙卓說得也有些道理。

第二十七章

「那要不，咱們拿一、兩件宮裡的古玩首飾給她？」趙瑞出主意道。

趙卓卻像是看怪物一樣地看著趙瑞，皺眉道：「宮裡的哪個東西不是登記造冊的？除非有父皇的旨意，誰敢輕易把東西順出宮去？之前福成的那隻貂，惹出的麻煩夠大的了，好不容易讓父皇說了一句概不追究，我們要是再把宮裡的東西弄沒，你說父皇還會不會像之前那樣好說話？」

趙卓的話音剛落，卻瞧見趙瑞一臉奇怪地瞧著自己，神情彷彿就像在瞧一個陌生人一樣。

他用手蹭了蹭自己的臉，道：「你在看什麼？難道我臉上長出了什麼？」

豈料趙瑞卻賊賊地笑道：「平日瞧你就像是鋸了嘴的葫蘆一樣，不管問你什麼，都是一副事不關己的樣子。怎麼，今日遇著沈家表妹就變得不一樣了？還有今日在八仙樓裡，誰都能瞧出你待那沈家表妹不一般。」

被趙瑞這麼一揶揄，趙卓的臉突然一下就紅了。

他好似那被人瞧出心事的少年郎，不但紅著一張臉，說話也有些不自在起來。「那還不是因為我們之前答應過紀老夫人，一定會看好沈家表妹，總不能食言吧！」

「是嗎？」趙瑞繼續笑看著趙卓，越想越覺得就是這麼回事。

這個一向以冷峻著稱的七弟，一遇到與沈君兮相關的事時，總會變得和平常不太一樣。

這是對沈家表妹動了心？

但瞧著趙卓那紅得好似能滴出血來的耳垂，趙瑞就是覺得再奇怪，也壓住了自己那顆好奇的心。

於是，他正色道：「這也不行、那也不行，難不成你也想學沈家表妹，親自動手做點什麼？可我不像你，平日就喜歡盤弄那些刻刀什麼的，要做，也只能你動手，我可是愛莫能助的。」

不料趙卓聽了卻是心頭一動。

自己確實可以親手做個什麼小東西送給沈君兮。

一想到這兒，他的腦海就跳出之前撿到的那支珠花來。

那支珠花，他自然捨不得還給沈君兮，不過倒是可以另做一支送給她。

一想到沈君兮能戴上自己親手做的珠花，趙卓的心一下子就熱起來，以至於一路都在腦中構思那支珠花的模樣，連趙瑞同他說的話都沒有聽進去。

還好趙瑞早已習以為常，二人進宮後，直接去延禧宮給紀貴妃請安。

不承想昭德帝也在延禧宮內。

瞧見二人帶回的那個食盒時，昭德帝多問一句。「那是什麼？」

「是沈家表妹親手做的粽子和山藥糕。」趙瑞據實以告。

「哦？」昭德帝一聽就來了興致，便讓他們二人將那食盒打開。

這次莫說是昭德帝了，就連紀蓉娘也被那食盒中的山藥糕給迷住。瞧著那些顏色鮮豔、形狀各異的山藥糕，自詡也是吃過不少美食的昭德帝也沒忍住，捏了一塊如意形狀的山藥糕放入口中。

他微微嚼了嚼，然後同紀貴妃笑道：「這個是紅棗味的。」

「哦？」聽昭德帝這麼一說，紀蓉娘也取了一塊花朵，剛咬上一口，便覺得滿口都漫著玫瑰花香。

「這孩子還真像她娘。」她笑道：「我記得以前，芸娘也喜歡做這些……」

話剛說到一半，紀蓉娘就恍然記起了什麼，忙遮住自己的嘴，有些惶恐地看向昭德帝。

好在此刻昭德帝也正沈浸在思緒中，似乎並沒有聽到她剛才說什麼。

不料昭德帝忽然幽幽道：「妳說，當年芸娘若是留下來，會不會現在還活著……」

紀蓉娘心中一驚，有些錯愕地看向昭德帝，卻還要裝出一副沒聽懂的樣子。

昭德帝意味深長地看了紀蓉娘一眼，隨後正色道：「朕差點忘了，今天是黃淑妃的正日子。」

說著，他便同身邊的御前大總管交代一聲，殿外就響起內侍們此起彼伏的聲音。「皇上擺駕衍慶宮嘍！」

原本以為昭德帝會留下來用膳的紀蓉娘，只能恭恭敬敬地將昭德帝送出延禧宮。

正要離開的昭德帝卻突然回頭，跟她悄聲說道：「守姑那手藝，還真像極了當年的芸娘……」

說完，他便讓人起駕，獨留下低著頭半蹲在那兒，臉色蒼白的紀蓉娘。

紀芸娘，一直是紀蓉娘和昭德帝之間有意迴避的一個話題。

這麼多年了，她一直小心翼翼，不在昭德帝跟前提起芸娘的名字，就是不想讓昭德帝再想起。

不承想，今日昭德帝卻突然提到。

當年皇上還在潛邸時，先帝並沒有明言會將皇位傳於哪位皇子。

隨著先帝的身體日漸衰弱，包括昭德帝在內的四位皇子，便開始了對皇位的明爭暗鬥。

就在這時，正值荳蔻年華的芸娘卻突然入了昭德帝的眼，想將其納入府中。那時已經育有一子的紀蓉娘，自然不想讓妹妹也入了王府與自己爭寵，正當她愁著要如何打發芸娘的時候，突然得知昭德帝的生母，也就是現在的太后娘娘想對紀芸娘出手。

在太后看來，紀芸娘出現得太不是時候了，就像是其他皇子送給昭德帝的一個美人計！一心想要將兒子拱上皇位的她，又怎會容忍有人成為兒子的絆腳石？

就在她準備找人除掉紀芸娘的時候，提前得知消息的紀蓉娘只得找來哥哥和母親，三人一合計，便決定先悄悄將芸娘送往山西，託給紀容海的一位摯友照顧。

芸娘的失蹤自然讓昭德帝勃然大怒，甚至為此鬧到紀家，讓紀老夫人將紀芸娘交出來。

紀老夫人豈敢說實話？她只好一口咬定芸娘是突然失蹤了。

紀家的人原本以為這風波很快就能過去，不承想，沒多久京城卻突然傳出紀芸娘不是失蹤，而是與人私奔的消息。

紀老夫人自是又急又氣，卻又無法辯駁。為了女兒的性命，她只能選擇忍氣吞聲。

讓紀家人沒料到的是，芸娘竟然與紀容海的那位摯友互生情愫，並寫了封信回來，表示自己非君不嫁。

紀容海連夜趕往山西，與那位摯友大打一架，結果芸娘卻跑出來，護在那位摯友身前，並聲稱自己已有了那人的孩子。

紀容海還能怎麼辦？只能以長兄如父的身分為紀芸娘證婚，急急忙忙地把妹妹給嫁了，然後兩家從此不相往來。

那位摯友便是沈箴；而那個孩子，是沈君兮。

當年的事，誰也沒有提，誰也不敢提，特別是在昭德帝登基之後，所有人都希望這件事就這樣慢慢被遺忘……

但讓人沒想到的是，紀芸娘竟然早逝，紀家不得不接回芸娘的孩子。

紀蓉娘獨自一人坐在夜幕籠罩下的院裡，聽著滿耳的蟲鳴鳥叫，腦子裡卻是紛繁蕪雜。

她待沈君兮好，是因為心中始終還帶著當年對芸娘的虧欠，皇上呢？真的如他所說，是瞧著沈君兮天真可愛嗎？

這京城中，小時候長得可愛的貴女多了去，也從不見皇上多看她們兩眼。

她腦海中突然浮現出沈君兮那張酷似芸娘的臉。

難道這些年，皇上也和自己一樣，不曾放下嗎？

帶著胡思亂想，紀蓉娘一夜不曾好睡，直到天矇矇亮才微微合眼。

可自從端午節後，昭德帝就一連四、五天沒再來過延禧宮，莫說是下面的宮人，就連紀蓉娘都有些坐不住了。

以前不管多忙，昭德帝也總會抽空到她這裡來坐一坐，以示恩寵。

然而一連四、五天都不來，是因為芸娘的事嗎？

紀蓉娘陷入了惆悵中。

與此同時，紀蓉娘失寵的流言在宮中不脛而走，傳得煞有介事，以至於紀蓉娘身邊的宮女都替她著急起來。

「娘娘，咱們要怎麼辦呀！」

「還能怎麼辦？若是連這點流言蜚語都扛不住，又怎麼在宮裡活下去？」紀蓉娘卻將此事看得很淡，恬淡地蒔花弄草。

昭德帝的性子，她太明白不過了，唯有等待才是出路。

約莫過了半個月後，昭德帝才來尋紀蓉娘。「今晚月色不錯，妳陪朕走走。」

紀蓉娘自是從善如流。二人一前一後地走著，福來順則帶著人遠遠地跟著。

「守姑那丫頭，總讓朕想起當年的芸娘。」昭德帝突然同紀蓉娘感嘆道：「當年若不是朕的堅持，讓太后動了殺念，想必你們也不必絞盡腦汁地將她送出城，讓她遠走他鄉。」

皇上怎麼會突然跟自己說起這些？紀蓉娘心裡莫名地打鼓，不敢隨意接話。

昭德帝繼續道：「她若能留在京城，像個普通人一樣地成親生子，或許結局就會不一樣了。」

聽著昭德帝這些好似發自肺腑的感嘆，紀蓉娘很想聊一聊芸娘，可她一想到伴君如伴虎，到了嘴邊的話卻又都嚥回去。

她低低地感嘆道：「或許這就是芸娘的命……如今斯人已逝，唯一讓我覺得可以補償她的，也許就是她留下的小女兒守姑了。」

聽紀蓉娘一提起沈君兮，昭德帝的嘴邊便浮起了笑。

「這小丫頭一點都不怕朕。」昭德帝笑道：「朕有時候甚至想著，如果這孩子是朕的女兒，該有多好！妳說，要是朕賜她一個鄉君的名號如何？」

公主、郡主、縣主、鄉主、郡君、縣君、鄉君，這鄉君不過是最末一個等級的誥封，本也無傷大雅，只是紀蓉娘不明白昭德帝為何會突然冒出這個想法？

「妳不是挺喜歡守姑的嗎？賜給她一個封號，讓她往後進宮也方便些。」昭德帝拉著紀蓉娘的手道，眼中滿是繾綣的愛意。

紀蓉娘情不自禁地擁住昭德帝。

「只是妳覺得賜她個什麼封號才好？」擁著紀蓉娘的昭德帝也很享受這片刻的安寧。

「和敬清寂，福康安寧，就封她清寧如何？」

秦國公府裡，沈君兮卻覺得有些無所事事。

自從端午節後，日頭漸漸變得毒辣起來，更是一天熱過一天。

考慮到盛夏將至，又擔心沈君兮在生火的小廚房裡進進出出，可能會中暑，紀老夫人特意交代將小廚房關停一段日子，待天氣涼爽後，再重開小廚房讓沈君兮繼續學習製作糕點。

對於紀老夫人的好意，她自然不會拒絕，只是這樣一來，每天就多了半日閒暇。

比方說，若在平常，她早就閃進小廚房裡躲清靜，現在卻不得不打起精神來應付「無事不登三寶殿」的大舅母。

齊氏在她這屋裡已經坐了一刻鐘，卻遲遲不提來意，只是東拉西扯的。

既然齊氏不急，沈君兮更是不急了，只管讓人端了上好的茶點過來，還一臉興奮地同齊氏介紹這些糕點裡，哪些是她親手所做，硬是逼著齊氏嚐了好幾塊糕點。

只不過這些糕點一下肚，再被茶水一泡，很快便讓齊氏覺得有些肚脹，更是撐得忍不住打起嗝來。

齊氏也覺得自己這種套近乎的策略，似乎有些不太起效，乾脆就跟她單刀直入地提道：「之前宮裡賞賜下來的那些錢，還在不在妳手上？」

沈君兮錯愕地瞧向齊氏。

距離她得到那批賞賜差不多有一個多月的時間，之前紀老夫人發過話後，還以為沒有人會再打她的主意，沒想到事隔一個多月，大舅母還是找上門來。

「大舅母說的是宮裡賞賜下來的那些金銀元寶嗎？」沈君兮天真地抬頭，一雙眼睛忽閃忽閃的。

「對對對，」齊氏連忙答道：「不知道可不可以先借給大舅母使使，過段時間，大舅母再還給守姑。」

沈君兮有些詫異地挑眉。

大舅母管著紀家的中饋，怎麼可能會手裡沒錢？今日卻特意來尋自己，究竟是她手裡真沒了錢，想借錢周轉，還是想趁自己年幼，從她手裡誆走錢呢？

若是缺錢，她不去同腰纏萬貫的外祖母借錢，而是尋到自己……

這裡面的緣由，就有些耐人尋味了。

一時間，沈君兮竟然有些拿不定主意。

她面露不捨地說道：「外祖母曾說過，那些金銀元寶都是宮中所賜，用的都是宮中特有的花色鑄的錠，宮外的銀樓根本鑄造不出來，大舅母若是拿去，還能還我一模一樣的嗎？」

聽沈君兮這麼一說，齊氏就尷尬地笑了笑，在心中咒了一句：老夫人真是多嘴。

端午節那日，她回娘家躲午，卻聽家中那些已嫁為人婦的姊妹閒聊，得知房山那邊的良田地價才五兩銀子一畝，她瞬間就動了心。

可之前手裡的閒錢全都被她放了印子錢，她又不想動用公中的銀子。倘若她用了公中的銀子，這地指不定就得算作公中的，到時候難免掰扯不清。

正是存著這份私心，紀老夫人和董氏那兒就更不好去借了，若不是手頭真缺錢，又怎麼會求到沈君兮的跟前來？

但齊氏怎麼都沒有想到，沈君兮看著年紀不大，可也是個不好糊弄的主。

就她剛才跟自己說的這些話，也不知道是在紀老夫人的屋裡待得久，變得精明了，還是原本就這麼厲害？

再想想自己屋裡的紀雪，年紀比她要大，恐怕還不及她一半懂事。

想著沈君兮糾結的那些銀錠花色，齊氏訕訕地笑了笑。「這宮中御出之物，自然是難得再尋一樣的。可舅母也不是要將這些銀錢全都借走啊，守姑還是可以收上一部分的。而且這宮裡的賞賜，如果都收著不花，那賞賜又有什麼用呢？

「況且我們的守姑這麼乖巧，以後宮中只會有更多賞賜下來。」齊氏同沈君兮笑道：「難道還擔心會少了妳那幾個花色的元寶不成？」

沈君兮聽著，心裡冷笑。這大舅母還真拿自己當小孩子哄呢！

這宮裡出來的元寶自與別處的不同，正是物以稀為貴，據她所知，這京城的坊間就有不少收這些花色各異的銀錠、金錠的銀樓，而且給出的價錢都要高出普通的金價和銀價。

「我這兒錢也不多，不知道能不能救得了大舅母的急？」沈君兮察覺到齊氏的急切，瞧她那樣子，分明是想借這筆錢去做個什麼大買賣。

第二十八章

若說齊氏對紀老夫人和董氏有防備，可對沈君兮這樣的小孩卻沒有想那麼多。

因為想快點從她手裡套出錢來，齊氏隨口笑道：「不過是買幾畝薄田而已，也要不了幾個錢，若不是我手頭周轉不靈，也不會求到妳一個小輩的跟前來。」

買薄田？

沈君兮想起上一世京城四周的地價，就是大興和平宛那些地方的沙土都賣到了八兩銀子一畝。

沙土素來貧瘠，只能用來種花生什麼的，更別說那些能種麥子的良田了。

「買田貴嗎？大舅母想借多少？」重生後還沒關注過地價的沈君兮，一臉好奇地瞧著齊氏問道。

聽著這已經鬆動的口氣，齊氏笑得更濃了。「不貴不貴，我只想買個三、四百畝，差不多一、兩千兩銀子的事！」

三、四百畝？只要一、兩千兩銀子？這下連沈君兮都給鎮住了。

這麼算下來，差不多一畝地才賣五兩左右？

想著前世已經賣到八兩銀子一畝的沙地，她覺得這簡直就是「撿錢」！

就在沈君兮還在思量這事的時候，珊瑚撩了簾子進來，道：「姑娘，宮裡來聖旨了，老夫人讓您收拾好了，趕緊去前院接旨。」

又來了聖旨？坐在沈君兮屋裡的齊氏若有所思地瞧了沈君兮一眼。

這小姑娘還真有點本事，她才進京多長時間，得到的賞賜居然比他們這些人還多。眼神中就露出一些不忿來。

然而沈君兮卻沒有工夫理會，穿著一身居家服的她趕緊換過衣裳，急急地往前院去了。

這次來宣旨的是另外一位內侍，從他身上那件正五品的內侍服來看，想必在宮中也是位有頭臉的人物。

顯然紀老夫人同他也是熟絡，一直陪他坐在前院的廳堂裡閒聊著。

廳堂裡，香案、蒲團等物一應俱全，只等著沈君兮這個接旨的正主過來。

沈君兮一見這架勢，趕緊急步上前，同紀老夫人道：「守姑給外祖母請安。」

紀老夫人微微點頭，指著身邊那位內侍道：「這位是宮裡的徐公公。」

沈君兮給徐公公行禮。

那徐公公一見到她，笑著站起來，拱手道：「不敢當清寧鄉君如此大禮。」

清寧鄉君？

沈君兮自然有些遲疑，可身邊並無其他人。

徐公公笑著將手裡的聖旨舉高。「清寧鄉君，請接旨吧！」

沈君兮在紀老夫人的帶領下，跪在蒲團上，而紀家其他人也跟著跪下來。

趴跪在蒲團上的沈君兮，腦子裡卻是亂哄哄的。

自上次同福成公主「爭貂」的事件後，有段時間不曾進宮了，實在想不明白，昭德帝為何會賜給自己一個清寧鄉君的稱號？

莫不是姨母推波助瀾？

沈君兮細想了許久，也沒能想明白其中的緣由。

反倒是跪在身邊的紀老夫人適時拉了她一把，沈君兮才發現徐公公已經宣讀完畢，正笑盈盈地等著她接旨。

沈君兮略微垂著頭，從徐公公手裡接過聖旨，紀老夫人則喜洋洋地讓李嬤嬤拿出事先準備好的荷包，打賞宮裡出來的幾位貴人。

徐公公不動聲色地捏了捏荷包，滿意地笑了笑，然後道：「出宮前，皇上特意交代，鄉君不必進宮謝恩，而是讓鄉君有空的時候，多進宮瞧瞧貴妃娘娘，以解她的思親憂慮。」

沈君兮自是滿口應下，然後對皇宮的方向磕頭謝恩。

徐公公便以還要回宮覆命為由，婉拒了紀老夫人留餐，帶著人告辭。

徐公公走後，紀老夫人讓紀府的管事將聖旨拿到祠堂去供了，而齊氏也不知道從什麼地方鑽出來，拉著沈君兮就是一頓稱讚。「真沒想到我們府裡居然還出了個鄉君！」

紀老夫人瞧著剛接旨時不見人影的齊氏，雖然心裡很是膩歪齊氏的作派，但因今日心裡高興，便沒有追究，笑著吩咐身邊的珍珠道：「去跟廚房說一聲，今晚我要擺宴，讓大家都高興一下。」

沈君兮一聽就攔著珍珠，同珊瑚道：「就算要請，也應該是我出錢，哪裡有讓外祖母破費的道理？」
珍珠自然是為難地看向紀老夫人。
紀老夫人拉著沈君兮笑道：「妳能有幾個錢？這個東還是由我來作吧！」
「外祖母，這個錢我還是出得起的。」沈君兮堅持道。
「對呀、對呀，」齊氏在一旁笑道：「守姑現在可是食邑三百戶的鄉君了，哪裡還會缺這份錢？」
沈君兮笑著沒答話，可紀老夫人卻不悅地瞧向齊氏。
一見紀老夫人的神色，齊氏立即訕訕地改口。「不過守姑只要有這份心就行了，哪能真教妳出這份錢，不然不是打我們這些長輩們的臉嗎？」
說著，她笑盈盈地拖住沈君兮，同紀老夫人笑道：「大家都別爭了，今日這頓，我請！只是不知道守姑想吃些什麼？妳同舅母說來好不好？」
聽了齊氏這番話，最感意外的就是紀老夫人了。
自己的這個兒媳婦不大氣，在錢財上也是過於斤斤計較，對此她早已見怪不怪。可今日她能主動提出要作東，著實是紀老夫人沒有想到的。
但沈君兮卻知道齊氏的肚子裡打的是什麼如意算盤。
「妳瞧，之前舅母同妳說什麼來著，」待到只有二人私下的時候，齊氏就笑著同沈君兮道：「妳還捨不得宮裡賜下來的那幾個元寶，可這宮裡的賞賜卻源源不斷地來了，京城裡這麼多貴女，又有幾個有這樣滔天的富貴？」

聽著齊氏一句接一句的恭維話，沈君兮都有點受不住了，真不明白她怎能做到滔滔不絕？

不想在此事上再浪費時間，她問道：「不知大舅母這是要在哪兒買田、需要多少錢，然後什麼時候還我？」

「房山那邊的地價便宜，用不了多少。」齊氏聽沈君兮這麼一說，心裡更是樂開了花，笑道：「借個千把兩銀子就成，大概兩、三個月後還錢。」

「千把兩銀子到底是多少？兩、三個月後……是七月還是八月呢？」誰知沈君兮卻絲毫不由她糊弄，好似非要齊氏給個準信一樣。

齊氏一愣，然後在心裡暗暗計較起來。她估計沈君兮手裡有一千五百兩銀子左右，全部借走也不好；可如果借少了，到時候自己還要去別處想辦法，那更是頭大。

「我想借個一千二百兩……不知……」思量再三之後，齊氏試探著同沈君兮說道。

「可以！」沈君兮卻絲毫沒拒絕地應道，便讓紅鳶和鸚哥去準備筆墨。「還是請大舅母立個字據給我吧，然後寫清楚這一千二百兩到底什麼時候還我。」

「什麼？還要立字據？」齊氏看著眼前這個和自己閨女一般大小的孩子。「妳……妳這是信不過大舅母嗎？」

沈君兮在心裡冷笑了一把。

上一世，掌過家的她最清楚不過，從來都是站著放債、跪著收錢，錢一旦借出去，手裡又沒個字據，想再把錢要回來，可是比登天還難。

些道理的。」

「也不是信不過。」沈君兮笑道：「只是我以前常見母親也這麼做，想必這其中還是有些道理的。」

一門心思只想快點拿到錢的齊氏也顧不得許多，拿起筆就給沈君兮寫了張字據。不料她看了眼字據後，卻是搖搖頭，道：「大舅母還是把字據寫清楚點的好。這裡寫的七、八月後還，到底是指今年的七月還是八月？還是說從現在算起的七、八個月後呢？」

齊氏沒想到剛才故意在字據上留的破綻，竟然被沈君兮一眼瞧破，只得將之前的那張字據撕毀，又一式兩份地重新寫了一張。

沈君兮看了眼後，給紅鳶遞了個眼色，讓紅鳶拿出一盒印泥來。「大舅母，還請您摁個指印。」

齊氏更詫異了，心想沈君兮為什麼對借錢的這些套路如此清楚？難道真的只是因為幼時在紀芸娘身邊瞧見過不成？

見齊氏的神色遲疑，沈君兮笑道：「大舅母這是不想借了嗎？可我這邊已經叫人將銀票都拿來了呀！」

然後在齊氏錯愕的眼神中，珊瑚取來一疊銀票，壓在沈君兮手邊。

齊氏一瞧，差不多都是一百兩一張的，整整齊齊，大概有十來張。

眼見自己今日來遊說的目的要達成了，齊氏哪裡還顧得許多，在自己立下的字據上按下指印。

沈君兮示意珊瑚收了那字據，然後將那疊銀票推上前去。

齊氏笑嘻嘻地接了，根本沒心思想為什麼沈君兮手上會有這麼一大疊銀票。「今晚想吃些什麼？大舅母讓廚房做。」

「大舅母讓廚房做一份老鴨湯好了，外祖母喜歡吃。」到了紀府的這些日子，沈君兮已熟知齊氏那吝嗇的性子，因此只隨意點了一道菜，意思一下。

齊氏與她又客套一會兒，最後心滿意足地揣著銀票離開了。

待齊氏離開後，鸚哥才湊上前來，在沈君兮跟前道：「今日大夫人倒是大方。」

「那妳也得看看她是為什麼大方。」不料珊瑚卻為沈君兮打抱不平。「之前我可是聽聞大夫人將自己的錢都拿去放印子錢，這會兒要用錢了就來同姑娘借，而且姑娘又不收她利錢，她能不高興嗎？」

「那這麼說來，豈不是我們姑娘吃虧了？」紅鳶一邊收拾茶盅，一邊奇道。

「豈止是虧，是虧大了！」珊瑚忿忿地道。

沈君兮卻只是笑笑地搖搖頭，囑咐珊瑚道：「大舅母的那張借條妳收好了，到時候只怕收錢還有一番曲折。」

「既然這樣，姑娘為何還要將錢借給大夫人？」紅鳶聽著，不解地問。

「這些都不重要。」沈君兮卻是搖搖頭，然後吩咐紅鳶。「有沒有辦法聯繫上黎管事？有些事我想要親口問一問他。」

紅鳶點點頭。「姑娘入府前，黎管事曾同我說過，如果有事找他，可以到後街上的裙房裡尋他。」

「既然這樣，明日我們就去會他一會吧！」沈君兮盈盈笑道：「正好我也有好長一段時間不曾見過他了。」

沈君兮被賜封清寧鄉君的消息很快就傳遍了紀府，京城裡那些有頭有臉的人家也有所耳聞。

是夜，除了還在西山大營的紀容海和紀明，以及在山東任上的紀容若，紀家的人都熱熱鬧鬧地聚在了翠微堂。

因為家中只有紀昭和紀晴兩個男丁，紀老夫人便讓人在翠微堂的廳堂裡支了一張大圓桌，一屋子人不分男女老幼在一處坐了，廚房更端上了蒸羊羔、燴蝦、炸海耳、澆田雞等大菜。

平日只有休沐日才能到這兒蹭飯的紀晴瞧見了，不免感嘆。「咱們今日可真算是沾了表妹的光，若在平常，祖母哪捨得讓廚房做這麼好的菜？」

沈君兮卻笑道：「晴表哥，這次你可說錯了，今日可是大舅母破的費。」

話一出，一桌人都有些意外地看向齊氏。

齊氏有些尷尬地笑了笑。「一家人，說什麼破費不破費的？只要大家都高興，這個東，我作了。」

董氏聽了，拿起酒壺和酒盅走到齊氏的身旁，斟了一杯果酒，笑道：「那我可得好好敬敬大嫂。」

齊氏也不客氣，大大方方地接了酒盅喝了，彷彿她真的為這桌酒席立下什麼功勞一樣。飯桌上的其他人更是吃得盡興，除了紀雪眼不眼、鼻子不是鼻子地坐在一旁，一肚子的不爽。

之前她好不容易說動祖母，能夠回翠微堂用餐，誰知道就因為沈君兮那隻雪貂獸，她不但被祖母罰跪祠堂，還連帶著又不許她來翠微堂吃飯了。

她整日和母親一起，山珍海味是不敢想的，可廚房總是送來那些家常口味的雞鴨魚肉、青菜豆腐，這種一看就不花什麼心思的菜，早就吃膩了。

因此她不止一次同母親抗議，不料母親總是說：「有得吃就不錯了，不要挑三揀四的！」

害得她只能到大嫂文氏的屋裡去打牙祭，可大嫂用私房錢點的菜又都是適合孕婦吃的，湯湯水水，寡淡得很。

今日她瞧著這桌菜，少說也得花上二、三十兩吧？母親竟然拿出來讓大家就這樣吃了，還不如平日讓廚房給她加兩個菜來得實在呢！

紀雪這邊在不忿，紀老夫人也在心裡暗道齊氏這隻鐵公雞，什麼時候也變得大方了？

飯後，待眾人都散去，紀老夫人吩咐李嬤嬤去廚房走一趟。

不一會兒，李嬤嬤回稟道：「大夫人只給廚房十兩銀子，點了些常規的菜式，後來是珊瑚又去補了二十兩，說是表姑娘的意思，不得讓大家吃得不夠盡興。表姑娘平日和善大方，廚房裡的那些婆子、媳婦們都受過她的好處，聽聞這桌飯是為表姑娘擺的，大家做起來也格外上心。」李嬤嬤笑盈盈地說著，一臉與有榮焉。

紀老夫人聽了倒是意外。

沒想到沈君兮平日在府裡不顯山、不露水的，竟然這麼得人心。

第二日，從學堂回來的沈君兮用過午膳，帶著珊瑚和紅鳶去紀家專門給下人居住的裙房。

說是下人房，卻是紀府後街上一溜的臨街小院。

這條後街當初修建的時候就頗為巧妙，街的兩頭各有一道門把守著，到了晚上，門落了鎖，後街就成了內院，早上再打開，內院又成了後街。

不少人在街邊支起了小攤，做起了小買賣，大家賣的都是自家做的手工，東西雖然粗糙，勝在價錢便宜，差不多都只要三、五枚銅板。

到這裡來買東西的，又多是在各府當差的下人，便覺得這裡是個價廉物美的好去處，所以人氣也變得越來越旺。

第二十九章

沈君兮一眼瞧過去，只見賣烙餅的、賣鞋、賣衣服的、賣繡品荷包的……儼然就是一個熱鬧的小街市。

她饒有興致地在小攤前流連起來，有時候瞧瞧這個，有時候又看看那個，見到什麼有趣的東西，還會叫人掏錢買下來。

路過一家賣酒的小院時，誘人的酒香更讓沈君兮停住腳步。

上一世，她的酒量就不錯，只是礙於侯夫人的身分，不能多喝，卻練就了聞香識酒的本事。

這院裡的酒香醇而濃厚，聞著那酒香，沈君兮沒有猶豫地往院子裡去了。只見一個纏著粗布頭巾的中年婦人，正忙著往院子裡的土灶內添柴，而土灶上架著蒸鍋，蒸鍋上蓋著斗笠，而斗笠上頭更是冒著蒸氣。

沈君兮知道她這是在蒸酒，經過蒸煮的酒比釀造出來的酒更濃烈。看著一旁壘成了山的酒罈子，她忍不住想要買上一罈。

就在沈君兮準備詢問酒怎麼賣時，忙得不可開交的女子有些不耐煩地揮手。「哪個野小子又跑我院子裡來了？是不是非要我打斷你們的腿才肯消停一會兒啊？」

還不待沈君兮說話，她身後的珊瑚上前一步，有些不客氣地道：「曹家娘子，知道和誰在說話嗎！」

聽了這話，那曹家娘子有些漫不經心地從灶下抬頭，見到一身光鮮亮麗的沈君兮時，便知這是府裡的貴人。

她有些慌張地站起來，不安地在身上的裙上擦著手，一臉訕色地道：「我……我以為又是隔壁那群來搗亂的野小子呢，他們一到我院裡就掀我的蒸鍋蓋，好好的一鍋酒都被他們糟蹋了……」

沈君兮不以為意地笑了笑，示意珊瑚不必計較那麼多。

「妳這酒賣嗎？」

「賣的！賣的！」曹家娘子連忙應承道：「二十文銅錢一罈，包准讓妳們喝了還想喝！」

沈君兮沒理會曹家娘子的自誇，而是讓珊瑚給錢，讓紅鳶將那小酒罈提著。

「這位大嫂子，我再向妳打聽一個人。」沈君兮這一路走來，雖然是在那些小攤子走走停停，可她留心到那些攤子後的院子，都不像是黎子誠會住在裡面的樣子。「這裡有沒有住著一個姓黎的管事？」

「他就住在隔壁院子。」曹家娘子剛才還熱情洋溢的臉一下子就垮下來。「妳們找那個登徒子做啥？」

登徒子？沈君兮忍不住睜大眼睛。

她實在沒辦法把這個詞同一本正經的黎管事連起來。

然而曹家娘子猶不解恨地道：「他可不是什麼好人，我看幾位姑娘還是避開點好！」

珊瑚自知沈君兮平日不喜歡那些嘴碎之人，何況這黎子誠是自家姑娘要找的人，想必姑娘也不願意聽到太多關於黎子誠的壞話。

於是向那曹家娘子瞪眼，本欲再說的曹家娘子就這樣噤了聲，只是有些訕訕地低聲道：「我也是看妳們姑娘家家的，想多提醒妳們兩句……」

沈君兮並不想多說，出了曹家娘子的院子，往隔壁的小院走去。

與其他人的小院不同，這間小院裡養著花草餵著貓，屋簷下還掛著一只鳥籠子，裡面關著一隻沈君兮也叫不上名的鳥。

一見有人進來，籠子裡的鳥突然撲騰起來，之前躺在院中曬太陽的貓也懶懶地抬起頭，衝著屋裡的方向「喵」了一聲。

屋裡就有了說話聲。「知道了、知道了，有客來了還不趕緊讓開。」

說也奇怪，那貓聽屋裡人這麼一說，還真的站起來，然後輕巧地跑到屋簷下，繼續瞇眼睡覺。

沈君兮瞧著有些有趣。

黎子誠從屋裡走出來，見是沈君兮，笑道：「昨日接了鄉君的消息，今日就特意在家裡候著了。」

沈君兮微微一笑。

往日裡，他都稱自己為「姑娘」，今日卻改作「鄉君」，想必也是聽聞昨日她被冊封的消息。

之前來京城的路上，與黎子誠相處了一個月，沈君兮與他熟絡起來，因此見著他也是笑道：「你將貓和鳥養在一塊兒，誠心想要這隻貓去弄鳥嗎？」

「貓和人一樣，多教教，牠就懂了。」黎子誠卻笑著搖頭。「鄉君，外頭天熱，還是屋裡說話吧！」

因為自己還只是個六、七歲的孩童身，沈君兮不用像前世那樣諸多避諱，大大方方地進了黎子誠的屋裡。

和北方多數的普通人家一樣，進屋便是個灶臺，灶臺上砌著一堵牆，牆的另一邊則是和灶臺相連的土炕。

黎子誠引著沈君兮在土炕上坐了，自己則去張羅著泡茶。

趁著這工夫，她打量起屋裡的陳設來。

屋裡都是些一看就有些年月的家具，沒有上過漆的原木在歲月的打磨下，變得烏黑錚亮。

整個屋裡和院子一樣，收拾得很乾淨，炕桌上正伏著一本背脊朝上的書，顯然剛才有人正在讀書。

不一會兒，黎子誠就提著一壺剛泡的茶走進來，笑道：「這還是之前去山西時，沈大人送我的茶葉，一直都沒怎麼捨得喝，現在也算是借花獻佛了。」

說著，他用剛燙過的白瓷茶盅給沈君兮斟上一杯。

瞬間四溢的茶香，更是勾起了沈君兮對父親的想念。

「不知鄉君今日特意來尋我，所為何事？」黎子誠放下茶壺，對珊瑚和紅鳶做了個請自便的手勢。

因為沈君兮平日並不喜歡拘著身邊人，因此她們二人在沈君兮的身邊並不拘謹，但在有外人的情況下，還是稍微端著一點。

五月的天氣是一日熱過一日，何況今日陪著沈君兮走了這麼遠，珊瑚和紅鳶早就有些渴了，因此紅鳶將手裡提著的酒罈往炕桌上一放，倒了兩杯茶，坐在火炕旁的長凳上與珊瑚分享。

「是這樣。前些日子，我偶然得了一筆錢，放在手裡空著也是空著，因此就想著要不乾脆買些田產，哪怕收些薄租也是好的。」沈君兮並不想與黎子誠多客套。

「鄉君是想買地？」聽著沈君兮的口氣，黎子誠很意外。

在他的印象中，像沈君兮這般大的孩子，一般都還是吵著吃糖，又有誰會像她這樣，居然打起了買地收租的算盤。

「我聽人說，房山那邊的地價好似還不錯。」既然想讓黎子誠幫著做事，沈君兮便對他無所隱瞞。「只是我整日在這府中，也無處去打聽，所以想拜託黎管事幫我去探探虛實，看看那邊的地到底值不值得買，買多少才划算？」

若說之前黎子誠只是覺得有些意外，這會兒是完全驚訝了。

這口氣儼然就是個大人，他無法再將沈君兮當成孩童來對待了。

「這事，我恐怕得親自去房山走一趟才行。」黎子誠慎重地道。

沈君兮讚許地點點頭，暗道這個黎子誠說話、做事倒也小心，並沒有因為她是個小孩，在她的面前拍胸脯說大話。

「不知道三天的時間夠不夠？」說著，沈君兮從袖口裡掏出一張二十兩的銀票，放在黎子誠面前。「這些是給你的盤纏。」

「我哪能要鄉君的錢！」黎子誠卻將銀票推回去。「鄉君若真想給黎某一些好處，不如就把這罈酒賞了我吧！」

沈君兮順著黎子誠的眼神看過去，只見他這會兒盯著紅鳶隨手放在桌上的那罈酒。

她啞然失笑。

「這又不是什麼好東西。」沈君兮同黎子誠笑道：「這就是在你隔壁院子裡買的，你要是喜歡，每天都可以買一罈來喝。」

不料黎子誠卻一臉悲切地搖頭。

「鄉君有所不知，我與隔壁那人生了些誤會，整條街上，她就是不賣酒給我。」他搖頭道：「可偏生她每日就隔著牆頭蒸酒、釀酒，那酒香味早就把我的酒蟲給吊起來。」

沈君兮便憶起在山西時，他與父親沈箴經常在一起吟詩輕酌，料想他應該也是好酒之人。

只是想著剛才曹家娘子對他的評語，也不知他到底是何事惹到了那曹家娘子？

好在她不是那喜歡打聽家長裡短的人，只在黎子誠那兒盤旋了小半日，打聽清楚母親紀芸娘名下有哪些陪嫁？田莊和商鋪算在一起，林林總總的，每年也有近萬兩的收益。

沈君兮聽著，倒吸了一口涼氣。竟然有這麼多！

上一世，因為曾在大舅母那兒聽聞，母親是同父親私奔的，所以沈君兮理解，母親名下沒有什麼陪嫁也是順理成章的事。

但讓她沒想到的是，母親名下不但有陪嫁，而且還這麼多？

那麼前世這些陪嫁都去哪兒了？

錢嬤嬤和春桃的身影出現在沈君兮的腦海裡。

想到自己上一世出嫁前的拮据，沈君兮越發覺得她們都是死有餘辜。

見著日頭漸漸西沈，她讓紅鳶將那罈酒留下，便帶著她們回了翠微堂。

她剛一露面，屋頂上就跳下一個白影，三蹦兩跳地竄進她的懷裡，然後左蹭蹭、右蹭蹭的，好似邀請沈君兮同牠玩。

只是這一季的雪貂獸剛好在換毛，不一會兒，沈君兮的身上就沾上不少毛。

「你這個小東西又調皮了！」沈君兮捏了捏牠的小爪子。

因為鸚哥會定期給小毛球修剪指甲，沈君兮倒也不用擔心被牠鋒利的爪子撓到。

逗了一會兒雪貂獸，沈君兮聽屋裡傳來散牌的聲音，緊接著，齊氏和董氏一前一後地從屋裡出來，齊氏更是笑得好似一朵花。

一瞧見她那笑嘻嘻的模樣，沈君兮便知齊氏這是在牌桌上贏了錢。

她將懷裡的雪貂獸交還給鸚哥，自己上前去給兩位舅母請安。

不料她還未來得及說話，齊氏便親親熱熱地拉了她的手道：「這財氣來了，還真是擋也擋不住！當然了，這都是沾了我們家守姑的喜氣。這些拿去買糖吃吧！」

沈君兮的手中就莫名多了幾兩碎銀子。

若在尋常人看來，一定以為齊氏指的是她被封為「清寧鄉君」一事，只有沈君兮知道，齊氏這是在指自己借了一千二百兩銀子。

因此，沈君兮也沒客套，大大方方地將那銀子收了。

「是守姑回來了嗎？」裡間傳來紀老夫人的聲音。

「是我，外祖母。」還沒來得及回屋換衣裳的沈君兮俏生生地應道，掀了門口的竹簾子進去。

屋裡的牌桌剛散，珍珠正領著幾個小丫鬟收拾牌桌，紀老夫人則歪到一旁的美人榻上。她見了滿頭是汗的沈君兮，有些嗔怪地說道：「一個人跑哪兒瘋去了？雯姊兒來找妳都不見人影。」

沈君兮知道府裡四處都有紀老夫人的耳報神，想必外祖母早就知道自己的行蹤，因此也不隱瞞地說道：「我去了趟後街。」

「後街上向來魚龍混雜，妳去那兒幹什麼？」紀老夫人一聽，有些不悅。

沈君兮自然不會說她是去找黎子誠的，讓紅鳶將她在後街買的那些東西都拿上來。「我聽說那裡的小玩意兒多，就像街上的街市一樣，因此去瞧了瞧熱鬧。」

不過都是些針頭線腦的小玩意兒，紀老夫人自是看不上眼。她戳了戳沈君兮的頭，笑道：「家裡難道還缺妳買的這些東西？」

「那自然不缺，只是我瞧著還有些意思，買回來分給院裡的那些小丫鬟們也好。」沈君兮笑嘻嘻地說著，然後讓人將那些東西，歡歡喜喜地同院子裡的小丫鬟們分了。

小丫鬟們突然得了沈君兮的賞賜，一個個都喜不自勝，做起事來更加賣力了。

紀老夫人瞧著這滿屋子喜氣洋洋的小丫鬟們，想起昨晚李嬤嬤同自己說的話。不得不承認，守姑好似天生就知道該怎樣籠絡府裡這些下人們的心。

三天後，親自去了趟房山的黎子誠風塵僕僕地來回話，得了信的沈君兮在前院見了他。

「正如鄉君所說，房山那邊的地真是買賣得熱火朝天。」因為是從房山直接回來，黎子誠海飲了一大碗茶，這才同沈君兮道：「我去瞧過了，那兒的地確實只要五兩銀子一畝，而且全是可以種麥子的上好良田。」

沈君兮聽了就有些心動。

「只是這麼好的田，卻只賣五兩銀子一畝，也太奇怪了些。」不料他卻摸著下巴上的鬍碴，說道：「因此我多存了一個心思，特意買了二兩小酒，找了他們那兒的里正聊了聊，才發現裡面竟然有貓膩。」

「此話怎麼說？」沈君兮頓時警覺起來。「莫不是有人玩仙人跳？」

黎子誠的眉頭跳了跳，真沒想到這個小娃兒居然也知道仙人跳。

「仙人跳倒也不是，只是我聽聞一個說法，說是皇上想在那裡修建行宮……」黎子誠猶疑著說：「所以他們才急著將地賣掉。」

被黎子誠這麼一提醒，沈君兮倒是記起來了。

前世，那些衝進京城的流寇，好似真的放火燒了一座建了十多年也未曾完工的行宮，那行宮的位置好像就是在房山那邊……

普天之下，莫非王土。倘若真被皇家所徵用，原來擁有土地的人家是一個子兒也拿不到的，與其這樣，不如早些賣掉的好。

這也解釋得通，為什麼好好的良田會賣得這麼便宜了。

「既然這樣，那些買地的人不可能一點風聲都聽不到吧？」沈君兮有些不解。

黎子誠便得意地道：「這種消息，自然不會嚷得天下人皆知，現在得了消息去房山買地的，都只算得上京城裡那些家境還算殷實的人家，真正的侯門大戶全都按兵不動，這也側面證實了那里正跟我說的話是真的。」

沈君兮知道黎子誠是什麼意思。

侯門大戶往往有各自的渠道通天，真要有什麼事，他們才是望風而動的人。而這一次，大家都選擇不動，是說在他們看來，房山地價無利可圖。

大舅母也不知是從哪裡聽來的消息，自以為賺到的她還故意隱瞞消息，若不是看著自己是個孩子，恐怕也不會不小心說漏了嘴。

——未完，待續，請看文創風717《紅妝攻略》2

2019年1月出版

首輔的續弦妻

文創風 712～714

因為上段婚姻的痛，她早已發誓不再嫁人，
豈知當朝首輔的父親卻獨獨鍾意於她，盼她能當他的兒媳，
聽聞首輔大人是個鰥夫，獨自撫養一兒，
饒是這樣，依舊吸引眾多名門貴女的目光，
這樣的人中龍鳳，豈會輕易看上她這個被棄的村姑呢？

情真意摯，餘韻綿長／櫻桃熟了

說好聽點，她是沈家媳婦，姜秀娘卻覺得自己更像是傭人，
每日被使喚、折騰不說，還因多年無子而被迫和離，
其實真相是前夫若高中狀元，她這村姑身分怕是不夠格，
罷了，這噁心人的夫家她也不留戀，包袱款款回娘家孝敬長輩才是正理。
說也奇怪，夫家唯一對她好的姑奶奶臨死前贈了她一枚玉珠，
這玉珠能趨吉避凶，還能讓她在夢中看到一些奇事——
河水乾涸，再不解決大家就等著餓死，
她竟能看見深埋在山洞、被堵住的水源！
她以為只有自己知道，豈料當她前往山洞救援時，
赫然發現一摔斷腿的老者，竟也要來挖開被堵住的源頭。
老者眼神清明睿智，行事說話不按牌理出牌，似是不簡單，
果真，當前夫造訪姜家村，厚臉皮說出希望能接她回家時，
那老者突然乘轎現身，說她是他未來的兒媳婦？!

為生活加分：我「寵」愛的家人

【284期：虎太】 苗栗／Stella（代筆）

兩年多前，有八隻貓輾轉到我家中途，而虎太是唯一對來訪的認養人都哈氣、炸毛、躲起來的貓；而我也是唯一知道，牠其實比任何一隻貓都黏人。因此，牠最後被留下來，跟奶奶商量後，讓牠回鄉陪老人家，而我也暫時跟著回去，當他們的溝通橋樑。

奶奶沒有養過貓，一開始她都會說「『妳的貓』抓到好多田鼠」、「『妳的貓』昨天趕跑一條蛇」、「『妳的貓』好愛撒嬌」之類，一直都還是「我的貓」。

直到有天，虎太突然生病，奶奶心急到把虎太從深山老家帶到市區看醫生，獸醫為感謝她願意給貓看病，所以只收醫療費，但最令我感到神奇的是，奶奶居然在去的途中撿到一千元！（我也好想撿啊～）此後，虎太正式成了奶奶口中的「我的貓」，還時常跟人談牠的豐功偉業。

奶奶從最初連虎太的名字都記不起來的陌生人，變成現在虎太跟前跟後的家人；而虎太也從原本習慣性咬尾巴，導致尖端永遠沒有毛，變成有條美麗尾巴的貓，真的讓人非常欣慰，同時也驗證了——只要你願意，動物永遠都會是最棒的生活夥伴！

【291期：踏雪】 橙橙 新北市／君君

第一次見到橙橙是在中途的貓居，當時就覺得跟牠最有緣分，之後把牠帶回家，牠也很快就適應環境，吃飯、睡覺、剪指甲等都行，連躺在地板也能對著空氣踏踏。雖然我將牠改名為「橙橙」，但牠只在我叫牠「寶貝」才會回應（溝通師說牠喜歡被叫「寶貝」）。

橙橙是隻不太敢出門的貓，目前最遠只敢去到鄰居的陽台探險。她的個性很可親，不太怕生，也願意被我朋友摸摸（但抱抱還是我本人專屬，哈哈）。

平常下班回家，橙橙一聽到我的腳步聲，在門外就能聽見牠在熱情地喵喵叫；進門後，仍會一直瘋狂碎念，似是在抱怨我怎麼白天都不在？而當我去洗澡或到陽台曬衣服時，橙橙也會催我動作快點，等我一出來，牠就立刻假摔倒地，露出肚子要我摸摸，若不照做，牠還會趁我從牠身上跨過去時偷咬我的腳，所以服侍主子得要懂得服從XD

去年我出國，在check in前就開始想念牠了。本以為是主子黏奴才，但其實是奴才離不開主子。獨自在外生活的日子，我真的很開心有橙橙的陪伴，未來也請妳多多指教囉❤

選我！ 選我！ 選我！

我能當好麻吉，一直陪著你／妳～

第281期：巧虎

巧虎是隻乖巧、愛撒嬌，又喜歡討摸摸和抱抱的貓，洗澡、刷牙、剪指甲等基本照料都沒問題，很適合新手、單貓家庭或家中已有愛滋貓的認養人。牠還在等屬於自己的小幸運喔！（聯絡人：林小姐→dogpig1010@hotmail.com）

第288期：小金桔

小金桔的個性「慢熟」，但非常聰明，也很喜歡人的陪伴，偶爾也會調皮淘氣，甚至有古靈精怪的模樣。歡迎有耐心慢慢跟牠混熟、帶牠回家的拔拔或麻麻唷～（聯絡人：陳小姐→yinchen2007@gmail.com）

第283期：蛋黃

蛋黃很外向、陽光，相當熱情，富有好奇心，而且也很健康。牠一直有個心願——很想要有個溫暖的家！您願意幫蛋黃實現心願嗎？快點來信吧！

第285期：胖卡

真心誠徵專屬貓奴～胖卡的樣子十分可愛討喜，是一隻美麗、壯碩的橘貓，喜歡繞在人的腳邊撒嬌，希望有人能給牠滿滿的關心及寵愛。對胖卡動心了嗎？趕快來應徵囉～

第286期：漂漂虎

就像許多小女孩一樣，漂漂虎在個性上有些靦腆、害羞，但是十分溫柔，對於新事物都感到很新鮮，雙眼總是散發出好奇的光芒，很難不教人喜歡牠。希望有人來呵護這靦腆又溫文的孩子喔！

第287期：Q霸

曾經擁有專屬於自己的疼愛，可終究還是失去了……Q霸很親人，是個活潑又機靈的毛孩子，若您願意讓Q霸永遠有家，再次擁有曾感受過的美好，請來信找牠，讓Q霸能夠一直一直的幸福下去。

第289期：Butter

Butter屬於乖巧文靜型，且相當懂事，是個不可多得的乖寶寶。Butter在拍照時很懂得看鏡頭，每次一眨眼、一笑開嘴，就好像看到一隻有企圖當小網帥的狗兒。也想進軍當網紅嗎？不如考慮帶著Butter一起吧！

第292期：JOJO

雖然JOJO在中途的狗園裡，將自己的小日子過得有滋有味，但是卻少了能全心全意愛牠的家人。其實JOJO心裡也希望有人能夠陪牠、和牠玩耍的。請趕快來信將獨立的女孩接回家吧～

（以上六期聯絡人：陳小姐→leader1998@gmail.com／Line：leader1998）

文創風 716

紅妝攻略 1

國家圖書館出版品預行編目資料

紅妝攻略 / 三石著. --
初版. -- 臺北市 : 狗屋, 2019.02
冊 ; 公分. --（文創風）
ISBN 978-986-328-961-6（第1冊：平裝）. --

857.7 107022444

著作者 三石
編輯 張蕙芸
校對 黃薇霓 簡郁珊
發行所 狗屋出版社有限公司
地址 台北市104中山區龍江路71巷15號1樓
電話 02-2776-5889～0
發行字號 局版台業字845號
法律顧問 蕭雄淋律師
總經銷 知遠文化事業有限公司
電話 02-2664-8800
初版 2019年2月
國際書碼 ISBN-13 978-986-328-961-6

本著作物由廣州阿里巴巴文學信息技術有限公司授權出版

定價250元
狗屋劃撥帳號：19001626
網址：love.doghouse.com.tw E-mail：love@doghouse.com.tw
版權所有・翻印必究 倘有倒裝、缺頁、污損請寄回調換